BITTERBÖSE

BITTERBÖSE

Thriller

MARION KRAFZIK

Covergestaltung: https://www.joerg-piesker.de/autoren-uhu/
Covermotiv: Autoren-Uhu unter Verwendung von Stockfotos Studio Barcelona, Depositphotos 512576838, Pexels, Shutterstock 290905396.

Lektorat: Inca Vogt, http://www.inca-vogt-autorin.com/

Korrektorat: Buchstabenpuzzle B. Karwatt, www.buchstabenpuzzle.de

Buchsatz: Inca Vogt

Motiv/Innendesign: Depositfoto, Hirsch 448404766

Über das Buch

»An was denken Sie gerade, Leah?«

Langsam wende ich meinen Blick zu Isak, meinem Psychotherapeuten. »Ich denke, ich bin soweit, dass ich die Pillen absetzen kann.«

Leahs Leben scheint perfekt zu sein. Sie hat ihre Passion zum Beruf gemacht, leitet erfolgreich ein Yoga Studio und scheint auch in der Liebe ihr Glück gefunden zu haben. Seit kurzem lebt sie mit Ture, dem Sohn einer angesehener Stockholmer Familie, zusammen.

Aber wie gut kennt man den Menschen, den man liebt, mit dem man sein Leben teilt?

Ihre Zweifel kommen nicht von ungefähr. Hütet sie doch selbst ein Geheimnis wie ihren Augapfel. Und je tiefer sie in Tures Vergangenheit gräbt, desto mehr Geheimnisse und verstörende Wahrheiten kommen ans Licht.

Prolog

Seit fast zwei Jahren sitze ich jeden verdammten Monat hier auf dem grauen Sessel, dessen Samtbezug angenehm weich ist, und wenn ich mit der Hand darüber streiche, vermittelt er mir ein Gefühl von Geborgenheit. Auf dem niederen Holztisch vor mir steht wie immer eine Keramikschale voller Obst. Noch nie bin ich in Versuchung geraten, mir einen von den roten Äpfeln, den Bananen oder den Weintrauben zu nehmen, obwohl ich Obst liebe, gerade die knackigen Äpfel. Doch irgendetwas in mir sperrt sich dagegen. Oft habe ich mich gefragt warum, denn schließlich bin ich hier, um meine Seele zu heilen.

Mein Blick wandert zu dem Fenster mit den schweren weinroten Vorhängen. Ganz Stockholm ist in ein bedrückendes Grau gehüllt. Der Herbstwind rüttelt an der Birke vor dem Fenster und fegt die gelben Blätter fort.

»An was denken Sie gerade, Leah?«

Langsam wende ich meinen Blick zu Isak, meinem Psychotherapeuten. Ruhig sieht er mich mit seinen blassblauen Augen an. Sein graues, kurzgeschnittenes Haar passt perfekt zu seinen Augen. Ich schätze ihn auf Ende fünfzig, er hat Charme, ist ein guter Zuhörer und er ist schlau.

»Ich überlege, wie es weitergehen soll.«

Zustimmend nickt er. Doch wie immer sagt er nichts, sondern wartet, bis ich den ersten Schritt mache.

Gelassen lehne ich mich an das Polster zurück, mir ist klar, dass ich selbstbewusst auftreten muss, um überzeugend zu klingen. »Ich denke, ich bin so weit, dass ich die Pillen absetzen kann.«

Wieder nur ein Nicken, während er etwas in sein Notizbuch schreibt. Dann sieht er mich freundlich an. »Warum glauben Sie, dass Sie schon soweit sind?«

»Nun, ich fühle mich gut, habe mein Leben wieder im Griff.«

»Wie definieren Sie: wieder im Griff?«

»Ganz einfach, ich habe keine Albträume mehr.« Unbewusst bohren sich meine Fingernägel in die Handballen. Erst als der Schmerz kommt, bemerke ich Isaks ruhigen Blick auf meiner Hand, bevor er sich erneut Notizen macht.

Mist.

Er lehnt sich vor und blickt mich eindringlich an. »Ist ihr Lebensgefährte Ture auch der Meinung?«

Viel zu schnell bejahe ich seine Frage. Wieder ein Fehler. *Warum habe ich mich nicht besser unter Kontrolle?*

»Leah, ich kann verstehen, dass Sie sich aus diesem … nennen wir es – Hamsterrad, befreien wollen. Doch so einfach ist es nicht. Die Antidepressiva helfen Ihnen, sich wohl zu fühlen. Und ich helfe Ihnen, Ihr Trauma zu verstehen und somit zu verarbeiten. Doch solange Sie sich nicht öffnen, und akzeptieren, was geschehen ist, sollten Sie die Medikation nicht absetzen.«

Er beugt sich noch weiter vor. »Was ist der wahre Grund, warum Sie die Pillen absetzen möchten?« Seine Worte sind sanft und einfühlsam.

Nachdenklich schweift mein Blick zu der Birke. Im Grunde weiß ich, dass er recht hat. Ich bin noch nicht so weit. Aber da ist dieses … dieses starke Gefühl in mir, dass ich mich selbst betrüge, wenn ich weiterhin die Pillen schlucke. Doch was ist schon ein Gefühl, wenn man selbst nicht weiß, was man fühlen soll und da nur dieses dunkle Loch ist, in das man fällt.

»Weil der Tag sich bald wieder jährt, an dem es passiert ist, und ich will klar im Kopf sein um … um zu verstehen«, stammele ich leise.

»Wollen wir darüber reden, was damals geschehen ist?«

Wie oft hat er diese Frage in den letzten eineinhalb Jahren schon gestellt. Ich bin es leid. »Ich kann nicht. Ich weiß doch nicht mal, was wirklich passiert ist. Ich weiß nur, dass ich daran schuld bin.«

»Leah, Sie haben keine Schuld.«

»Pah … und woher wollen Sie das wissen?! Sie waren nicht dabei!«, fahre ich ihn an. Es ist das erste Mal, dass ich so reagiere. So voller Wut und Feindseligkeit. Am liebsten würde ich aufspringen und aus dem Raum rennen. Doch als ich Isaks fragenden Blick bemerke, presse ich ein »tut mir leid« hervor.

Wieder macht er sich Notizen. Dann hebt er den Kopf und sieht mich milde an. »Sie haben recht, ich war nicht dabei, aber das wenige, das ich in den fast zwei Jahren von Ihnen erfahren habe, sagt mir, dass Sie keine Schuld tragen. Das was ich sage oder denke zählt hier nicht. Sie müssen es selbst herausfinden und ich kann Ihnen nur dabei helfen. Aber dazu müssen Sie bereit sein.«

Seufzend schließe ich die Augen. »Ich weiß. Aber da ist nichts, woran ich mich erinnere. Da ist nur Dunkelheit. Ich kann mich noch nicht einmal mehr daran erinnern, was ich gefühlt oder gedacht habe. Mein Innerstes schreit förmlich nach Antworten. Aber je mehr ich danach fahnde, desto weniger kann ich das Geschehene fassen. Glauben Sie mir, Isak, das ist überaus belastend für mich.«

Aufgewühlt und nachdenklich fahre ich mir durch mein kurzes, sandfarbenes Haar. »Wissen Sie, es ist so wie mit dem Obst hier in der Schale. Gerne würde ich einen dieser Äpfel essen, seinen süßen sauren Geschmack auf meiner

Zunge spüren, dennoch traue ich mich nicht, weil ich ihn zerstören würde. Verrückt, oder?«

»Das ist ein guter Vergleich.« Er schlägt die Beine übereinander und lehnt sich zurück. »Was schließen Sie daraus?«

»Keine Ahnung.« Ich zucke mit den Schultern. »Vielleicht, dass ich den Apfel einfach essen sollte, um herauszufinden, ob ich egoistisch gehandelt habe oder ob es ein natürlicher Vorgang ist, einen Apfel zu essen?«

»Es ist nie zu spät, um zu erkennen, was wichtig ist. Sei es die Erinnerung daran, wie der Apfel schmeckt, oder was man erlebt hat. Jede Erinnerung ist für uns wichtig. Ohne sie sind wir nichts.«

Ich lasse mir seine Worte durch den Kopf gehen. »Da ist was dran. Und die Pillen dämpfen meine Gedanken, meine Erinnerungen.« Ich hebe meine Hand, als ich bemerke, dass er etwas erwidern will. »Nein, warten Sie, Isak, ich weiß, dass die Pillen mich sanft durch den Alltag bringen sollen. Aber wie sollen sie mir helfen, wenn sie eine Erinnerungsblockade in mir fördern? Seit geraumer Zeit bewirken die Pillen sogar das Gegenteil, sie machen mich ruhelos und manchmal auch aggressiv.«

»Aggressiv? So wie eben?«

»Ja.«

»Hm … das ist sehr ungewöhnlich. Sie nehmen ein mildes Antidepressivum, das Ihre Stimmung aufhellen soll. Seit wann haben Sie diese Aggressionen? Kommen sie in Schüben und unverhofft?«

»Seit gut drei Wochen. Ich kann es nicht auf den Tag genau benennen, plötzlich wurde ich unruhig und … und zum ersten Mal habe ich eine meiner Yoga-Teilnehmerinnen angeranzt, weil sie sich nicht so bewegte, wie ich es wollte. Das war komplett daneben und mir peinlich. Verstehen Sie das? Die Frauen sind bei mir, um zu entspannen, und ich raste aus. Und am nächsten Tag habe ich Ture angegiftet, weil er fünf Minuten zu spät zum Essen kam.«

Nachdenklich tippt Isak sich mit dem Stift an die Lippen.

»Sie nehmen wie besprochen eine Pille pro Tag, nicht wahr?«

Ich nicke.

»Gut, nehmen Sie zwei. Und wir schauen, was es bewirkt. In Ordnung?«

Alles schreit in mir ein lautes *NEIN*. Doch bevor ich antworte, nehme ich mir Zeit. Ich überlege, ob er recht hat, ob ich überreagiere. Immerhin jährt sich der Tag, der mein Leben verändert hat, demnächst zum dritten Mal, was diese zunehmende Unruhe erklären könnte.

»Leah?«

»Ich möchte weg von den Pillen«, sage ich entschlossen. »Bitte, Isak, ich möchte wieder *Ich* sein.«

»Das verstehe ich.« Er beugt sich vor und sieht mich fest an. »Leah, Sie sind noch nicht soweit, aber auf einem guten Weg dahin. Und ich verspreche Ihnen, dabei zu helfen. Machen Sie weiter so, fragen Sie sich jeden Tag, was passiert ist, fühlen Sie sich ein in die damaligen Umstände. Aber urteilen Sie nicht. Schreiben Sie einfach alles auf, was Ihnen einfällt, was Sie fühlen und wie es Ihnen damit geht.« Er hält kurz inne. »Tun Sie es einfach. Und reden Sie mit Ture, Ihrem Lebensgefährten, darüber. Manchmal hilft es, sich sofort mitzuteilen. Da ist eine Person, die einem nahe steht, hilfreich. Oder Sie schreiben es auf und wir reden bei unserer nächsten Sitzung darüber. Aber bis dahin, nehmen Sie bitte weiter die Pillen. Sie helfen Ihnen, ruhig und entspannt zu sein.«

Kapitel Eins

Einen Monat später

Heulend fegt der Wind um den Wohnblock und peitscht Schneeregen an das Schlafzimmerfenster. Unwillkürlich reibe ich über meine nackten Arme und inspiziere meinen Kleiderschrank, ich bin mir unsicher, was ich anziehen soll. Immer wieder sage ich mir, dass es nur eine ganz normale Verabredung mit meinem Exfreund Malte ist. Doch irgendwie fühlt es sich merkwürdig an.

Wir haben uns mindestens eineinhalb Jahre nicht gesehen, nur sporadisch auf WhatsApp geschrieben oder telefoniert. Inzwischen habe ich mich neu verliebt und bin fest mit Ture zusammen. Ungeachtet dessen möchte ich gut aussehen.

»Was solls«, seufze ich tief und ziehe eine Bluse aus dem Schrank, halte sie vor meinen Oberkörper. Nein, zu sexy. Ich wühle weiter, entscheide: Ein einfaches T-Shirt ist sicher zu normal. Zu gewöhnlich.

»Verdammt, ich krieg die Krise.«

Warum ist es mir nur so wichtig, gut auszusehen? Ist doch nur ein Treffen mit einem guten Freund. Und das ist Malte wirklich, nur noch ein guter Freund. Er hat mich durch die schwerste Zeit meines Lebens begleitet und doch ist unsere Beziehung daran zerbrochen. Ich konnte sehen, wie er darunter litt, wenn ich nachts schreiend aufwachte oder tagelang nicht redete.

Noch einmal lasse ich den Blick durch den Kleiderschrank gleiten, vielleicht sollte ich etwas Warmes anziehen, passend zum nasskalten Wetter.

Schließlich entscheide ich mich für den flauschigen weinroten Pullover, den ich erst gestern erstanden habe. Noch bevor ich ihn in den Händen halte, höre ich das Zuschlagen der Wohnungstür und gleich darauf ein Poltern in der Küche. *Ture. Er ist zurück!*

Ich greife mir den Pullover und eile freudig, nur mit einer Jeans und einem spitzenbesetzten BH gekleidet, auf die Küche zu. »Ture?« Keine Antwort. Ich rufe erneut seinen Namen und dann bleibt mir die Luft weg, als ich seine Mutter in der Küche hantieren sehe. »Hej Agnes, was machst du hier?«

Ruckartig dreht sie sich zu mir um, ihre Augen wandern abschätzig über meinen Körper.

Erst jetzt wird mir bewusst, dass ich halbnackt bin. Rasch ziehe ich mir den Pullover über, streiche mit den Fingern durch mein Haar. »Wie bist du reingekommen? Ich hatte doch abgeschlossen.«

»Mit meinem Schlüssel natürlich«, erwidert sie mit einem blasierten Grinsen, wendet sich um, öffnet den Schrank und holt wie selbstverständlich zwei Teller heraus.

Ich will etwas erwidern, doch ich lasse es. Es ist Tures Wohnung, in die ich vor vier Monaten eingezogen bin. Die Vorstellung, dass Agnes immer noch einen Schlüssel hat und wann immer es ihr beliebt, hier ein und ausgeht, empfinde ich mehr als unangenehm. Der Gedanke, dass sie in meine Intimsphäre eindringt, während ich nicht zu Hause bin, legt sich schwer auf mein Gemüt.

Ich muss dringend mit Ture darüber reden. Gleich morgen. Tief atme ich durch, um meinen Frust zu regulieren, so wie ich es meinen Yoga-Teilnehmern immer predige. Tief atmen – ein und aus.

»Ture meinte, dass du eine Verabredung hast.«

»Ja, und?« Mehr bringe ich nicht heraus, ohne aus der Haut zu fahren.

Tures Mutter hantiert weiter unbeirrt in unserer Küche, als wäre es ihre eigene. »Ich habe mir gedacht, der Junge muss ja was essen. Und warum koche ich ihm nicht sein Lieblingsessen? *Köttbullar* mit Preiselbeeren und Kartoffelbrei.« Sie seufzt tief, sieht mich fragend an, dann runzelt sie skeptisch die Stirn. »Oh nein! Er hat dir nichts gesagt? Tut mir leid. Dann hätte ich natürlich geklingelt und wäre nicht einfach so in die Wohnung gestürmt.«

»Nein, hat er nicht«, entgegne ich brüsk und bereue es sofort. Agnes ist eine schwierige Person und ich muss immer aufpassen, wie ich etwas sage oder mich benehme. Doch jetzt bin ich einfach nur fassungslos. Aber anscheinend hat Agnes heute einen guten Tag. Sie wirkt seltsam in sich gekehrt, statt, mich wie sonst, mit scharfer Zunge zu maßregeln.

Aber auch ihr jetziges Verhalten irritiert mich. Sie hat ihren Blick trübsinnig auf das Fenster gerichtet, an dem der Schneeregen hinunter perlt.

»Alles in Ordnung?«, frage ich.

»Nein, nichts ist in Ordnung! Heute ist der Todestag seiner Verlobten Brigitta. Ich kann Ture doch nicht an so einem Tag mit all den traurigen Erinnerungen allein lassen.« Gedankenverloren streicht sich Agnes über ihr graublondes Haar, das akkurat zu einem Bob getrimmt ist. »Brigitta war so eine liebe Frau. Die beiden passten blendend zueinander.« Sie seufzt tief. »Ich mochte sie sehr.«

Diese Aussage trifft mich hart. Doch ich schlucke sie herunter und nehme mir vor, auch darüber mit Ture zu reden. Ich bin es so leid, immer mit seiner Ex Freundin verglichen zu werden.

»Dieser Unfall – es war so schrecklich. Ich sehe immer

noch Brigittas Lächeln vor mir, während sie sich verabschiedet hat, in den Wagen gestiegen ist und mir zugewunken hat.« Agnes stockt, schüttelt den Kopf, als könnte sie die Erinnerung daran vertreiben. »Und dann versagten auf der Fahrt zu ihrem Zuhause, nach Södermalm, die Bremsen.« Wieder hält sie inne. »Was für eine Tragödie.«

Tief atme ich durch, denn ich kenne die Geschichte nur zu gut. Sie wurde mir sofort präsentiert, als mich Ture seiner Mutter vorstellte. Brigittas Wagen war angeblich kurz vor dem Unfall noch zur Inspektion in der Werkstatt, und dann passierte der Unfall. Ich habe genug von dieser unendlichen Leier. Verdammt, es war ein Unfall. Doch statt Agnes darauf hinzuweisen, lächle ich Agnes mitfühlend an und murmele meine übliche Floskel zu diesem Thema.

»Ja, schrecklich und es tut mir wahnsinnig leid.« Ich hasse mich dafür, dass ich ihr eine Trauer vorspiele, die ich nicht empfinde. Schließlich kannte ich Brigitta nicht mal. Doch meine Erziehung steht mir gerade im Weg.

Agnes dankt es mir, indem sie mich freundlich ansieht und bestätigend nickt.

Für eine Weile schweigen wir.

Und dann aus heiterem Himmel: »Bitte entschuldige Lea, ich wollte dir nicht zu nahetreten. Natürlich mag ich dich ebenso. Und Ture liebt dich von ganzem Herzen. Das weiß ich.« Herzlich umarmt sie mich. »Tut mir leid, dass ich manchmal so abweisend bin.«

Wie ferngesteuert lasse ich es geschehen, obwohl ich ihr am liebsten sagen würde, dass sie kein Recht hat, darüber zu urteilen, ob Ture mich genauso liebt, wie seine von ihr hochgelobte Brigitta.

Versöhnlich streicht sie über meinen Arm. »Ach Leah, weißt du, manchmal sind die Schicksalsschläge, die ich erleiden musste zu hart für mich.« Müde lässt sie sich auf einen Stuhl am Tisch sinken, blickt auf ihre Hände, die flach auf dem groben Holztisch liegen.

Unschlüssig, was ich sagen oder tun soll, stehe ich immer noch wie angewurzelt da.

Agnes hebt flüchtig ihren Blick. »Auch die Erinnerung an Elias, meinen Mann, drückt auf meine Stimmung. Auch er ist im November an einem trüben Tag wie heute verstorben. Herzinfarkt. Einfach so, von jetzt auf gleich. Ich kann es immer noch nicht wahrhaben.«

In diesem Moment sieht sie so klein und gramvoll aus, dass ich nicht anders kann, als mich ihr gegenüberzusetzen und der Geschichte, die ich längst kenne, abermals zu lauschen. Aber sie rührt mich. »Das tut mir leid«, sage ich und zögere einen Moment, bevor ich meine Hand auf ihre lege.

Erneut schweigen wir.

Der Wind hat zugenommen und treibt den Schneeregen, der in Hagel übergegangen ist, klirrend an die Fensterscheibe.

Agnes Hand fühlt sich kalt an, ihr Gesicht wirkt versteinert. Ich weiß nicht, was ich sagen oder tun soll. Augenblicklich erinnere ich mich an die Worte meiner Eltern, die sie mir und meiner Schwester immer wieder sagten: ›Urteile nie zu schnell über die Menschen, die dir begegnen, denn sie haben alle ihr persönliches Leid zu tragen.‹

Verschämt wischt sich Agnes eine Träne von der Wange, strafft sich, reckt ihr Kinn, setzt ein vages Lächeln auf und entzieht sich ruckartig meiner Hand. »Ich bin so dumm, ich verderbe dir die Laune und Vorfreude auf deine Verabredung.« Sie sieht auf ihre Armbanduhr. »Du solltest dich beeilen. Es ist fast sieben Uhr.«

Kapitel Zwei

Entgegen meiner Prinzipien lasse ich heute mein Fahrrad stehen und nehme ein Taxi. Natürlich nur wegen dieses abscheulichen Wetters, schließlich möchte ich nicht wie ein begossener Pudel aussehen, wenn ich Malte treffe.

Während der Fahrt durch das abendliche Stockholm, in Richtung Karlavägen, versuche ich, mich zu entspannen und die Szene mit Agnes aus meinem Gedächtnis zu verbannen.

Tief und gleichmäßig atmen und die negative Energie entweichen lassen.

Ich probiere es. Das gleichmäßige *Wusch Wusch* der Scheibenwischer, tut ein Übriges. Es lullt mich ein und fast gelingt es mir, mich zu entspannen. Wäre da nicht der verstörende Gedanke daran, dass Agnes bei uns zu Hause ist und in meinen Sachen kramen könnte. Was, wenn sie meine ganz private Schachtel entdeckt?

Ich habe sie zwar hinter der ausrangierten Outdoorkleidung in dem alten Rucksack im Kleiderschrank versteckt, aber wenn sie sich auf die Suche macht, könnte sie diese entdecken.

Es war Isak, der mir riet, mir eine ganz persönliche Box einzurichten, in der ich all meine Gedanken, Erlebnisse,

Empfindungen verwahre. Mein ganzes Leben, das, was ich liebte und das, was ich getan habe und was mich an den Rand des Wahnsinns treibt.

Niemand weiß von dieser Box.

Und so soll es auch bleiben.

Heiße und kalte Schauer strömen durch meinen Körper. Nervös wühle ich in meiner Handtasche nach meinem Handy. Ich muss Ture anrufen, muss wissen, ob er schon zu Hause ist. Dass der Wagen längst an meiner Zieladresse angekommen und angehalten hat, entgeht mir.

»Macht exakt fünfzig Kronen.« Der Taxifahrer dreht sich schwerfällig zu mir um, als ich nicht reagiere.

»Alles in Ordnung?«, fragt er und zieht seine buschigen Augenbrauen zusammen.

Das Handy lasse ich wieder in die Tasche gleiten. Krame fahrig die Geldbörse hervor, reiche ihm das Geld und bemerke, wie meine Hand dabei zittert.

»Ja, alles bestens. Danke.«

»Wenn Sie es sagen«, erwidert er kopfschüttelnd.

Schwungvoll steige ich aus dem Taxi, lächle ihn munter an. »Danke und noch einen schönen Abend«, wünsche ich ihm und knalle die Tür zu.

Während ich dem Fahrzeug nachsehe, stülpe ich mir die Kapuze meiner Jacke über, warte, bis sich der Wagen langsam in den Verkehr einfädelt, bis mir klar ist, dass ich vor allem mir selbst etwas vorgemacht habe. Nichts ist in Ordnung. Ich muss wieder zurück. Agnes darf die Schachtel nicht finden. Niemand darf sie finden, nicht einmal Ture. Für einen winzigen Moment will ich dem Taxi hinterherlaufen. Ich bin paranoid.

Isak hat mich davor gewarnt, dass ich in bestimmten Situationen panisch regieren werde. Er hat mir geraten, mich wieder dem Leben zu stellen und die Situation auszuhalten, egal was es ist. Bislang ist es mir gelungen. Doch jetzt fühle ich mich hilflos, während ich sehe, wie das Taxi aus meinem Sichtfeld verschwindet.

Gebetsmühlenartig rede ich mir ein, dass alles gut ist. Ich möchte einen Neuanfang in meinem Leben mit Ture, auch wenn ich weiß, dass Ehrlichkeit dazugehört. Doch was soll ich ihm sagen? Ich weiß ja selbst nicht, was damals wirklich geschehen ist.

Kapitel Drei

Wärme und leise Barmusik empfangen mich, als ich das Restaurant betrete.

»Hej Leah, wie schön, dich zu sehen. Du bist wie ein Sonnenstrahl, der einen das Sauwetter vergessen lässt«, begrüßt mich Jan, der Betreiber des Lokals *Cliff Barnes,* überschwänglich und nimmt mir die Jacke ab. »Wie geht es dir?«, fragt Jan, während er mich zu meinem Lieblingsplatz geleitet.

»Wenn du mich so begrüßt, geht es mir immer sehr gut.«

Verlegen streicht Jan sich über seinen rotbraunen Vollbart. »Du bist eine Schmeichlerin.«

»Vielleicht«, erwidere ich kokett und wundere mich, wie leicht mir das fällt. Es muss an der Atmosphäre des Restaurants liegen. Der abgetretene Holzboden knarrt bei jedem Schritt, die gut bestückte Bar mit dem rustikalen Tresen davor lädt dazu ein, einen guten Tropfen zu sich zu nehmen. Tief atme ich den Duft der Gewürze ein, die schwach in der Luft hängen und fühle mich wohl und aufgehoben. Der Spuk und die Panik von vorhin sind wie weggeblasen.

»So, mein Schätzchen, was darf ich dir bringen?« Jan rückt mir den Stuhl zurecht.

»Einen Weißwein, schön trocken aber fruchtig, bitte.«

»Kein Problem.«

Leichten Schrittes schlendert er zur Bar. Kurz darauf kehrt er mit dem Getränk zurück.

»Wie gewünscht, dein trockner aber fruchtiger Wein.«

»Du bist ein Schatz.«

»Hach … aus deinem Mund klingt es wie eine Verheißung.« Kleine Lachfältchen zeichnen sich um seine Augen ab. »Triffst du dich heute mit Malte?«

»Ja.«

»Oh, das ist schön, fast wie in alten Tagen.«

»Ja, fast wie in alten Tagen«, wiederhole ich leise.

Ein Gast ruft nach Jan. Mit einem bedauernden Schulterzucken lässt er mich allein.

Während ich an dem Wein nippe, lasse ich meinen Blick über die Gäste schweifen, die sich angeregt unterhalten und lachen. Mein Blick geht zur Tür und meine Nervosität von vorhin kehrt zurück, als Malte ins Restaurant kommt und sich suchend umsieht.

Als er mich entdeckt, hebt er schmunzelnd die Hand.

Er sieht gut aus. So wie ich ihn in Erinnerung habe. Smartes Auftreten, attraktiv und souverän, sodass es einem schwerfällt, den Blick von ihm zu nehmen. Selbst aus der Ferne spüre ich seine ruhige Ausstrahlung.

Dennoch hat sich etwas verändert, seit wir uns genau hier vor sechs Jahren kennengelernt haben. Kurz fühle ich diesem Eindruck nach, spüre, dass es sich anders anfühlt, ihm zu begegnen.

Kein Herzklopfen, kein Kribbeln im Bauch. Darüber bin ich zugleich erleichtert und ein wenig traurig. Aber wir hatten unsere Zeit und die war für mich eine ganz Besondere. Doch jetzt will ich einfach nur einen Freund begrüßen und einen zwanglosen Abend mit ihm verbringen.

»Hej, ich hoffe, ich bin nicht zu spät«, murmelt er, während er mir einen Kuss auf die Wange gibt. »Ich hab mich mit Gabriel verquatscht.«

»Das ist keine Kunst.«

Wissend lachen wir. Zu gut kennen wir beide Gabriel. Unser gemeinsamer Freund ist nicht zu stoppen, wenn er erst einmal in Fahrt kommt. Das war schon immer so. Was haben wir für Spaß gehabt und gelacht, bis uns der Bauch schmerzte. Damals, als wir uns unbedarft ins Leben stürzten, endlose Partys feierten, nächtelang über Gott und die Welt diskutierten. Was war das für eine anstrengende und zugleich anregende Zeit.

»Wie ist es gelaufen?«, frage ich ihn, nachdem er sich gesetzt hat.

»Sehr gut, Gabriel war begeistert von meiner Bauzeichnung. Willst du wissen, was er sagte?«

»Natürlich.«

»Okay, seine Worte waren wie folgt: ›Malte, du bist immer noch der Beste, kreativste und schnellste Bauzeichner, den ich je erlebt habe. Dies ist allerdings dein Meisterwerk. Genauso habe ich es mir vorgestellt‹.«

Vergnügt sieht Malte mich an.

Und ich verspüre einen gewissen Stolz, denn er ist ein Mensch, der sehr gewissenhaft und ebenso emotional nicht nur seine Arbeit erledigt. Er ist perfekt und jede Frau würde ihn mit Kusshand nehmen. So wie ich damals. Nur dass das Leben einen Strich durch unsere Beziehung gezogen hat. Nachdem was in den Bergen passiert ist, als ich nicht mehr redete, nur noch nervös und heulend in der Ecke saß.

»Wow! Das ist toll, ich freue mich für dich, dass es so gut läuft.« Ich beuge mich vor und blicke in ernst an. »Aber um ehrlich zu sein, wundere ich mich auch. Ich dachte, dass du nach deinem Umzug in die Hütte am See, den Tag mit Angeln verbringst, anstatt dich um deine geliebte Arbeit zu kümmern.«

Es dauert nur einen winzigen Moment, bis er bemerkt, dass ich ihn auf den Arm genommen habe.

»Du hast es immer noch drauf, mich zu verwirren.« Lachend schüttelt er den Kopf. »Und weißt du, was?«

»Noch nicht«, flachse ich.

»Genau das mit der Hütte am See und dem Angeln, meinte Gabriel ebenfalls. Habt ihr euch abgesprochen?«

»Nein, haben wir nicht. Oder doch? Nein.«

Wir albern herum, schwelgen in Erinnerungen und es fühlt sich richtig gut an. Zwischendurch bestellen wir das Essen und noch mehr Wein.

»Wie lebt es sich da draußen in der Abgeschiedenheit?«, möchte ich wissen. Denn diese Frage habe ich ihm nie zuvor gestellt, weil sie schmerzliche Erinnerungen an das, was mir widerfahren ist, weckt. Gewöhnlich triggert mich allein der Gedanke an Wald, Wasser, Einsamkeit. Doch im Moment fühle ich mich stark genug und es macht mir nichts aus. Das hoffe ich zumindest und nicht, dass es nur der Wein ist, der mich locker macht.

Bedächtig legt Malte das Besteck zur Seite, trinkt einen Schluck Wein. Er lässt sich Zeit, bevor er mir antwortet.

»Sehr gut. Ich fühle mich wohl und mit jedem Tag wächst meine Freude darüber, endlich weg von dem Trubel der Stadt zu sein. Ich fühle mich frei, wenn ich mich draußen bewege, die Landschaft auf mich wirken lasse und den Duft einsauge, den sie versprüht.« Er senkt den Blick, dreht verlegen das Weinglas in seinen Händen. »Kitschig, oder?«

»Nein, überhaupt nicht.«

Für einen Moment ist es bedrückend still zwischen uns.

»Ich wünschte, ich könnte wieder wie du, diese Einsamkeit und die Natur genießen, doch noch bin ich nicht so weit.« Plötzlich überrollen mich dann doch die Erinnerungen. Die Hilferufe meiner Eltern und meiner Schwester. Das tosende Wasser, das sie verschlang.

»Alles in Ordnung?«

Ich spüre Maltes Hand auf meinem Arm, seine ernsten braunen Augen, die mich fragend ansehen.

Ruckartig lehne ich mich an die Stuhllehne und vergrabe meine Hände im Schoß. »Ja, alles gut.«

Mein Blick hetzt von Malte über die Gäste. Die Geräuschkulisse dröhnt in meinen Ohren – wie die Stromschnellen aus meiner Erinnerung. Tief und lang atme ich ein und aus. Allmählich entspanne ich mich. »Entschuldige, aber manchmal blitzen die Erlebnisse auf. Dann kann ich die Bilder sehen, kann es wieder spüren, wie es war. Die Schuld, die ich trage.«

»Möchtest du reden?«

»Nein!« Vehement schüttle ich den Kopf. »Ich bin okay, es ist nur so, von Zeit zu Zeit holt mich alles ein.«

»Verstehe.« Malte presst bedauernd die Lippen aufeinander. »Gehst du noch zu diesem Therapeuten?«

Zustimmend nicke ich.

»Musst du noch Tabletten nehmen?«

Ich bemerke, wie schwer ihm diese Frage über die Lippen kommt. Er hasst Psychopharmaka, die die neuronalen Abläufe im Gehirn beeinflussen und dadurch eine Veränderung der psychischen Verfassung bewirken. Und ganz speziell hasst er es, dass ich sie nehme. Die Frau, die er liebte, weil sie genau wie er, die Leidenschaft, sich in der Natur zu bewegen, teilte.

»Gelegentlich«, gebe ich zu und hasse mich im selben Moment dafür, dass ich mich so benehme. Klein.

»Was heißt das – gelegentlich?«, fragt er nach.

»Ich versuche die Dosis zu reduzieren. Also mach dir bitte keinen Kopf, ich bin okay.« Es kostet mich Kraft, ruhig zu bleiben. Ich mag es nicht darüber zu reden, auch nicht mit Malte.

Sein Blick ist skeptisch. »Kennt Ture deine Geschichte? Weiß er, dass du Pillen schluckst, um wieder zu dir zu finden?«

»Nein«, zische ich ihn an. »Und so soll es auch bleiben. Niemand außer dir weiß davon.«

Und genau jetzt würde ich mir gern so eine Pille reinpfeifen, damit sie mich locker macht und ich nicht mehr an die Vergangenheit denken oder mich rechtfertigen muss. *Tief ein und ausatmen.*

»Leah … Leah, sieh mich an!«

Nur widerwillig hebe ich meinen Blick.

»Tut mir leid, wenn ich dir zu nahe getreten bin. Ich möchte doch nur, dass es dir wieder gutgeht.«

»Mir geht es gut. Ich arbeite hart daran, dass ich wieder mein *altes Ich* finde. Dazu gehört auch, dass mein jetziges Umfeld nichts von meiner Vergangenheit erfährt. Ich baue mir gerade ein neues Leben auf. Verstehst du?!«

»Nein, nicht ganz. Ture ist dein Partner und er sollte wissen, was du durchgemacht hast. Aber das musst du selbst entscheiden.«

»Genau. Das muss ich selbst entscheiden!«, erwidere ich scharf. Viel zu scharf und zu laut. Sofort spüre ich die Blicke der Gäste auf mir und es kostet mich viel Energie, ihnen keinen dummen Kommentar entgegenzuschleudern.

Wieder einmal rette ich mich in meine Übungen. Atme tief ein, zähle langsam bis fünf, bevor ich den Atem entweichen lasse. Es funktioniert, ich werde ruhiger.

Lächelnd ergreife ich das Weinglas, hebe es hoch und sehe Malte an. »Du bist mein bester Freund und du weißt mehr über mich als jeder andere. Aber ich habe eine Bitte: Lassen wir das Vergangene ruhen und nach vorn auf die Zukunft blicken.«

Kapitel Vier

»Bitte halten Sie hier an.« Ich tippe dem Taxifahrer schon einen Straßenzug vor dem genannten Ziel auf die Schulter. »Entschuldigung, lassen Sie mich raus. Ich möchte noch ein wenig Luft schnappen.« Ich greife nach einem Schein, reiche ihn nach vorne und lächle mit schräggelegtem Kopf, als müsse ich um Verständnis bitten. »Stimmt so«, lehne ich hastig ab, als er nach dem Wechselgeld greift. Zugleich frage ich mich, warum ich mich dafür entschuldige, meine Pläne geändert zu haben. Der Mann ist ein Fremder, ich schulde ihm weder Erklärungen noch kann ich es mir leisten, dermaßen großzügige Trinkgelder zu geben.

Egal.

Ich muss nur raus, frische Luft schnappen.

Es hat aufgehört zu regnen, über den Dächern und in den Straßen hängt dichter Nebel. Die Luft ist getränkt mit klarer, frischer Feuchtigkeit, die ich gierig einsauge.

Noch einmal lasse ich den Abend in Gedanken Revue passieren. Es ist spät geworden und nach einigen heftigen Momenten klang das Treffen mit Malte harmonisch aus. Dennoch hat es einen bitteren Geschmack hinterlassen. Malte hat einen Punkt getroffen, der schwer auf mir lastet. Ich bin nicht ehrlich zu Ture und mache mir selbst was vor.

Ja, ich belüge alle, die mir nahestehen. Selbst meinen Psychotherapeuten Isak.

Er weiß nichts davon, dass ich die Pillen reduziere. Doch letzteres ist notwendig. Ich will klar sein, wenn ich Ture meine Geschichte erzähle. So ist zumindest mein Plan.

Tief in Gedanken versunken, starre ich die ganze Zeit auf das graue Pflaster des Fußwegs. Auch etwas, das ich vorher nie getan habe. Überhaupt erkenne ich mich selbst kaum wieder. Stets habe ich stolz meinen Kopf gehoben, habe mich für unbesiegbar gehalten.

Doch seit jenem Tag oben im Norden fällt es mir schwer, wenigstens so zu tun, als sei ich stark. Dabei ist es genau das, was ich ständig zu meinen Yoga-Teilnehmern sage. *Immer stolz den Kopf heben. Diese Körperhaltung fördert das Selbstbewusstsein und verleiht eine positive Ausstrahlung.*

Zu dumm, dass es mir selbst immer schwerer fällt, das zu beherzigen. Mein Selbstbewusstsein tendiert derzeit oft gegen null. Und nichts Vorhandenes nach außen tragen, erfordert mehr Schauspieltalent und Kraft als ich habe.

Im Flur streife ich meine feuchte Jacke und die Schuhe ab. Der Duft von *Köttbullar* hängt noch in der Luft.

Ich kann es mir nicht verkneifen, in die Küche zu linsen. Alles ist picobello aufgeräumt. Was anderes habe ich von Agnes auch nicht erwartet. Sie ist eine Perfektionistin. Sie hat sich immer im Griff, selbst heute Abend, als sie für einen winzigen Moment emotional wurde, hat sie die Situation gemeistert.

Ja, Agnes ist eine wahrlich musterhafte Frau.

Eine Frau, die alles organisiert, nie jammert und immer gepflegt daherkommt. Eine Frau, die so ist, wie ein Mann es sich nur wünschen kann.

Ist es das, was Ture auch von mir erwartet? Perfekt zu

sein, wie seine Mutter? Ganz leise kriecht ein Gefühl der Eifersucht in mir hoch.

Nein, das ist albern, rede ich mir ein.

Rasch knipse ich das Licht in der Küche aus und eile ins Bad.

Wie besessen putze ich mir die Zähne, als könnte ich meine Zerrissenheit einfach wegputzen, und wage einen Blick in den Spiegel. Meine großen blauen Augen sehen mich erwartungsvoll an. »Ich schaffe das«, murmele ich meinem Spiegelbild zu.

Vorsichtig öffne ich die Tür zum Schlafzimmer. Lausche Tures tiefen gleichmäßigen Atemzügen. Sie beruhigen mich und vertreiben den Spuk. Ich muss verrückt sein, zu glauben, dass Ture mich mit seiner Mutter vergleicht.

Vorsichtig hebe ich die Bettdecke an und schmiege mich an ihn, atme seinen unvergleichlichen männlichen Duft ein.

»Da bist du ja«, brummelt er schlaftrunken und zieht mich fest zu sich heran. Eine Welle des Glücks und Wohlbefindens umhüllt mich.

Kapitel Fünf

Verlockender Kaffeeduft kitzelt meine Sinne. Ausgiebig rekele ich mich und lausche dem geschäftigen Treiben, das aus der Küche zu mir weht.

»Süße, bist du schon wach?«, ruft er so laut, dass ich es spätestens jetzt wäre. »Frühstück ist in fünf Minuten fertig. Heute gibt es gekochtes Ei mit Kaviarcreme, eingelegten Hering und deine Filmjölk.«

»Wie lecker. Filmjölk bitte mit Marmelade und Weizenkleie«, antworte ich.

Ich liebe Filmjölk, die Sauermilch ist wie ein Frischekick am Morgen für mich. Voller Vorfreude schlage ich die Bettdecke zurück, taste mit den Füßen auf dem Fußboden nach meinen Wollsocken. Nichts. Ich schaue unter das Bett. Auch hier sind sie nicht. Seufzend erhebe ich mich. Ohne Wollsocken am Morgen fehlt mir etwas. Ich brauche und liebe meine Routine, auch wenn Ture meint, dass es eine Macke von mir ist.

Du, und dein Sockentick, hat er mir mal schmunzelnd vorgeworfen, als er mich dabei ertappte, wie ich mir sogar an einem heißen Augusttag die selbstgestrickten Füßlinge gleich nach dem Aufwachen übergestreift habe. So bin ich nun mal.

Mein Blick wandert suchend durch das Schlafzimmer. Irgendwo müssen sie doch sein. Es sind meine Lieblingssocken und ich bin mir sicher, dass ich sie vor dem Bett gelassen habe, so wie immer.

»Leah, was ist, kommst du endlich?«

»Ja, gleich.«

Entnervt öffne ich die Schranktür, um mir ein paar frische Socken zu holen. Schlagartig erinnere ich mich an gestern Abend, und daran, wie sehr mich allein der Gedanke, Agnes könne meine Sachen durchwühlen, beunruhigt hat.

Sofort schiebe ich die ausrangierte Outdoorkleidung beiseite, hinter der ich auch meinen alten Rucksack verstaut habe. Mir klopft das Herz bis zum Hals. Gebannt sehe ich auf das Sweatshirt, das über dem Rucksack drapiert ist. Ist es bewegt worden? Wie ist die Anordnung der Falten? Habe ich es so gefaltet? Ja, vielleicht. Vorsichtig streiche ich über das Sweatshirt. Taste einmal. Zweimal. So lange, bis ich mir sicher bin, dass alles so ist, wie ich es hinterlassen habe. Ich kontrolliere lieber mit meinem Tastsinn, es ist mein geistiges Auge und betrügt mich niemals.

Erleichtert lasse ich meinen angehaltenen Atem entweichen.

»Was ist jetzt? Kommst du?«

Erschrocken wirbele ich herum.

Ture steht in der Tür und mustert mich stirnrunzelnd. »Leah, was machst du da?«

Hitze steigt in mir auf und ich spüre, wie mir die Röte ins Gesicht schießt. »Nichts ich … ich suche nur ein paar Socken. Bin gleich da.«

Kopfschüttelnd dreht er sich um und geht zurück in die Küche.

»Scheiße, ich bin wirklich paranoid«, fluche ich leise und greife blind nach ein paar Socken aus dem oberen Fach.

Ich stutze.

Aus dem Augenwinkel bemerke ich, dass meine Unterwäsche nicht so sortiert ist, wie ich es immer tue. Nach Farbe, Dessous und Wäsche in ordinärer Baumwolle für meine Yoga-Sessions. Oder habe ich die Wäsche selbst anders im Schrank abgelegt? Erinnern kann ich mich nicht daran. Ich weiß nur noch, dass ich gestern ewig gebraucht habe, um ein Outfit für das Treffen mit Malte auszuwählen. Nachdenklich ziehe ich mir die Socken über.

Boah, ich bin echt durch den Wind.

Bevor ich in die Küche gehe, husche ich ins Bad und putze mir die Zähne. Dabei bemerke ich, dass der Deckel des Wäschekorbs schief aufliegt. Ich klemme mir die Zahnbürste in den Mund, hebe den Deckel an, um die Wäsche herunterzudrücken. Zuoberst liegen meine Socken. Habe ich sie dort reingelegt? Aber warum sollte ich das tun?

Nein, das passt nicht zu mir.

Es gibt nur eine einzige Person, die infrage kommt für diese Übergriffe.

Rasch streife ich mir eine Strickjacke über. Ich muss sofort mit Ture über seine Mutter, die Schlüssel und ihre unangebrachten Übergriffe sprechen. Agnes kann nicht einfach jederzeit in unsere Wohnung spaziert kommen.

Nur, wie soll ich das ansprechen?

Einfach meinen Ärger ungefiltert rauslassen?

Nein, ich muss ruhig und gelassen sein und den richtigen Moment abwarten.

Um mich abzulenken, blicke ich aus dem Fenster. Tristes Grau trifft auf meine Augen. Schade. Sonne würde meiner Stimmung guttun.

Auf dem Bürgersteig bemerke ich ein junges Paar, das zu einem Wagen eilt. Sie haben sich herausgeputzt, als würden sie zu einer Feier oder vielleicht einem Brunch gehen. Ihre Körpersprache strahlt Liebe und Harmonie aus. Fürsorglich hält der Mann einen Schirm über die Frau, öffnet ihr die Wagentür, und wartet geduldig, bis sie eingestiegen ist. Ich ertappe mich dabei, wie ich innerlich seufze und lächle.

»Oh, das duftet fantastisch.« Ich wedele mit der Hand über die Filmjölk und stürze mich auf meine Lieblingsspeise.

Während ich mich ganz dem Essen hingebe, spüre ich Tures amüsierten Blick. »Entschuldige, ich hab wahnsinnigen Hunger.«

»Ich liebe es, wenn du dich wie eine Verhungernde über die Speisen hermachst. Das ist irgendwie ...«, er schmunzelt, neigt sich vor, seine grünen Augen blicken mich intensiv an. »... animalisch.« Zart streicht er mit dem Finger über mein Kinn, um einen Tropfen Filmjölk behutsam wegzuwischen. Dann beugt er sich weiter vor und küsst mich.

Ich schmelze dahin. Versinke in diesem wohligen Gefühl von Leidenschaft und Vertrautheit.

Viel zu rasch löst sich Ture aus der Umarmung, sieht mich aufmerksam an, als wolle er in mir lesen. »Erzähl, wie war dein Abend mit Malte?« Er füllt die Becher mit Kaffee, sieht mich erwartungsvoll an.

»Super«, ich räuspere mich, will etwas Zeit gewinnen, den Augenblick ausdehnen, bevor ich ihm antworte. Ich nippe an meinem Kaffee, überlege, was von dem Abend ich Ture erzählen soll. Dass es schön war, Malte zu sehen? Dass Malte einen wunden Punkt getroffen hat, als er mich mit dem Kopf darauf gestoßen hat, welches Spiel ich mit Ture spiele, wenn ich ihm weiter alles verschweige. Und da sind noch die Pillen. Ich spüre, wie mir heiß wird vor Verlegenheit.

»Also, was ist? Wie war dein Abend?«, hakt Ture in etwas schärferem Ton nach, ohne mich aus den Augen zu lassen.

»Ach, es war nett«, erwidere ich so beiläufig wie möglich. »Wir haben viel über die alten Zeiten geredet.« Mein Blick wandert zum Fenster. Mittlerweile hat es aufgehört zu regnen und der Himmel wird heller. »War schön, ihn wiederzusehen und alte Geschichten aufzuwärmen.« Ich sehe Ture nicht an, sondern blicke weiter zum Fenster und überlege, wie ich das Gespräch auf Agnes lenken kann. Ich bin mir unsicher, ob es der richtige Moment ist. Aber gibt es denn immer den perfekten Augenblick?

»Was ist mit dir? Muss ich mir Gedanken machen?«

»Nein, natürlich nicht«, beteure ich überrascht. »Ehrlich, es war ein Abend mit einem Freund, nichts weiter.«

»Wenn du es sagst.«

»Was soll das?«

»Nun, du bist so … ich weiß auch nicht, so in dich gekehrt.«

»Das bildest du dir nur ein.« Ich ringe mir ein Lächeln ab. Aber was meine Stimmung angeht, liegt er richtig. Noch immer überlege ich, ob ich die Sache mit dem Schlüssel ansprechen oder verschieben soll.

»Sicher?«

»Aber ja.« Fest sehe ich ihn an. »Malte ist ein guter Freund, nichts weiter, du brauchst dir wirklich keine Gedanken zu machen.«

Er atmet befreit aus und haucht einen Kuss auf meine Wange.

Seine Erleichterung rührt mich. Nie hätte ich gedacht, dass er unsicher ist, was unsere Beziehung angeht. Und genau diese Reaktion verleiht mir Stärke und ich denke, ich kann das Thema Agnes angehen.

»Und wie war es bei dir?«, frage ich ihn und sehe ein Leuchten in seinen Augen. Es trifft mich. Natürlich war der Abend mit seiner geliebten Mutter ganz toll. Ich warte ab, was er mir zu sagen hat. Schließlich hat Agnes ihn anlässlich eines traurigen Anlasses wegen bekocht und sich liebevoll um ihn gekümmert. Der Todestag *seiner* Brigitta.

Und da ist es wieder, dieses Grollen in mir.

»Was siehst du mich so skeptisch an?«

»Nichts weiter. Erzähl schon.«

»Nun ja, es war ein entspannter Abend und nicht nur das: Es gibt eine super Neuigkeit.« Aufgeregt richtet er sich auf. »Ich hab dir doch von der Altstadt-Immobilie in der Tullhus Straße erzählt, die ich gerne anmieten würde, um dort einen weiteren Laden zu eröffnen. Erinnerst du dich?«

»Aber natürlich erinnere ich mich! Tolle Location, genial gelegen mit Blick auf das Wasser. Was ist damit?« Seine Aufregung springt zu mir über. Augenblicklich sind meine düsteren Gedanken vergessen.

Er grinst breit und genießt augenscheinlich meine Neugier.

»Komm schon, spann mich nicht auf die Folter.«

»Nun, wie es aussieht, hat meine Mutter es geschafft, Carl Hermansson davon zu überzeugen, dass ich der ideale Mieter bin. Sie kennt ihn aus alten Zeiten, als mein Vater noch dick im Immobiliengeschäft war. Stell dir vor, sie hat bereits einen Termin für mich organisiert.« Seine Wangen glühen vor Eifer und Aufregung.

»Aber wieso hat er dann nicht auf deine Anfrage reagiert?«

»Ist doch egal. Hauptsache, meine Mutter hat das hinbekommen. Sie ist eben eine gewiefte Geschäftsfrau, das hat sie von meinem Vater gelernt.« Ganz in Gedanken schüttelt er lächelnd den Kopf. »Ich bin ihr so unendlich dankbar dafür.«

Immer noch lächelnd sieht er mich an und ich weiß nicht, was ich sagen soll. Natürlich freue ich mich für ihn, aber das ausgerechnet Agnes diejenige ist, die ihm zu diesem Glück verholfen hat, wurmt mich.

»Was sagst du dazu?«, fragt er nach.

»Ich bin sprachlos. Das sind wunderbare Nachrichten.« Für einen winzigen Augenblick weiß ich nicht, was ich tun soll. Doch dann stehe ich vom Stuhl auf, umarme ihn und bedecke sein Gesicht mit Küssen. »Du bist deinem Traum einen Schritt nähergekommen und ich freue mich sehr für dich«, flüstere ich ihm ins Ohr.

»Danke dir. Jetzt muss ich nur noch Carl Hermansson überzeugen.« Er seufzt tief.

»Das schaffst du, schließlich laufen deine Fast Food Läden erfolgreich und du bist ein Meister im Verhandeln.«

»Ja, das stimmt. Aber Carl ist ein sehr vorsichtiger Geschäftsmann. Er wird sich nach allen Seiten hin absichern.«

»Du schaffst das«, bekräftige ich ihn erneut und küsse ihn auf die Wange, bevor ich meinen Kaffeebecher vom Tisch nehme, mich an die Wand lehne und aus dem Fenster sehe. Eben noch wagte die Sonne einen vorsichtigen Blick, doch jetzt haben sich dunkle Wolken davorgeschoben. Ist das ein Zeichen, dass ich das Schlüsselthema nicht ansprechen soll? Schließlich ist das ein glücklicher Moment für Ture, den ich ihm nicht verderben will.

Mit halbem Ohr lausche ich seinen euphorischen Ausführungen darüber, wie Agnes es geschafft hat, Carl zu überzeugen. Und es nervt mich. Meine Entrüstung gegenüber Agnes steigert sich.

»Worüber denkst du nach?«, will Ture wissen.

»Hast du meine Socken in den Wäschekorb gelegt?«, frage ich, ohne zu überlegen.

Entgeistert sieht er mich an. »Ich verstehe nicht, was du meinst?«

»Nun, meine Lieblingssocken sind im Wäschekorb und ich hab sie dort nicht hineingetan!«, behaupte ich eiskalt, ohne mir dessen sicher zu sein. Aber aus einem unerfindlichen Grund interessiert mich das gerade nicht.

»Ist das wichtig für dich?«, fragt Ture mit einem irritierten Blick.

»Ja!«

»Warum?«

»Weil weder du noch ich es war – sondern deine Mutter!«

Ture verstummt. Prüfend sieht er mich an und schweigt.

»Warum hat Agnes einen Wohnungsschlüssel?«, platzt es aus mir heraus. »Und warum musste sie diese blöde Ausrede erfinden, dass ihr den Todestag *deiner* Brigitta zelebrieren wollt! Weil du ja sooo traurig darüber bist. Warum konnte sie mir nicht sagen, dass sie einen Deal mit … wie heißt er doch gleich? Carl? Ja, Carl, arrangiert hat? Warum, Ture?«

Er schweigt.

»Weißt du, wie ich mich gefühlt habe, als ich gestern Abend halbnackt in die Küche kam, weil ich dachte, du bist es und ich könnte dich überraschen, wenn du mich so siehst in meinem BH …« Abrupt verstumme ich und hole tief Luft. »Also, warum hat Agnes einen Schlüssel?«

»Warum nicht?«, presst er genervt hervor.

»Was ist das für eine Frage? Schließlich wohnen wir hier und es gibt eine Privatsphäre!« Ich starre Ture an, kann kaum meine Entrüstung zügeln. »Ich mag das nicht!«

»Verstehe.« Er leckt sich über seine Lippen. Sein Blick ist unverwandt auf mich gerichtet.

»Wirklich?«, frage ich bissig.

»Beruhige dich, ist doch kein Drama.«

»Für mich schon.« Es ärgert mich, dass er nicht versteht, was es für mich bedeutet. »Ich brauch meine Privatsphäre und ich mag es nicht, wenn meine Sachen von A nach B getragen werden, oder wenn jemand meine Unterwäsche inspiziert. Denn auch die war nicht so angeordnet, wie ich es getan hab. Das kann sie nicht machen. Verstehst du es jetzt?«

Mit unbewegter Miene steht er auf, reibt sich über sein Kinn, während er durch die Küche schreitet. »Leah, sie ist meine Mutter und sie hat eine schwere Zeit hinter sich, seit mein Vater nicht mehr lebt. Sie braucht das Gefühl, nicht allein zu sein. Ich bin der Einzige, den sie noch hat. Kannst du das nicht verstehen?«

»Nein, kann ich nicht! Auch wenn sie allein ist, bedeutet es noch lange nicht, dass sie hier ein und ausgehen kann, wie es ihr gefällt«, erwidere ich gereizt.

Ture kommt auf mich zu, beugt sich vor, sein heißer

Atem schlägt mir ins Gesicht. »Warum nicht? Hast du etwas zu verbergen?«

Sein Ton hat etwas an sich, das mir Angst einjagt. Hart und unbeherrscht. Noch nie hat er so reagiert. Wie Fremde sehen wir uns an. Keiner weicht einen Schritt zurück. Mir ist übel und ich habe keine Idee, was ich tun oder sagen soll.

Ture nimmt mir die Entscheidung ab. »Ich fahre jetzt an den Strand, nach Oxberget«, stößt er aus. »Ich brauche frische Luft und Bewegung.«

Bevor er aus der Küche stürmt, dreht er sich noch einmal um. »Übrigens, wir sind heute Nachmittag bei meiner Mutter zum Kaffee eingeladen, um eine Strategie für die Verhandlungen mit Carl zu erarbeiten. Ich möchte, dass du mitkommst. Es ist wichtig für mich – für uns.«

Stumm nicke ich.

»Gut, wir sehen uns später.« Sein Blick geht abschätzend über meinen Körper. »Eines noch, kein Wort über unsere Auseinandersetzung zu meiner Mutter. Versprich es mir.«

Wieder nicke ich.

»Okay. Ich werde die Angelegenheit regeln, wenn der Zeitpunkt passend ist.« Ohne meine Antwort abzuwarten, rauscht er aus der Wohnung.

Als ich die Wohnungstür zuschlagen höre, zucke ich zusammen.

Meine Tränen vermischen sich mit dem warmen Wasser der Dusche. Ich mache mir Vorwürfe, dass ich so unkontrolliert war. Ausgerechnet an seinem Tag, dem Tag, an dem er glücklich war und einen Fortschritt für seine Zukunft sah. Ich bin eine verfluchte Egoistin. Alles, was ich liebe, vernichte ich mit meiner Sturheit, um das zu bekommen, was ich gerne möchte. So wie damals, als ich alles verloren habe. Das darf nicht mehr passieren. Auch wenn mein

Therapeut meint, dass es nicht an mir gelegen hat, sondern das es Schicksal war.

Nein, ich glaube ihm nicht mehr.

Ich bin es, die alles ruiniert.

Eingewickelt in ein Handtuch stehe ich vor meinem Schrank, starre auf das Fach mit den Socken. Meine Kehle ist trocken. Noch zögere ich, doch eigentlich habe ich mich schon entschieden. Aus der roten Socke ziehe ich eine Pfefferminzdose heraus, in der ich meine Pillen aufbewahre. Ture hasst Pfefferminzdrops und würde nicht mal versehentlich eine schlucken, falls er mein Versteck finden sollte.

Meine Hand zittert, während ich eine Tablette entnehme und in den Mund schiebe. Sie wird mich beruhigen. Zumindest rede ich mir das ein und schlucke sie herunter. Ich breche die Regel. Denn eigentlich nehme ich sie nur noch alle drei Tage. So weit habe ich es schon geschafft. Doch jetzt kann ich nicht anders.

Kapitel Sechs

Der Mercedes-Kombi schnurrt über die Landstraße nach Blockhusudden. Es sind nur knappe fünfzehn Minuten Fahrt bis zu Agnes' Haus und doch kommt es mir wie eine Ewigkeit vor. Aus dem Radio verkündet der Moderator im flotten Ton den Wetterbericht:

> *Hej hej hej, ihr Lieben. Die nächsten Tage ist wettermäßig alles dabei. Wir erwarten Regen, Schnee und Temperaturen um die zwei Grad. Natürlich habe ich auch gleich den dazu passenden Song für euch. Bleibt dran.*

»Na super«, fluche ich und sehe zu Ture, der nicht reagiert. Unterwegs haben wir nicht ein Wort gewechselt. Schon als er mich zu Hause abholte, beschränkte er sich auf das Nötigste und ich schwieg. Wahrscheinlich wollte er nicht noch mehr Scherben verursachen.

Ich sehe zum Seitenfenster hinaus und hänge meinen Gedanken nach, während wir den Kanal Djurgårdsbrunnsbron überqueren. Ich blicke auf graue Wiesen und kleine

Wälder. Die Birken haben längst ihr Blattwerk abgeworfen und stehen wie Skulpturen in der Landschaft.

Wie angekündigt erklingt aus dem Radio der Song: *Raindrops keep falling on my Head …*

Mir wird augenblicklich warm ums Herz, es war der Lieblingssong meiner Schwester.

Auf der Stelle brennen meine Augen und füllen sich mit Tränen. Unruhig rutsche ich auf dem Ledersitz hin und her. Ich kann es nicht länger aushalten, ruckartig lehne ich mich vor und stelle das Radio aus.

Verdammte, widersprüchliche Gefühle, schimpfe ich stumm vor mich hin und martere mich mal wieder dem Gefühl, dass kein normaler Mensch mein Auf und Ab verstehen kann.

»Warum hast du es ausgestellt?«

»Ich mag den Song nicht«, entgegne ich gereizt.

»Aber ich!« Fest umklammert er das Lenkrad. »Was ist nur mit dir los?« Flüchtig sieht er zu mir.

»Es ist nichts, es ist alles okay«, entgegne ich leise und doch spüre ich diese Unruhe in mir. Warum wirken diese verdammten Pillen nicht mehr? Bin ich innerlich blockiert, obwohl ich mich wie auf Droge fühle? Einerseits leicht und beschwingt und bei der Erinnerung, die der Song hervorruft, falle ich in ein tiefes Loch.

Ture ergreift meine Hand, die verkrampft in meinem Schoß liegt. »Lass uns Frieden schließen, okay?«

Dankbar über diese Geste lächle ich ihn an. »Ja, lass uns Frieden schließen.«

»Gut«, meint er und entzieht mir seine Hand. »Ich bitte dich nochmals, kein Wort zu meiner Mutter über unsere Auseinandersetzung. Sie ist empfindlich und ich möchte ihr nicht die Freude darüber verderben, dass sie mir den persönlichen Kontakt zu Carl Hermansson geebnet hat. Ich verspreche dir, dass ich mit meiner Mutter reden werde, sobald ich mich mit Carl getroffen hab. Ist das akzeptabel für dich?« Eindringlich sieht er mich an. »Versprich es mir.«

Ein böser Kommentar liegt mir auf den Lippen, dass er ein Weichei gegenüber seiner Mutter ist. Doch ich lasse es. Nicke zustimmend und damit ist er zufrieden. Ich möchte nur diesen Tag überstehen und wünsche mir von Herzen, dass alles wieder so wird wie früher, als wir uns kennenlernten.

Damals, als ich mit Heißhunger auf einen ordinären Burger mit Pommes in eines von Tures edlen Fast Food Restaurants stürmte und feststellen musste, dass es so etwas in dem hippen Laden nicht gab. Zur Auswahl standen nur extravagante Burger mit viel Gesundem drauf.

Eindringlich redete ich auf die Bedienung ein, bettelte sie an, eine Ausnahme zu machen, als sich Ture einmischte.

Er übernahm die Bestellung, brachte mir meinen gewünschten Burger persönlich vorbei. Fasziniert sah er mir zu, wie ich ihn verschlang. Dann redeten wir über Gott und die Welt. Er hing an meinen Lippen und sah mich an, als wäre ich die schönste Frau, die er je gesehen hat. Und ich war beeindruckt von diesem Mann, der mir zuhörte und mit mir lachte. Dabei sprühten seine Augen voller Lebensfreude. Ich weiß noch ganz genau, dass es dieses Lachen war, das mich in seinen Bann zog und ich mich Hals über Kopf in ihn verliebte.

Und jetzt? Jetzt sitzen wir in diesem Wagen und fahren zu seiner Mutter und ich soll mich zurückhalten. Tief in mir ahne ich, dass er nicht mit Agnes über das Schlüsselproblem reden wird. Weder morgen noch irgendwann. Er mag keine Konflikte und schon gar nicht mit seiner Mutter.

Kapitel Sieben

Agnes' traumhaftes Anwesen liegt direkt an der Landzunge und bietet einen atemberaubenden Blick auf das Meer. Das herrschaftliche Anwesen beeindruckt mich bei jedem Besuch. Wenn ich im Sommer den Duft der blühenden Rosen und des rankenden Jasmins einsauge, fühle ich mich wie in einer Märchenwelt und wünsche mir insgeheim, auch so zu leben, vielleicht nicht ganz so prunkvoll.

Doch bei unserer Ankunft spüre ich nichts von dem Zauber früherer Besuche. Nieselregen hat eingesetzt. Eine Windböe fegt mir ins Gesicht, als ich aus dem Wagen steige. Ich schlage den Kragen meines Mantels hoch und senke den Kopf. Ture legt seinen Arm um meine Taille, haucht mir einen Kuss auf die Wange. »Danke.«

»Wofür?«

»Dafür, dass du nicht darauf bestehst, dass ich gleich heute mit meiner Mutter rede. Dieses Anliegen ist schwer für mich. Ich will ihr nicht wehtun und möchte mich auch unbelastet auf das Gespräch mit Carl vorbereiten. Du weißt, wie wichtig das für mich ist.«

Ich, ich, ich … und dann kommt erst einmal Agnes.

Ich spreche es nicht aus, so sehr es mich drängt, ihm meinen Unmut über seine Prioritäten ins Gesicht zu schleudern. Aber gut, wieder einmal stehe ich zurück, reiße mich zusammen.

Noch bevor wir die Stufen zur Haustür erreicht haben, fliegt sie auch schon auf. »Da seid ihr ja endlich!«, ruft Agnes. »Kommt schnell rein, das ist ja ein furchtbares Wetter.« Stürmisch umarmt sie Ture, schiebt ihn ins Haus, lächelt mich an und küsst rechts und links meine Wangen. »Schön, dass du mitgekommen bist.«

»Natürlich, schließlich geht es um Ture und seine … um unsere gemeinsame Zukunft«, berichtige ich mich rasch mit einem breiten Lächeln. Dabei genieße ich ihre flüchtige Irritation, bevor sie sich abwendet und wie eine Königin durch die Halle zum Wohnzimmer schreitet.

Der Duft nach Zimt hängt in der Luft. Ein loderndes Feuer prasselt im Kamin, Kerzen tauchen alles in ein weiches Licht. So war es auch bei meinen Eltern an einem trüben Tag wie heute. Ich habe es immer genossen, natürlich haben wir nicht in so einem herrschaftlichen Haus gelebt. Mein Zuhause war bescheiden, aber heimelig.

Vor dem lodernden Kaminfeuer befinden sich zwei Ohrensessel. Dazwischen ein Tisch mit zwei Kaffeetassen und einem silbernen Tablett mit Zimtschnecken.

Zwei Sessel!

Gedeckt für zwei Personen!

Eilig schiebt Ture einen weiteren Sessel an den Kamin. Offensichtlich hat Agnes nicht mit mir gerechnet.

Verdammte Heuchlerin!

Ture meidet meinen Blick, eilt in die Küche zu Agnes.

Da ist der perfekten Agnes wohl ein Fauxpas unterlaufen, schießt es mir durch den Kopf. Ein Fehler, der so einiges über ihr Gefühl mir gegenüber aussagt und es passt mir ganz gut, das Ture es bemerkt hat. Um ehrlich zu sein, freut es mich diebisch.

Gelassen gleite ich in den mittleren Sessel, genieße das Knistern des Feuers, die Wärme, die es spendet und mein überlegendes Gefühl, auch wenn ich dieses Gefühl verabscheue. Ich bin immer für klare Worte und ich mag keine Spielchen, doch jetzt muss es offensichtlich so sein.

Ich lausche den gedämpften, aber deutlich erregten Stimmen aus der Küche, die mit einem Mal verstummen. Dann höre ich Schritte hinter mir.

»Oh Liebes, würde es dir etwas ausmachen, dich auf einen anderen Sessel zu setzen? Ich bevorzuge die frontale Wärme des Feuers.«

Ich glaube ihr nicht, dennoch erhebe ich mich entschuldigend.

»Wie war der Abend mit deinem Freund?« Beflissen schenkt sie mir Kaffee in die hastig dazugestellte Tasse.

»Danke, dass du fragst, es war sehr entspannend und ich hatte viel Spaß.«

»Das freut mich.« Agnes tauscht einen raschen Blick mit Ture aus. Doch er geht nicht darauf ein. Erleichtert erwidere ich seinen liebevollen Blick. Ihn anzusehen, stärkt mich.

Nach einem kurzen innigen Moment zwischen uns wendet sich Ture den Köstlichkeiten auf dem Tablett zu und greift zu. »Die duften fantastisch«, lobt er und beißt beherzt in die mit Zimt und Zucker gefüllten Zimtschnecken.

»Dem kann ich mich nur anschließen«, sage ich, tue es ihm gleich und wende mich an Agnes. »Du musst mir unbedingt das Rezept verraten.« Ich nehme mir gleich noch eine Zimtschnecke und verdrehe in gespielter Manier die Augen.

Agnes verzieht ihre schmalen, mit rosa Lippenstift geschminkten Lippen, zu einem missglückten Lächeln. »Das mache ich irgendwann«, verspricht sie und wendet sich wieder Ture zu.

Sofort ist sie wieder voll in ihrem Element, während sie Ture jede Einzelheit ihres Gesprächs mit Carl schildert. Wie er sich bewegte, was er sagte, wie sie darauf reagierte und wie sie es geschafft hat, Carl zu überreden, Ture eine Chance zu geben. Überschwänglich berichtet sie darüber, wie sie den gefragten Mann davon überzeugt hat, was für ein genialer Geschäftsmann ihr Sohn ist. Sie sprüht vor Eifer und Stolz. Und auch Ture scheint ganz gefangen von ihren Worten und Lobpreisungen, die er bestimmt schon gestern Abend gehört hat.

Ich kann mich nicht entscheiden, ob ich das peinlich oder rührend finden soll. Des lieben Friedens und Ture zuliebe, entscheide ich mich mitzuspielen. Lächelnd lege ich meine Hand auf Agnes' Arm. »Was du für Ture tust, ist so wundervoll, Agnes. Du bist eine perfekte Agentin. Ich freue mich so sehr, dass du das eingefädelt hast. Nicht wahr, Ture?«

Er nickt mir wohlwollend zu und seine Augen leuchten. Ich erwidere sein Lächeln und genieße dieses Hin und Her zwischen uns. Anscheinend wirkt die Pille doch. Ich fühle mich vollkommen entspannt.

Auch Agnes schenkt mir freundlich ihre Aufmerksamkeit. »Danke für die Blumen, mein Kind. Ja, mein Sohn hat es verdient.« Stolz tätschelt sie seine Hand. »Und jetzt gilt es, die richtige Strategie auszuloten. Denn Carl ist ein durchtriebener Geschäftsmann und nur auf seinen Vorteil bedacht. Aber gemeinsam bekommen wir das hin. Die Immobilie ist die beste Adresse für Tures neues Restaurant.« Euphorisch blickt sie ihn und mich an.

Eine Art Goldgräberstimmung legt sich über uns. Wir stecken die Köpfe zusammen, um die beste Strategie auszutüfteln. Doch schon bald bemerke ich, dass mir keiner zuhört. Selbst Ture ignoriert mich und hängt nur an den Lippen seiner Mutter. Dass Agnes mir immer wieder den Rücken zukehrt und ernst und bestimmend auf Ture einredet, macht es nicht besser.

Mir reicht es. Meine Stimmung hat sich dahingegend verändert, dass ich nervös werde. Irgendwann erhebe ich mich aus dem weichen Sessel, nuschele, dass ich zur Toilette gehe, was Mutter und Sohn mit einem flüchtigen Kopfnicken registrieren.

Sie brauchen mich nicht.

Das schmerzt, mehr als ich es mir eingestehen mag.

An der Wohnzimmertür bleibe ich stehen, wende mich noch einmal um und stutze. Es fühlt sich an, als würde Ture mit einer Geliebten reden. Lachend hat er den Kopf in den Nacken gelegt und seine Hand umschlingt die von Agnes. Er sieht sie liebevoll an und nickt immer wieder zustimmend. Was für eine Show! Ekelhaft! Ich spüre, wie sich Aggression in mir breit macht. Und wieder frage ich mich, warum meine Pillen nicht mehr so wirken, wie ich es gewohnt bin. Oder ist der Reiz, dem ich ausgesetzt bin, einfach zu groß? Aber würde nicht jede Frau, die nicht unter einem Trauma leidet, so wie ich, ebenso reagieren? Eine Mutter, die ihren Sohn wie einen Geliebten behandelt, nicht loslassen kann. Und ein Sohn, der das Spiel nur zu gern mitspielt. Oder bilde ich mir das nur alles ein? Weil mich diese Pillen lähmen, wenn es um klare Gedanken und Gefühle geht. Ja, das wird es sein.

Ich löse mich von dem Anblick der beiden. Murmele das Mantra *Sa-Ta-Na-Ma*.

SA steht für die Geburt – TA für das Leben – NA für den Tod – MA für die Wiedergeburt.

Mag sein, dass ich ein bisschen verrückt bin. Aber solche Dinge wie dieses Mantra beruhigen mich und geben mir Kraft. Und die brauche ich jetzt, sonst werde ich noch irre.

Vielleicht sollte ich die Pillen doch noch nicht reduzieren oder gar absetzen. Vielleicht hat mein Therapeut recht, indem er mich mahnt, Geduld zu haben. Dass es dauern wird, bis ich bereit bin, zu akzeptieren, dass es Schicksal war, was passiert ist. Doch so ganz kann ich es nicht glauben und schon gar nicht akzeptieren.

Mit dem Handrücken wische ich mir den kalten Schweiß von der Stirn während ich den langen Flur entlang schleiche. Auch ein Phänomen, das vorher nie auftrat: kalter Schweiß und eine Unruhe, die aus heiterem Himmel über mich kommt. Diese Gefühlsschwankungen machen mich fertig. Wieder murmele ich das Mantra.

Ich komme an dem sogenannten Herrenzimmer vorbei. Die Tür ist angelehnt, was sehr ungewöhnlich ist. Neugierig bleibe ich stehen. Nur einmal, bei meinem ersten Besuch, als Ture mich seiner Mutter vorstellte, gewährte sie mir einen kurzen Blick in das Zimmer mit den Worten: *Das war das Lieblings- und Arbeitszimmer meines Mannes und ich betrete es nur selten. Es birgt zu viele Erinnerungen an eine schöne Zeit.*

Damals tat sie mir leid und ich konnte nur zu gut verstehen, was sie meinte und fühlte.

Rasch werfe ich einen Blick über die Schulter, bevor ich die Tür ganz aufdrücke und ins Innere husche.

In dem Zimmer riecht es nach verbrauchter Luft, irgendwie modrig, mit einer Note von Zigarrenrauch. Ich frage mich, wie lange so ein Duft an den Wänden und Möbeln kleben bleibt. Von Ture weiß ich, dass sein Vater Zigarren rauchte und das noch vor dem Frühstück.

Ich bin versucht, ein Fenster zu öffnen, doch ich widerstehe dem Drang und lasse meinen Blick über die ausladenden Sessel, den Kamin und einen opulenten Schreibtisch gleiten. Alles sieht so aus, als hätte der Hausherr gerade seinen Schreibtisch verlassen, eine angerauchte Zigarre im Aschenbecher, daneben ein Stapel mit Akten und eine aufgeschlagene Tageszeitung. Ich muss schlucken, als ich das Datum auf der Zeitung lese.

Es war der Tag, an dem er gestorben ist. Agnes hat alles so gelassen, wie in einem Museum, einer Erinnerungsstätte.

Wieder spüre ich einen Anflug von Mitleid mit ihr und suche nach Erklärungen. Vielleicht hat der Tod ihres Mannes sie hart werden lassen und vielleicht liegt deshalb ihr Fokus jetzt verstärkt auf ihrem Sohn.

Ich wische mit der Hand über das dunkle Holz des Schreibtischs. Kein Staub. »Ach Agnes, du arme Seele«, flüstere ich und wende mich zum Gehen.

Dabei fällt mein Blick auf eine Konsole mit aufgereihten, gerahmten Fotos. Ein Hochzeitsfoto von Agnes und ihrem Mann, Urlaubsfotos, Babyfotos von Ture und Fotos von

Ture und seinen Freundinnen. Mein Augenmerk gilt einem Foto von Brigitta, dessen Rahmen ein Trauerflor ziert. Nachdenklich nehme ich es in die Hand. Offensichtlich war Brigitta doch etwas Besonderes. Sie sieht so frisch und glücklich aus. So wie Ture. Der Anblick versetzt mir einen Stich.

Ein schrilles näherkommendes Lachen lässt mich zusammenzucken. Eilig stelle ich das Foto zurück und stutze, als ich ein weiteres Foto entdecke. Doch ich habe keine Zeit, mich länger damit zu befassen. Ich höre, wie Agnes in der Küche den Kühlschrank öffnet und Ture zuruft: »Wo ist eigentlich Leah?«

Auf Zehenspitzen schleiche ich mich aus dem Zimmer. Das Klirren von Gläsern dringt zu mir. Ich öffne und schließe laut die Badezimmertür, an der ich vorbeikomme. Dann gehe ich schleunigen Schrittes zur Küche.

»Hast du mich gerufen?«, frage ich fröhlich, obwohl mir mein Herz vor Aufregung bis zum Hals schlägt.

»Ach, da bist du ja. Komm, hilf mir bitte mit der Sektflasche. Ich bin so ungeschickt darin.«

»Seid ihr fertig mir eurem Plan?«

»Ja und er wird funktionieren.« Euphorisch reicht Agnes mir die Flasche. »Könntest du die bitte öffnen? Weißt du, alles hat natürlich mit Geld zu tun. Und das haben wir«, fährt sie fort. »Wir verfügen über Kontakte, die wir mobilisieren werden, um genügend Gäste in das Restaurant zu bekommen. Interessant sind für uns vor allem diese Gruppenreisenden. Ich bin ja so gespannt und aufgeregt.«

Wir wir wir. Schon wieder! Und welche Rolle habe ich? Schließt dieses WIR mich ein oder aus?

Ich muss meinen aufkeimenden Unmut zurückhalten. »Aber was interessiert Carl das?«, frage ich. »Ist es nicht eher so, dass Ture einen guten Deal für die Pacht aushandeln sollte?«

»Ach Leah … das interessiert Carl enorm. Wenn wir einen stringenten Businessplan vorweisen können, dann sind die Chancen, dass das Restaurant läuft, wesentlich höher. Natürlich ist das für Carl von Belang. Er will mit jemandem arbeiten, der sich Gedanken macht und nicht nach drei Monaten den Laden schon wieder schließt. Denn das würde für Carl bedeuten, dass er keine Einnahmen hat, bis er wieder jemanden findet, der die Immobilie pachtet.« Seufzend schüttelt sie den Kopf.

»Leah, wenn du Ture unterstützen willst, dann solltest du dich mit diesen Dingen beschäftigen«, mahnt Agnes und sieht mich streng an. »Ich habe meinen Mann immer unterstützt, viel von ihm gelernt, doch meine Berufung habe ich gefunden, indem ich den Alltag von ihm fernhielt und ihm einen Sohn, einen Erben, schenkte.« Abschätzend gleitet ihr Blick über meinen Körper. »Heute ist ja alles anders, jede Frau will sich selbst profilieren.«

»Tja, Agnes, die Zeiten haben sich geändert, falls du es noch nicht bemerkt hast«, gebe ich schnippisch zurück.

»Aber dafür bin ich gut im Sekt entkorken, schau.« Mit einem Plopp löst sich der Korken, ohne, dass ich auch nur einen Tropfen von dem edlen Getränk verschütte. Ich drücke ihr die Flasche in die Hand.

»Ich danke dir, mein Kind.«

»Bitte nenn mich nicht *mein Kind,* denn das bin ich nicht. Ich bin die Lebensgefährtin deines Sohnes.«

»Natürlich. Entschuldige bitte.« Sie stellt die Flasche in einen Sektkühler.

»Außerdem weiß heute jedes *Kind,* dass ein aussagekräftiger Businessplan üblich ist. Also nichts dramatisches.«

»Warum bist du nur so gereizt? Stimmt irgendwas nicht?«

Abwehrend hebe ich meine Hände. »Bitte lassen wir das.« Es fällt mir schwer, mich zusammenzureißen. Der Druck auf meiner Brust wird stärker und Agnes' mitfühlendes Lächeln breiter. Dieses abschätzige Lächeln triggert mich.

»Ich möchte, dass du den Schlüssel zu unserer Wohnung zurückgibst«, sprudelt es aus mir heraus.

Sie neigt den Kopf und lächelt immer noch. »Oh, das ist es also, was dich so aus der Fassung bringt. Nun, ich werde mit Ture darüber reden.« Sie greift sich den Sektkühler und rauscht hochaufgerichtet an mir vorbei.

Warum habe ich das nur gesagt? Frustriert schließe ich die Augen und bleibe zurück in der Küche. Kurz drauf höre ich aus dem Wohnzimmer die erregte Stimme von Agnes.

Ich sollte zu ihnen gehen und es erklären. Vielleicht sollte ich ihnen endlich die Wahrheit sagen. Damit sie verstehen, warum ich so bin, dass die Tabletten mir nicht guttun und ich Unterstützung brauche, um davon loszukommen.

So wie es jetzt ist, schaffe ich das nicht allein.

Es kostet mich Überwindung zurückzugehen, aber ich schaffe es. Nähere mich ihnen Schritt für Schritt. Straffe meinen Körper, bleibe an der Tür zum Wohnzimmer stehen.

Als die beiden mich bemerken, verstummen sie. Ture schiebt die Hände in die Hosentaschen und sieht mich ernst an, dann küsst er seine Mutter auf die Wange. »Besser, wir gehen jetzt. Ich rufe dich an, Mutter. … Komm, Leah!«

Auf der Fahrt nach Hause schweigen wir mal wieder. Das beständige *Wusch Wusch* der Scheibenwischer und das dumpfe Motorengeräusch sind die einzigen Geräusche, die uns begleiten.

Mit ausholenden Schritten geht Ture voran in die Wohnung. Mit jeder Faser meines Körpers kann ich seine Wut spüren und ich verübele es ihm nicht. Auch ich wäre wütend, hätte er so agiert, wie ich es tat.

Während Ture in die Küche rauscht, hänge ich meine Jacke auf und warte ein paar Sekunden, bevor ich ihm folge.

Aus dem Kühlschrank holt er eine Flasche Weißwein,

füllt ein Glas randvoll und leert es in einem Zug. Flüchtig sieht er über die Schulter zu mir und schenkt sich Wein nach. Doch er trinkt nicht, stellt das Glas ab und stützt sich mit den Händen auf die Arbeitsplatte..

Ich starre auf seinen Rücken, warte darauf, dass er sich umdreht. So habe ich ihn noch nie erlebt. Jetzt wäre der Moment, mich zu entschuldigen und ihm alles zu sagen. Noch bevor ich dazu komme, wirbelt er herum. Sein Blick ist abweisend.

»Leah, warum hast du das getan? Ich habe dir doch gesagt, dass ich mit ihr reden werde. Verdammt, was ist nur los mit dir?«

»Die Frage ist doch eher, was mit dir los ist.« Ich verschränke die Arme vor der Brust.

»Das verstehe ich nicht.«

Ich schweige, denn ich spüre, wie die Wut in mir hochkocht. In Gedanken murmel ich, das Mantra *Sa-ta-na-ma*, um mich zu beruhigen. Doch es gelingt mir nicht.

»Rede mit mir«, fordert er.

»Was gibt es da zu reden? Ich habe es satt, die zweite Geige zu spielen.«

»Bitte was?! Wie kommst du darauf?«

»Du und deine Mutter! Warum heiratest du sie nicht?«, brülle ich ihn an. »Du hast noch nicht mal die Eier, ihr zu sagen, dass sie hier nichts zu suchen hat, wenn keiner von uns da ist. Und noch was, diese ganze Farce mit deinem ach so tollen Geschäft, das sie dir organisiert hat … ich bin fassungslos. Du hast mir nicht einmal zugehört, als ich Vorschläge machte, wie du mit Carl ins Geschäft kommen kannst. Es hat sich angefühlt, als interessiere es dich nicht mal.« Wütend gehe ich einen Schritt auf ihn zu.

»Doch, ich habe dir zugehört. Aber ich wollte meiner Mutter nicht die Freude darüber verderben, nur deshalb habe ich dir nicht zugestimmt.«

»Das ist krank.«

»Und du bist eifersüchtig.«

»Das zu denken ist mehr als krank.«

»Ach ja? Agnes ist meine Mutter und ich habe ihr sehr viel zu verdanken, aber offensichtlich ist sie in deinen Augen eine Bedrohung.«

Wir starren uns an.

»Lauf zu deiner Mutter. Wein dich an ihrer Schulter aus.«

»Vielleicht sollte ich das tun. Eine Auszeit wird uns guttun.«

Ohne ein weiteres Wort stürmt er an mir vorbei. Mit dem Zuschlagen der Wohnungstür kommt die Leere zu mir.

Kapitel Acht

Drei Tage sind vergangen, seit Ture die Wohnung verlassen hat. Drei Tage, an denen ich ständig auf mein Handy sehe und auf eine Nachricht von ihm warte. Jeden Tag schreibt er ein paar belanglose Zeilen. Aber nicht die Worte, auf die ich warte.

Verzeihung. Ich liebe dich. Es tut mir leid.

Drei Tage, an denen ich meine Pillen wieder regelmäßig nehme, darauf hoffend, dass sie mich beruhigen. Manchmal funktioniert es sogar. Dann bin ich ausgeglichen und sogar fröhlich und dann kippt es wieder: Von einem Moment auf den anderen werde ich nervös und gereizt, vergesse Dinge, die ich tun wollte, oder bilde mir ein, ich hätte sie längst erledigt.

Wie zum Beispiel gestern, als ich mir ein Stück Lachsfilet auf Gemüsebett in den Backofen geschoben habe. Ich freute mich auf ein tolles Essen und kümmerte mich in der Zwischenzeit um die Wäsche, checkte immer wieder mein Handy, ließ mir ein Bad ein und genoss die Wärme bis zu dem Moment, als dieser verbrannte eklige Geruch in meine Nase stieg.

Das Einzige, was mich noch antreibt und mich aus

meinen Ängsten herausholt und aufrechterhält, sind die Yogakurse, die ich veranstalte.

Heute ist so ein Yogakurs und ich vergesse für eine Stunde meine persönlichen Belange. Die Sonne scheint durch das Fenster, leise Entspannungsmusik füllt den Raum, die Teilnehmerinnen sind wie ich, auf unsere Übungen konzentriert. Nur eine Übung mögen meine Kursteilnehmer weniger. Den *herabschauenden Hund.* Genau diesen habe ich für den Abschluss gewählt.

»So, ihr Lieben, jetzt kommt unsere Lieblingsübung«, verkünde ich und das aufkommende Gestöhne lässt mich schmunzeln. Ich schmunzle tatsächlich und es freut mich, dass ich doch noch zu einem spontanen Gefühl fähig bin. »Kommt schon«, ermuntere ich sie. »Die Übung stärkt den Rücken, die Arme und ist gut für die Balance. Danach gehts in die Entspannung.«

Geschmeidig mache ich es ihnen vor und bilde ein perfektes Dreieck. Nach zwei Minuten erlöse ich *meine Mädels* und es folgt die Entspannung.

Als alle lang ausgestreckt auf ihren Matten liegen, den Klängen der Musik lauschen und in eine tiefe Meditation fallen, bin ich hellwach und checke, ob ich eine Nachricht bekommen habe. Und da ist tatsächlich eine. Sofort steigt mein Puls. Doch die Nachricht ist nicht, wie ersehnt, von Ture, sie kommt von Malte.

Er fragt, ob ich Lust habe, mit ihm über den Weihnachtsmarkt zu schlendern. Es ist sein letzter Tag in Stockholm. Flüchtig sehe ich zu den Frauen, die immer noch ihre Entspannung genießen, bevor ich ihm antworte.

Kapitel Neun

Langsam überquere ich den Marktplatz. Es gibt keinen schöneren Ort in Stockholm für einen Weihnachtsmarkt als das Altstadtviertel *Gamla Stan*. Der Platz wird von prächtigen, jahrhundertealten Häusern eingerahmt. Wie früher üblich, wurden sie Gebäude an Gebäude errichtet und haben dennoch schmucke unterschiedliche Fassaden, die mit bunten Lichterketten geschmückt sind. Der Duft nach Zimt und Safran schwebt durch die malerischen engen Gassen. Sofort fühle ich mich in meine Kindheit zurückversetzt.

Sobald der Markt Ende November geöffnet war, verbrachten meine Eltern, meine Schwester und ich jedes Wochenende hier, schlugen uns den Magen voll mit Lebkuchen und diesem süßen, mit Safran gewürzten Gebäck, das als Lucia-Katze bekannt und beliebt ist.

Ich kann das Lachen meiner Schwester immer noch hören und das ungestüme Zupfen an meinem Mantelärmel spüren, als würde sie neben mir sein. Das Drängen ihr zu folgen, damit sie mir die gewebte Jacke zeigen kann, die sie sich so sehr zu Weihnachten wünscht und ich es den Eltern sage. Es ist lange her und doch ist diese Erinnerung fest in mir eingebrannt.

Das letzte Mal waren wir vor drei Jahren alle zusammen hier. Und genau hier habe ich meine Familie zu einer Wanderung in den Bergen überredet. Ja, ich habe sie überredet, denn sie wollten nicht. Wehmut und Traurigkeit überrollen mich und ein nervöses Kribbeln flutet mein Inneres. Warum habe ich bloß zugesagt, mich ausgerechnet hier mit Malte zu treffen?

Auf dieses Gefühlskarussell kann ich gut verzichten.

Das Zupfen an meinem Ärmel will nicht aufhören. Missmutig reiße ich den Arm hoch und spüre Widerstand. Ein Fluchen liegt auf meinen Lippen. Doch ich schlucke ihn herunter, als ich in die Augen eines kleinen Mädchens sehe, das meinen Schal in der Hand hält. Geistesabwesend taste ich meinen Hals ab. »Danke dir. Es tut mir leid, dass ich so … so unfreundlich war.«

»Hm … du siehst traurig aus.« Die Kleine lacht und entblößt dabei eine Zahnlücke. »Aber jetzt hast du ja deinen Schal wieder.«

Ich will noch etwas sagen, doch das Mädchen rennt zurück zu seinen Eltern und verschwindet mit ihnen in der Menschenmasse. Gerührt über diese Geste, vergesse ich für einen Moment mein Unbehagen. Gedankenversunken setze ich meinen Weg fort.

Malte wartet am *Stortorgsbrunnen* auf mich. Als er mich entdeckt, kommt er mit ausgebreiteten Armen auf mich zu. »Hej, hübsche Frau!« Stürmisch umarmt er mich. »Da bist du ja endlich. Ich friere mir schon den Hintern ab.« Er sieht auf seine Armbanduhr. »Du bist eine halbe Stunde zu spät.«

»Das kann nicht sein.«

»Hier, schau.« Er hält mir seine Armbanduhr hin. »Drei Uhr hatten wir abgemacht und jetzt ist es halb vier. Noch Fragen?« Er grinst breit. »Und jetzt brauch ich dringend einen Schnaps, um die Kälte zu vertreiben.«

»So dringend?«

»Superdringend. Wie ist es mit dir?«

Zustimmend nicke ich und hake mich bei ihm unter. Ich kaue immer noch auf seinem Kommentar herum, dass ich mich verspätet habe. Das kann nicht sein, ich bin doch rechtzeitig losgefahren. Wo habe ich mich nur so lange herumgetrieben? Ich kann mich nicht erinnern.

»Hast du mir zugehört?«

Verdutzt sehe ich ihn an.

»Was möchtest du trinken?«

Erst jetzt registriere ich, dass wir an einer Bude angelangt sind, die Glühwein und allerhand Schnäpse anbietet. Da ich mich nicht entscheiden kann, bestellt er zwei Aquavit, die uns sofort gereicht werden. Ich kippe ihn in mich hinein, spüre, wie der Schnaps in meiner Kehle brennt, den Bauch wärmt und ein wohliges Gefühl in mir verbreitet.

»Noch einen?«

»Nein, mir reicht es. Danke.«

»Geht es dir gut?«

»Du meinst nach dem Schnaps?«

»Nein, du wirkst irgendwie neben der Spur.« Malte neigt den Kopf. »Wirklich alles in Ordnung?«, hakt er nach.

»Natürlich.« Bekräftigend greife ich nach seiner Hand und ziehe ihn hinter mir her. »Ich hab Hunger, das ist alles.«

Die Sonne ist hinter den Häusern abgewandert und lässt dem Licht der Lampions und Lichterketten den Vortritt. Der Platz füllt sich immer mehr mit Menschen, die sich an den Buden mit den Leckereien drängen. Maltes warme Hand in meiner hat etwas Vertrautes, das mir guttut. Flüchtig sehe ich ihn an. Überlege, ob ich ihm anvertrauen soll, was mir auf der Seele liegt.

Doch allein der Gedanke, mit Malte über meinen Streit mit Ture zu reden, löst Scham in mir aus und ich frage mich, ob ich nicht doch überreagiert habe. Denn so, wie ich mich in letzter Zeit verhalte, wäre es kein Wunder.

Wir haben einen Stand erreicht, an dem Bratwürstchen

aus Rentier- und Elchfleisch angeboten werden. Malte sieht mich grinsend an. »Klasse, was möchtest du? Rentier oder Elch?«

»Elch.«

»Gute Wahl.«

Während er die Bestellung aufgibt, sehe ich mich um und zu meinem Erstaunen fühle ich mich wohl. Das liegt wahrscheinlich an dem Schnaps, aber das ist mir egal.

Malte reicht mir den Pappteller mit der Bratwurst. Wir sehen uns an und fangen gleichzeitig zu lachen an. »Erinnerst du dich noch daran, als ich dir das erste Mal eine Elchbratwurst gegrillt und sie dir feierlich überreicht habe?«

»Oh ja! Wir hatten uns gerade kennengelernt und du wolltest mir zeigen, was du doch für ein Gentleman bist. Und nun ja, hat nicht ganz geklappt. Die Bratwurst landete auf meinem neuen Sommerkleid. Ich war so sauer.« Bei der Erinnerung lachen wir ausgelassen, bis mir die Tränen kommen.

»Ja, ist lange her«, sagt Malte und beißt beherzt in die Bratwurst.

Ich tue es ihm gleich. Die Erinnerung ist schön und doch wünschte ich, Ture wäre an Maltes Stelle bei mir und wir würden über unser Kennenlernen reden und lachen. Seufzend lasse ich meinen Blick über die Menschen gleiten.

Mir stockt der Atem. Aus dem Augenwinkel entdecke ich Ture. Er sieht genau in meine Richtung. Es ist nur ein flüchtiger Moment, dennoch spüre ich seinen Blick auf mir.

»Bin gleich wieder da.« Ich drücke Malte meinen Pappteller in die Hand und stürme in die Richtung, in der ich Ture gesehen habe.

Ich drehe mich im Kreis. Ich sehe ihn nicht mehr. Wie eine Irre hetze ich zwischen den Buden und den Menschen hindurch. Doch er ist verschwunden.

Kapitel Zehn

Meine Hand zittert, während ich mich abmühe, den Schlüssel in das Schloss zur Wohnungstür zustecken. Meine Hoffnung, dass Ture wieder da ist und sich tausendmal entschuldigt, läuft wie ein Film vor mir ab. *Bitte bitte, lass es wahr sein.*

Endlich dreht sich der Schlüssel im Schloss. Vor Aufregung bekomme ich kaum Luft, während ich langsam die Tür aufdrücke. Es ist dunkel im Flur und meine Hoffnung, dass er mich mit einem lauten *Hej Süße* empfängt, schwindet mit jedem Schritt.

Achtlos streife ich meinen Mantel ab, lasse meine Tasche fallen, haste weiter zur Küche, drücke die Tür auf und mache Licht an. Kein Ture. Um auch noch die letzte Bestätigung zu bekommen, eile ich in unser Schlafzimmer. Doch auch das Bett ist leer und unberührt.

Ich öffne die Schranktür auf Tures Seite. Lasse meine Hand durch seine Hemden gleiten. Nicht aus sentimentalen oder schmachtvollen Gedanken, nein, ich checke, ob er hier war und sich frische Wäsche geholt hat.

Und das hat er.

Sein Businessanzug, ein paar weiße Hemden und die dunkelblaue Krawatte fehlen.

Niedergeschlagen lasse ich mich auf den Rand des Bettes fallen. Atme lang und tief durch, im Bemühen, meine Enttäuschung einfach wegzuatmen. Doch es gelingt mir nicht.

Aus der Traum.

Er ist nicht da. Nervös streiche ich durch mein Haar. Aber vielleicht hat er mir eine Nachricht geschickt. Oh Gott, warum habe ich das nicht vorher gescheckt. Hastig springe ich auf und renne zurück in den Flur.

Aus meiner Manteltasche krame ich mein Handy und scrolle zu den Nachrichten, wieder ist da die Hoffnung, dass er mir etwas geschrieben hat. Fehlanzeige. Unruhig, wie ein Tiger im Käfig, wandere ich den Flur auf und ab. Überlege, ob ich ihn anrufen und um Verzeihung bitten soll.

Aber wofür? Schließlich bin nicht ich das Problem.

Entschlossen stapfe ich zurück in die Küche.

Aus dem Kühlschrank hole ich mir eine Flasche Wasser. Zögere. Ein Glas Wein wäre wohl geeigneter, meine Enttäuschung zu mildern. Ja, warum nicht? Schließlich bin ich allein und muss auch allein entscheiden, was gut oder schlecht für mich ist. Außerdem bin ich nicht schuld an diesem Dilemma. Agnes und Ture sind es. Ture, der wie ein dressierter Hund auf seine Mutter hört. Ist es nicht so?

Ich stürze den Wein hinunter. Knalle das Glas hart auf den Tisch. Lehne mich zurück an die Stuhllehne und wende meinen Blick zum Fenster. Regen rinnt in langen Fäden an der Scheibe herunter. Schade für den Weihnachtsmarkt, und ich kann mich glücklich schätzen, dass die Sonne schien, als ich dort war. Dabei fällt mir Malte ein, der mich fassungslos ansah und ich ihn ohne große Erklärung mit den Worten *Ich muss los*, stehen ließ und davonstürmte.

Ich kneife die Augen zusammen ob der Erinnerung.

Das hat er nicht verdient, egal wie durcheinander ich war, als ich glaubte, Ture gesehen zu haben. Morgen werde ich es Malte erklären. Nicht jetzt.

Mit der Flasche Wein neben mir, das Glas in der Hand, sitze ich im Schneidersitz vor der geöffneten Schranktür auf dem Holzboden im Schlafzimmer. Vor mir mein alter Rucksack, aus dem ich die Schachtel mit meinen ganz persönlichen Dingen hervorgeholt habe. Bevor ich sie öffne, trinke ich einen weiteren Schluck Wein. Man nennt es auch *Mut antrinken*. Und ich hasse mich dafür, dass ich das nötig habe. Ich hasse meine Ängste und meine Blockade.

Erneut fülle ich das Glas und leere es in einem Zug.

Mutig bin ich trotzdem nicht. Eher verzweifelt.

Vorsichtig hebe ich den Deckel der Box an und hole ein Foto nach dem anderen hervor. Streiche über die Gesichter auf den Fotos und lasse die Erinnerungen zu. Es fühlt sich merkwürdig an. Doch ich halte es aus.

Da ist das Messer, das mir mein Vater schenkte, bevor wir unsere letzte Tour machten. Tief atme ich ein.

Ich entdecke Verse, die meine Schwester und ich gedichtet haben als wir zehn oder zwölf waren, Postkarten aus ganz Europa, die mich schmunzeln lassen. Schon bald ist der Dielenboden mit Erinnerungen an mein Leben mit meiner Familie bedeckt. Jedoch eine fehlt noch. Die Wanderung in den Bergen hoch oben im Norden.

Ich kann das nicht.

Die Worte von Isak, meinem Therapeuten, hallen in mir nach: *Jede Erinnerung ist für uns wichtig. Ohne sie sind wir nichts.*

Mein Herz trommelt vor Aufregung … immer wieder sind da Isaks Worte: *Jede Erinnerung ist für uns wichtig. Ohne sie sind wir nichts.*

Und dann tue ich es: hole die Wanderkarte aus dem Rucksack, breite sie aus, lasse meinen Blick darüber schweifen, durchstöbere die Prospekte mit den Unterkünften. Ich erinnere mich, dass wir es uns nach einem langen Tag gemütlich machen wollten. Ja, ich erinnere mich wieder, dass meine Mutter darauf bestanden hat, nicht in irgendeiner Herberge zu übernachten. Und ich erinnere mich, dass wir eine Meinungsverschiedenheit mit meinem Vater hatten. Aber wo wir letztendlich waren, daran erinnere ich mich nicht. So sehr ich mich auch bemühe. Da ist ein tiefes schwarzes Loch.

Blind vor Tränen greife ich zu dem Weinglas und trinke in kurzen Schlucken. Mein Blick gleitet über den Boden, dort liegt meine Vergangenheit, die sich nicht in mein Gedächtnis rufen lässt.

Mein Kopf schmerzt, als ich versuche, diese verfluchte Barriere zu durchbrechen.

Es funktioniert nicht.

Ich rufe mir alles in Erinnerung, was mein Therapeut mir mitgegeben hat. Ich muss mein Leben in den Griff bekommen, mein Trauma überwinden, wie auch immer ich das anstelle. Und ich muss endlich mit Ture darüber reden. Damit er versteht, warum ich so sprunghaft bin. Das bin ich ihm, mir und meiner Familie schuldig.

Kapitel Elf

Verkatert und energielos schlurfe ich in die Küche wie eine alte Frau, die ihr Leben versaut hat. *Oh Gott, was für deprimierende Gedanken.* Ich linse zu der leeren Flasche Wein. Ohne weiter darüber nachzudenken, befördere ich sie in den Mülleimer.

Zumindest erklärt das meine Kopfschmerzen.

Schwer lasse ich mich auf den Küchenstuhl sinken. Neben der Kaffeetasse liegt mein Handy und daneben weiß und unschuldig die kleine Pille, die mir helfen soll. Eine geraume Zeit lang starre ich auf sie. Seufzend wende ich meinen Blick ab und sehe aus dem Fenster. Schneeregen. Typisch für diese Jahreszeit. Mal Sonne. Mal Regen. Mal Schnee.

Winterzeit.

In einem Monat ist Weihnachten.

Wo werde ich das Fest verbringen? Werde ich dann noch mit Ture zusammen sein? Seit ich aufgewacht bin, quält mich noch eine weitere Frage. Habe ich Ture auf dem Weihnachtsmarkt wirklich gesehen oder war es nur Wunschdenken?

Wieder sehe ich zu der Pille. Ich weiß, dass ich gegen

Isaks Anordnung verstoßen habe, als ich diese Pillen Schritt für Schritt abgesetzt habe. Aber es tat mir gut. Ich war klarer im Kopf. Zumindest fühlte es sich so an. Doch irgendwie mag ich auch das Gefühl, wenn ich die Pillen nehme. Sie lullen mich ein und vermitteln kurzweilig ein beruhigendes Empfinden. Nervös wippt mein rechter Fuß auf und ab.

Wieder wandern meine Gedanken zu Ture. Ich muss mit ihm reden. Ich muss wissen, ob unsere Beziehung eine Chance hat, wenn er alles von mir weiß und ob er mir dabei hilft zu verstehen und bereit ist, mit mir diesen Weg zu gehen. Selbst auf die Gefahr hin, dass er sich von mir abwendet.

Entschlossen nehme ich die Pille und spüle sie mit dem starken Kaffee runter. Dann greife ich couragiert nach dem Handy, das im selben Moment klingelt. Ich erschrecke mich derart, dass ich aufspringe und der Stuhl krachend auf den Boden landet. Typisch für mich. Dennoch muss ich lachen.

Endlich lachen, es fühlt sich gut und befreiend an.

Ich erkenne sofort den Anrufer. »Hej.«

»Hej Süße.«

Er hat *Süße* gesagt, das würde er nicht tun, wenn er mir eine schlechte Nachricht mitteilen möchte. Oder? Ich halte den Atem an, bin gewappnet.

»Ich wollte mich nur kurz melden … ich … wie geht es dir?«

Was soll ich ihm antworten? Ihm sagen, dass es mir beschissen geht, oder soll ich so tun, als würde es mir gutgehen. »Geht so und dir?«

»So wie dir.«

Ich schlucke, drücke das Handy fest an mein Ohr. Im Hintergrund höre ich Stimmengewirr und eine blecherne Ansage aus einem Lautsprecher.

»Ich hab nicht viel Zeit, mein Flug geht gleich.«

»Dein Flug?«, frage ich panisch.

»Ja, ich treffe mich mit Carl. Er ist zur Zeit in Oslo, hat

dort geschäftlich zu tun. Dennoch hat er einem Treffen zugestimmt.«

»Wie aufregend – ist Agnes bei dir?«

Er zögert und ich vermute, dass er nickt, bevor er ein »Ja« von sich gibt, gefolgt von einem nervösen Räuspern. »Drück mir die Daumen, dass es klappt.«

»Mach ich. Ich wünsche dir viel Glück. Es wird schon glattgehen.« *Mit Agnes an deiner Seite.* Ich kneife die Augen zusammen und hoffe, dass ich meinen Gedanken nicht laut ausgesprochen habe.

»Danke … und, Leah?«

»Ja«, hauche ich.

»Ich vermisse dich.«

Ich schließe die Augen, schlucke trocken und blinzle die Tränen weg. »Ich dich auch«, wispere ich.

Er schweigt.

»Bist du noch da?«, frage ich aufgeregt.

Er räuspert sich erneut. »Ich melde mich wieder. Es kann aber dauern. Ich weiß nicht, wie lange Carl sich mit seiner Entscheidung Zeit lässt, okay?«

»Ja.«

»Gut und danach reden wir, wie es mit uns weitergeht.«

Diesmal bin ich es, die nur nickt und nichts sagen kann. Meine Hoffnung schwindet, dass zwischen uns alles gut wird. Aber wollte ich nicht vor ein paar Minuten selbst reinen Tisch machen?

»Leah, noch eins«, höre ich Tures Stimme an meinem Ohr. »Ich bitte dich, nicht unüberlegt zu handeln, bevor wir uns sehen.«

Erleichtert schüttle ich den Kopf. »Natürlich nicht.« Ich hole tief Luft, da ist noch etwas, das ich jetzt unbedingt wissen will. »Warum bist du weggegangen, als du mich auf dem Weihnachtsmarkt gesehen hast?« Mir klopft das Herz bis zum Hals und ich bekomme kaum Luft, während ich auf seine Antwort warte.

Und ich warte.

Viel zu lange.

Warum antwortet er nicht?

»Leah, ich … entschuldige einen Moment.«

Im Hintergrund höre ich Agnes, die auf ihn einredet, dass er sich beeilen soll.

»Ich muss los. Also bis bald.«

Und dann ist es still.

Mit dem Handy in der Hand wandere ich durch die Küche, analysiere jedes Wort von Ture. Und komme immer wieder zu dem gleichen Ergebnis. Er will mich nicht verlieren. Am Fenster bleibe ich stehen, blicke hinaus auf das Grau und die Trostlosigkeit, die auch in mir herrscht. Ich mag dieses Gefühl nicht, genauso wenig wie das nasskalte Wetter. Also gut, es sind nur noch ein paar Tage und dann werde ich Ture sehen und wir werden reden. Der Gedanke daran lässt mich schmunzeln, denn da ist Hoffnung, dass alles wieder in Ordnung kommt.

Plötzlich ist es nicht mehr so grau und kalt. Die einzige Hürde, die ich zu nehmen habe, ist, Ture endlich die Wahrheit über meine Vergangenheit zu sagen. Das hätte ich von Anfang an tun sollen. Doch ich hatte Angst, dass er mich verachten würde. Doch jetzt, jetzt ist alles anders.

Ich nehme einen Schluck von dem mittlerweile kalten Kaffee. »Pfui, Teufel«, stoße ich hervor, schütte ihn in die Spüle und gieße mir aus der Kanne einen Neuen ein. Danach schreibe ich Malte eine Textnachricht und entschuldige mich bei ihm, mit der Ausrede, dass ich einen Termin verschwitzt habe. Ich fühle mich dabei nicht gut und zögere, bevor ich doch auf Senden drücke.

»Mist«, murmele ich und nehme mir vor, es irgendwann zu erklären. Und dann blitzen die Bilder vom Weihnachtsmarkt vor mir auf. Ture, wie er mich angesehen hat. Warum hat er nichts dazu gesagt, als ich ihn danach fragte? War er wirklich so in Eile? Nervös reibe ich mir über die Stirn.

Ich muss mich beruhigen, es wird sich alles klären.

Wieder hole ich mir seine Worte ins Gedächtnis, dass er mich vermisst und dass ich keine unüberlegten Entscheidungen treffen soll. Langsam kehrt meine Hoffnung zurück.

Kapitel Zwölf

Zwei Tage später

Wie eine Verrückte trete ich in die Pedale meines Fahrrads. Ich habe nur einen Gedanken, schnell nach Hause. Wie konnte ich nur mein Handy vergessen? Der Yogakurs war eine Qual für mich, und es tut mir unendlich leid für die Teilnehmerinnen, dass ich nicht wie gewohnt bei der Sache war. Aber sie wissen ja nicht, dass mein Lebensglück derzeit an einem Seidenfaden hängt. Selbst das miese Wetter nehme ich kaum wahr. Als es immer frostiger wird und der vom Himmel rieselnde Schauer in Schneeregen übergeht, der mir ins Gesicht peitscht, empfinde ich diesen als wohltuend. Er lenkt mich ab, zwingt mich, nur darauf zu achten, dass ich nicht stürze und vorwärts komme.

Völlig außer Atem stoße ich die Haustür auf und pralle mit Astrid aus der Wohnung nebenan zusammen. Nach dem ersten Schock lachen wir hysterisch. Das mag ich an Astrid, sie ist einfach nur cool und so entspannt. Ich wünschte, auch ich könnte wieder so sein. Einfach nur das Leben so nehmen, wie es gerade kommt.

»Schön, dich mal wieder zu treffen«, meint Astrid. »Aber das nächste Mal bitte nicht ganz so stürmisch.« Sie hebt ihre Tasche auf und sieht mich fragend an, während sie diese schultert. »Alles in Ordnung bei dir?«

»Könnte nicht besser sein«, lüge ich und verdamme mich sofort dafür. Astrid ist in meinem Alter und eigentlich wünschte ich, wir wären Freundinnen. Aber um Freundschaft zu schließen, müsste ich offen sein, und das bin ich nicht. Noch nicht.

»Du siehst fertig aus und ich meine nicht nur wegen dem Sauwetter.« Sie deutet auf mein nasses Haar. »Hast du Lust auf einen Kaffee um die Ecke bei Starbucks?«

»Eigentlich schon, aber ich hab noch einen Termin. Ein anderes Mal, okay?«

»Klar.« Sie reißt die Haustür auf und wendet sich noch einmal um. »Ture ist nicht da, oder?«

»Nein, er ist in Oslo, hat dort geschäftlich zu tun«, berichte ich mit Stolz in der Stimme.

»Wow! Oslo ist cool, warst du mal da?«

Ich schüttle den Kopf.

»Wenn du dich einsam fühlst, dann komm doch einfach auf einen Wein vorbei. Ab vier bin ich wieder da.«

»Ja, vielleicht, ich … ich hab noch einiges zu tun.«

»Alles klar. Komm einfach rüber, wenn du soweit bist. Du weißt ja, wo ich wohne. Und jetzt werde ich mich in das graue nasse Stockholm stürzen, um mir ein paar schicke Klamotten zu kaufen. Bei dem Wetter muss man sich belohnen, sonst bekommt man ja Depressionen. Bis später.« Lachend lässt sie die Haustür hinter sich ins Schloss fallen.

»*Nicht nur bei dem Wetter*«, murmel ich leise und laufe die Treppe hinauf in den dritten Stock.

In Windeseile streife ich die Regenjacke ab, lasse sie achtlos auf den Boden fallen und stürme in die Küche, geradewegs auf den Tisch zu. Und da liegt es.

Meine Finger beben, während ich es anschalte, kurz die Augen schließe und hoffnungsvoll durchatme.

Wieder keine Nachricht von Ture.

Enttäuscht verschränke ich die Arme vor der Brust. Eine

unfassbare Leere macht sich in mir breit. Und jetzt? Soll ich ihn anrufen? Oder ihm eine Nachricht schreiben? Ratlos tippe ich mit dem Handy an mein Kinn. Was sagte meine Mutter immer, wenn ich nicht weiter wusste und die Ungeduld an mir nagte? ›Geduld, mein Kind. Alles hat seinen Grund. Lerne, geduldig zu sein.‹

Wenn ich nur damals geduldig gewesen wäre, dann … aber was dann? Diese Erinnerungsblitze machen mich verrückt. Ich will alles sehen und nicht nur ein paar Bruchteile, die mir mein Gehirn erlaubt zu sehen.

Ich habe geduscht, mir eine kuschelige Jogginghose, irgendein Shirt und meine geliebten Wollsocken übergestreift. Die Kaffeemaschine röhrt vor sich hin, der würzige Duft breitet sich in der Küche aus. Ich schlurfe zum Fenster, setze mich auf die tiefe Fensterbank, auf der ich immer ein Kissen liegen habe und blicke hinaus auf den Park. Bunte Regenschirme vermitteln den Eindruck eines leuchtenden Blumenfeldes, das sich seicht im Sommerwind wiegt. Das gefällt mir. Sehr sogar. Ich habe mich entschieden. Ich werde Ture nicht anrufen.

Inzwischen ist der Kaffee durchgelaufen und ich fülle meinen Lieblingsbecher mit der dunklen, belebenden Flüssigkeit. Ich nippe einmal daran und gehe mit dem Becher in der Hand ins Wohnzimmer, setze mich auf das weiche crèmefarbene Sofa. Das letzte Mal habe ich hier vor zwei Wochen mit Ture gesessen, als wir überlegten, wo wir unseren Sommerurlaub verbringen wollen. Und dann haben wir uns hier auf dem Sofa geliebt.

Diesen Gedanken verbanne ich, denn er zieht mich nur runter und genau das will ich nicht.

Ich richte mich auf, ziehe meinen Laptop, der auf dem niedrigen Holztisch steht, zu mir heran, um meinen Yoga-Trainings-Plan für die nächste Woche zu erarbeiten. Ich brauche die Routine, um nicht noch mehr in mein Gedankenkarussell zu versinken. Mit einem leisen Bing signalisiert mein Rechner, dass ich eine Mail habe. Seufzend navigiere ich zu dem E-Mail-Account. Ich schlucke. Sehe wieder hin.

Und dann … »JA!«, schreie ich und recke die Arme nach oben.

Hej Süße, tut mir leid, dass ich mich erst jetzt melde. Mein Handy ist irgendwie abhandengekommen und ich kenne deine Nummer nicht auswendig. Tut mir leid. Ich hoffe, du checkst deine Mails.

Ich bin so aufgeregt … die Verhandlungen waren zäh, aber ich habe die Immobilie!

Und ich möchte mit dir den Erfolg feiern. Weit weg von Stockholm, weg von dem Stress der letzten Wochen. Nur wir beide und vielleicht ein paar andere ausgewählte Gäste. Wenn sie denn Zeit haben. Wie auch immer.

Ich hoffe, du sagst, ja.

Schau dir die Fotos an. Ich habe bereits alles arrangiert. Bitte, bitte, sag ja.

Ich bin so aufgeregt und überglücklich. Überfliege den Rest der Mail, in der er mir erklärt, wie ich dort hinkomme und dass ich unbedingt auf diese Mail mit einem *Ja* antworten soll.

Ich schaue mir die angehängten Fotos an und bin erst einmal sprachlos. Natürlich sind es Aufnahmen aus dem Sommer, aber die Lodge sieht einfach umwerfend aus. Die Zimmer sind gemütlich, der Blick auf den See einfach traumhaft. Ich scrolle durch die Aufnahmen, stelle mir vor, wie ich mit Ture an der Bar einen Drink nehme, den Fitnessraum und die Sauna benutze, wie wir das Zusammensein zelebrieren.

Es ist fast schon zu perfekt, um wahr zu werden.

Einziges Manko, dass diese Traumlocation mitten in der Wildnis liegt. Irgendwo im Norden.

Ich schlucke, lehne mich zurück in die Polster. Dort wollte ich nie wieder hin!

Ich fühle, wie es mich innerlich zerreißt. Und dagegen hilft auch kein heftiges Ein- und Ausatmen. Gedankenverloren schaue ich zu der weißgetünchten Decke. Dann wieder zu den Bildern auf meinem Monitor. Was soll ich tun?

Ich sehe sie mir nacheinander an, bleibe an den Bildern der Lodge selbst hängen. Irgendetwas ist damit. Diffus blitzt eine Erinnerung auf. Zu kurz, zu flüchtig. So sehr ich mich auch bemühe, ich kann sie nicht greifen.

Was soll ich tun?

Spring über deinen Schatten. Lass das Glück nicht an dir vorbeiziehen.

Wieder ein Spruch meiner Mutter. Darin war sie gut. Und oft, sehr oft sogar habe ich nach ihren Sprüchen gehandelt.

Also gut, ich werde dort nicht allein sein, Ture ist bei mir. Das ist es doch, was ich wollte. Unsere Zweisamkeit, ihn wieder spüren und es ist eine Chance für uns beide. Die Chance für mich, ihm endlich die Wahrheit zu sagen.

Aber warum gerade an so einem Ort?

Sorgfältig lese ich seine Anweisungen für die Reise und den Abflug. »Ach du meine Güte.« Hastig sehe ich auf meine Armbanduhr. Ich habe nur noch zwei Stunden Zeit.

Aufgeregt springe ich auf. Ich kann das nicht. Ich kann nicht. Immer wieder blicke ich zum Laptop, dessen blaues Licht mich magisch anzieht.

Kapitel Dreizehn

Fest drücke ich meinen Daumen auf die Türklingel von Astrids Wohnung. Nichts. Was jetzt? Wenigstens absagen muss ich ihr doch.

Ich rase zurück in die Wohnung, kritzele eine Nachricht auf einen Post-it-Zettel, flitze wieder zurück und klebe ihn an ihre Tür.

Kann deine Einladung nicht annehmen.
Müssen wir verschieben.
Ich habe ein Date.

Sorgfältig streiche ich mit der Hand darüber und hoffe, sie wird ihn lesen und es verstehen.

Während ich mit meinem Rucksack, den ich mir vor ein paar Wochen zugelegt habe, die Treppen nach unten haste, komme ich mir wie ein Teenager vor. Spontan auf eine Tour gehen, mit einem ungewissen Ziel. Na ja, nicht ganz, korrigiere ich mich.

Vor dem Wohnhaus wartet schon das Taxi. »Zum Flughafen, und bitte beeilen Sie sich, ich bin schon spät dran.«

Stürmisch navigiere ich mich durch das Terminal zu den Privatflügen. Dabei komme ich mir vor wie ein VIP, als ich ungewohnt zuvorkommend an einem Schalter abgefertigt werde und mit einem Kleinwagen der Fluggesellschaft zum bereits wartenden Flugzeug gefahren werde.

Ich sehe, wie mein Rucksack verstaut wird, erwidere das freundliche Nicken des Piloten und starre auf die viel zu kleine und ungewöhnliche Maschine, die nicht wie erwartet auf einer Piste steht.

»Das ist ja ein Wasserflugzeug«, stoße ich hervor.

»Aber ja, dort wo Sie hinwollen, gibt es keine Landebahn.« Amüsiert sieht er mich an. »Keine Sorge, ich bringe Sie sicher dorthin.«

»Ja natürlich«, antworte ich und komme mir idiotisch vor. Eigentlich hätte ich mir das doch denken können. Auf den Fotos habe ich gesehen, dass die Lodge direkt am See liegt. Ture wird schon wissen, was gut für mich ist. Schließlich kennt er mich …Nein, in Wahrheit weiß Ture herzlich wenig von mir. Er kennt nur das, was ich ihm gezeigt habe. Das ist nichts, nichts von dem, was ich wirklich bin. Und jetzt rächt sich mein Schweigen. Plötzlich überfällt mich eine Panik, die ganz tief aus dem Bauch kommt.

»Übrigens, ich bin Erik«, stellt sich der Pilot vor und reicht mir seine Hand, die sich schwielig anfühlt.

»Leah«, antworte ich, bevor er meine Hand wieder freigibt.

»Ich weiß. Stand so auf der Buchung. Leah Hansson.« Erik grinst, wobei sich tiefe Furchen in seinen Augenwinkeln zeigen. »Schön, Sie an Bord begrüßen zu dürfen.«

Erik hilft mir, in die Maschine zu steigen und erläutert

mir mit nun wieder ernster Miene die Sicherheitsvorkehrungen.

Ich nicke, als er fragt, ob ich alles verstanden habe.

»Und eines noch, ich bin der Flugkapitän und ich entscheide, was in einem Notfall zu tun ist«, fügt er hinzu.

»Das klingt beruhigend«, erwidere ich, auch wenn mir bei seinen Worten leicht mulmig wird.

»Schön, dann wollen wir mal. Schnallen Sie sich jetzt an«, bittet er, reicht mir ein Headset, das ich überstülpen soll, und widmet sich den Geräten im Cockpit.

Rumpelnd und schaukelnd erhebt sich die Maschine von dem Wasser und nimmt Kurs auf den mittlerweile grauen Himmel. Über die Kopfhörer höre ich, wie Erik mit dem Tower spricht und die Wünsche für einen guten Flug.

Ich ziehe mir das Mikrofon dichter an den Mund. »Wie lange werden wir brauchen?«

»Knappe zwei Stunden. Ist also ein Katzensprung.« Flüchtig wendet er den Kopf zu mir. »Darf ich fragen, was Sie in diesem abgelegenen Landstrich wollen?«

»Mich selbst finden, mein Leben wieder in Ordnung bringen. Meine Liebe treffen. Alles Dinge, die nötig sind, um wieder ein freudvolles Leben zu führen.« Ich erschrecke selbst über meine Offenheit. Erik ist ein wildfremder Mensch und es geht ihn nichts an. Dennoch spüre ich, wie gut es tut, meine Gedanken und Gefühle laut auszusprechen.

»Verstehe.«

Skeptisch blicke ich ihn an. Ob er es wirklich versteht? Vielleicht. Doch im Grunde ist es mir egal. Wir schweigen. Nur ab und zu fragt Erik etwas Belangloses. Und mir ist es nur recht, dass wir in eine Art Smalltalk verfallen.

Ich sehe hinaus, auf die Landschaft unter uns, die etwas Magisches hat. Wasser, soweit das Auge reicht, gesäumt von schneebedeckten Wäldern. Unvermittelt sackt die Maschine ab. Erschrocken wende ich mich Erik zu.

»Keine Sorge, alles okay«, sagt er, ohne mich anzusehen.

»Wir durchfliegen nur einige Turbulenzen. Nichts Dramatisches.«

»Okay«, hauche ich nervös, wische meine schweißnassen Hände an meiner Jeans ab, schaue auf meine Armbanduhr. Nur noch eine halbe Stunde dann bin ich da.

Eine fremde Stimme meldet sich in den Kopfhörern. Sie klingt abgehackt. Irgendwas von einer Schlechtwetterfront, die auf uns zukommt. Erik antwortet, dass er verstanden habe.

»Es wird jetzt ein wenig ungemütlich«, erklärt er mir. »Aber keine Sorge, ich habe alles im Griff.« Zuversichtlich lächelt er mich an. Und das macht mir mehr Sorge als seine vorherige Beiläufigkeit. Es fühlt sich an, als müsse er mich beschwichtigen. Warum das, wenn doch alles in Ordnung ist?

Ich werfe einen Blick aus dem Seitenfenster und sehe nur dieses seltsame Zwielicht. Aber etwas hat sich verändert. Und dann höre ich es. Das Motorengeräusch ist krächzender, ungleichmäßiger. »Was ist los?« Hastig richte ich mich in meinem Sitz auf, soweit die Haltegurte es zulassen, die ich während des Fluges nicht öffnen sollte.

»Alles gut. Lehnen Sie sich zurück und entspannen Sie sich«, bittet Erik. »Es ist nicht das erste Mal, das ich durch Turbulenzen fliege. Dreißig Jahre sind es nun und ich hab schon viel Schlimmeres erlebt.«

Ich glaube ihm oder besser gesagt, ich hoffe es.

Nach einer Weile sackt die Maschine ab und ich kann sehen und fühlen, wie Erik mit ihr kämpft. Das Flugzeug neigt sich nach rechts und links und kommt der Wasseroberfläche immer näher. Mir wird übel.

»Wir sind gleich da und es wird ein wenig holprig. Also, schön ruhig bleiben.«

Mittlerweile ist die Sicht gegen null tendierend, und dichtes Schneetreiben hüllt uns ein. Ich schließe die Augen und sage mir, dass ich gleich bei Ture bin, am knisternden Kamin mit einem guten Wein und einem leckeren Essen.

Diese Vorstellung beruhigt mich. Nur noch ein paar Minuten aushalten.

»Leah? Haben Sie verstanden, was ich sagte?«

Fragend sehe ich ihn an.

»Ich kann nicht lange warten, wenn wir gelandet sind. Das Wetter wird schlimmer und ich muss so schnell es geht zurück.«

»Ja, kein Problem«, antworte ich, ohne recht zu wissen, was das bedeutet.

»Hören Sie mir gut zu. Wenn wir unten sind, muss es schnell gehen. Ich kann die Maschine nicht lange auf den Wellen balancieren, sie wird abdriften. Ich schaffe das nicht allein. Deshalb müssen Sie auf den Steg springen«, setzt Erik nach.

Erst jetzt begreife ich, sehe ihn entsetzt an.

»Keine Sorge, Sie schaffen das.« Sein Blick gleitet über meinen Körper. »Sie machen einen sportlichen Eindruck.«

Ich schlucke trocken, um meine aufsteigende Panik in den Griff zu bekommen, sehe hilfesuchend zu Erik, der sich wieder auf die Maschine konzentriert.

Wir gehen nach unten. Ein Aufprall durchzuckt das Flugzeug, als wir auf der brodelnden Wasseroberfläche aufkommen. Ich halte die Luft an, klammere mich an den Sitz und stoße einen spitzen Schrei aus. Erik ignoriert mich, zu sehr ist er damit beschäftigt das Flugzeug auf den unruhigen Wellen des Sees zu bändigen.

»Leah, Sie müssen mir jetzt genau zuhören«, ruft er mir zu.

Zustimmend nicke ich.

»Gut. Wenn ich am Steg bin, warten Sie auf mein Kommando und springen raus. Ich werf Ihnen den Rucksack zu, so wird es einfacher für sie. Der Steg ist breit genug. Ich passe auf, dass mein Vogel indessen nicht abschmiert.«

Der Wind lässt das Flugzeug auf den Wellen des Sees wild hin und her tanzen. Er zwinkert mir zu. »Alles klar?«

»Ja, alles klar.« Vor Aufregung ist meine Stimme leise und brüchig. Ich sehe zu dem schneebedeckten Steg, frage mich, warum keiner von dem Personal da ist, um zu helfen. Doch für diese Frage ist es zu spät.

»Los gehts! Öffnen Sie die Tür!«, dringt Eriks Befehl zu mir durch.

Wie ferngesteuert tue ich das, was er sagt. Eisiger Wind raubt mir den Atem, als ich die Tür aufdrücke. Das Flugzeug schaukelt bedrohlich auf den Wellen und der Steg scheint unendlich weit entfernt zu sein.

»Leah, was wollen Sie wirklich hier?«

»Sagte ich doch.«

Unmerklich schüttelt er den Kopf. »Ich wünsche Ihnen viel Glück und hoffe, dass Sie finden, wonach Sie suchen.« Er deutet mit dem Kinn zu dem Steg. »Jetzt! Springen Sie!«

Mein Herz pocht wild und schürt meine Angst. *Ich schaffe das nicht. Ich schaffe das nicht.*

»Jetzt, Leah!«

Für einen winzigen Augenblick bemerke ich, dass das Flugzeug nicht mehr so heftig schwankt. Mit einem lauten Schrei springe ich raus und lande der Länge nach auf dem schneebedeckten Steg.

»Gut gemacht und … Achtung! Hier, Ihr Rucksack!«

Hart landet er neben mir. Umständlich rappele ich mich auf. »Danke!«, brülle ich gegen den Sturm an.

Erik reckt seinen Daumen, schließt die Tür und startet die Maschine durch.

Ich sehe ihr nach, wie sie binnen von Sekunden im endlosen Schneetreiben verschwindet. Nur das Motorengeräusch weht stotternd zu mir. Bis auch dieses verschwunden ist.

Kapitel Vierzehn

Der Sturm schluckt jedes andere Geräusch um mich und es ist dunkel. Immer noch zittrig von der Bauchlandung auf dem Steg, klopfe ich mir den Schnee von der Kleidung, schultere den Rucksack, halte meine Hand vor das Gesicht, um den Schnee, den der Wind wie Nadelstiche in meine Augen treibt, abzuschirmen. Mit gesenktem Kopf setze ich mich vorsichtig in Bewegung, rufe immer wieder ein lautes »Hallo?! Ist da jemand?« Irgendwann kreische ich die Worte hinaus. Aber ich komme kaum gegen den heulenden Wind an. Wie soll mich jemand hören? Aber ich müsste doch zumindest etwas von der Lodge sehen. Lichter, Menschen, die mich erwarten.

Die müssten doch wissen, dass ich komme. Hat Erik mich an einem falschen Ort abgesetzt?

Alles ist gut. Es ist nur das Unwetter, dass mich niemand hört, und Ture geht mit Sicherheit davon aus, das der Flug wegen des Wetters gecancelt wurde, rede ich mir ein.

Aber warum ist Erik dann geflogen?

Mist, ich muss damit aufhören, mir den Kopf zu zermartern, und mich unbedingt beruhigen. Doch das ist leichter gesagt als getan.

Es ist stockfinster und ich weiß nicht, wohin mich dieser Steg führen wird. Vorsichtig setze ich einen Fuß vor den anderen. Es ist glatt und die Windböen zerren an mir, lassen mich taumeln. Meine Finger spüre ich kaum noch, während ich verzweifelt mein Handy aus der Jackentasche ziehen will. Fluchend bleibe ich stehen, bis ich es endlich in meiner Hand halte. Mein Atem geht schwer. Nicht nur wegen der Anstrengung. Ich habe Angst.

Mit der Taschenlampe am Handy leuchte ich um mich herum, ich erkenne nur schneebedeckte tiefhängende Äste, die über den Steg ragen. Wieder rufe ich und komme mir dabei hilflos und im Stich gelassen vor.

»Mist verfluchter«, schimpfe ich und folge mithilfe des Lichtstrahls weiter dem Steg landeinwärts. Und dann endlich sehe ich auch die Umrisse der Lodge. Doch auch sie ist stockfinster. Ist dort der Strom ausgefallen? Aber was ist mit einem Notstromaggregat? Das müssen die doch haben, oder ist es tatsächlich nicht die richtige Lodge?

»Oh Erik, ich hoffe, du hast dich nicht geirrt«, fluche ich laut und leuchte mit dem Handy die Gegend ab. Ich entdecke ein Schild mit dem Logo der Lodge. Erleichtert atme ich auf. *Okay, du hast mich nicht in der Wildnis einfach abgesetzt,* leiste ich Erik in Gedanken Abbitte. Doch dann sehe ich die roten Lettern, die quer über dem Schild der Lodge aufgemalt sind.

»Das kann doch nicht wahr sein?!« Ich reibe mit dem Ärmel meiner Jacke über das Schild. Doch ich habe mich nicht getäuscht. *Zu verkaufen.*

Fassungslos stehe ich davor und habe keine Ahnung, was ich jetzt tun soll. Hektisch sehe ich mich um, ob da nicht doch irgendein Lebenszeichen ist, ein Licht irgendwas, doch da ist nichts außer Schnee und Wald. Und genau das jagt mir Höllenangst ein. *Ruhig, ganz ruhig.* »Atme tief und langsam«, flüstere ich. »Alles wird sich regeln. Atme«, murmel ich mir Mut machend zu.

Ture, ich muss ihn anrufen. Meine Finger sind steif vor

Kälte und ich habe Schwierigkeiten, seine Nummer zu wählen. Endlich habe ich es geschafft und drücke das Handy fest an mein Ohr. Warte. Lausche. Doch das ersehnte Klingeln bleibt aus. Nichts. Nicht einmal ein Rauschen oder Piepen. Genervt sehe ich auf das Display.

Kein Netz.

Mit dem Handy in der Hand, den Blick fest auf das Display gerichtet, schreite ich vor dem Eingang hin und her. Halte es hoch. Drehe es in verschiedene Richtungen. Vergeblich. Kein Signal. »Das darf doch alles nicht wahr sein?«, schimpfe ich mit dem Mut der Verzweiflung vor mich hin. So ein Mistkerl. Verdammt nochmal.

Egal, was oder wer mich in die Irre geführt hat, ist im Augenblick dafür nicht relevant. Ich brauche einen Plan. Die Temperaturen werden weiter fallen und wenn ich hier draußen bin, werde ich erfrieren. Mein Blick wandert zu der Lodge. Ich muss dort rein. Ins Warme.

Ich stoße, drücke und hämmere gegen die verschlossene Eingangstür. Nichts regt sich.

Ich krame in meinem Rucksack, ob ich irgendetwas finde, womit ich das Schloss der Tür bearbeiten kann, und tatsächlich finde ich ein Messer. Keine Ahnung, warum ich ausgerechnet das Messer, das mir mein Vater geschenkt hat, eingepackt habe. Vielleicht war es Vorsehung. Über diesen Gedanken muss ich lachen. Klar, Vorsehung.

Minutenlang bearbeite ich mit dem Messer das Türschloss. Doch das einzige Resultat ist, dass mir wärmer wird. Ich verwerfe die Idee, durch den Haupteingang in die Lodge zu gelangen und überlege. Jedes Hotel hat doch mehr als einen Eingang. Es muss zusätzlich einen Personaleingang oder Lieferanteneingang geben.

Ich verstaue das Messer wieder in der Seitentasche, schnappe mir den Rucksack und stapfe, mit der Taschenlampe voraus leuchtend, durch den kniehohen Schnee um die Lodge herum. Schon bald muss ich den Kopf senken, um dem aufbrausenden Wind weniger Widerstand zu bieten. Ich sehe nur noch auf den Schnee vor mir, leuchte alle paar Schritte suchend das Gebäude ab, als plötzlich ein Krachen ertönt, dann ein dumpfer Aufprall hinter mir.

Hektisch drehe ich mich um. Leuchte wild umher. Es dauert, bis ich die Schneemassen erkenne, die einen Fichtenast unter ihrer Last zu Boden krachen ließen. Ein Gutes hat dieses Szenario, ich bin hellwach.

Der Wind nimmt zu, mit gesenktem Kopf stapfe ich weiter, biege an der Hausecke zum hinteren Teil des Gebäudes ab. Und dann entdecke ich sie. Eine weitere Tür. Schmaler, unscheinbarer als der Eingang. Und ebenso verschlossen.

Wieder bemühe ich das Messer, um das Schloss zu knacken. Ich stochere, versuche alles, was ich aus einschlägigen Filmen erinnere, und fluche immer lauter vor mich hin. Irgendwann lasse ich frustriert das Messer sinken. Als Einbrecherin habe ich effektiv keine Zukunft.

Entmutigt leuchte ich mit dem Handy die Gegend ab und entdecke dabei einen Schuppen. Eilig stapfe ich darauf zu und stoße mit meinem Schienbein an ein zugeschneites Snowmobil, das neben dem Schuppen steht. Fluchend vor Schmerz reibe ich über mein Bein. Mir kommen die Tränen aber nicht von dem Schmerz, es ist die Sorge, dass niemand hier sein wird, der mir hilft. Ich verdränge die Sorge. Denn was anderes bleibt mir im Moment nicht übrig.

Ich drücke die Klinke herunter und zu meiner Überraschung gibt die Tür nach und ich leuchte ins Innere, bevor ich hineintrete und mich genauer umsehe. Mit Freuden stelle ich fest, dass es sich um einen Werkzeugschuppen handelt. Ich gehe die diversen Gerätschaften durch und entscheide mich für einen Vorschlaghammer.

Laut klirrend zerspringt das Fensterglas in tausend Teile. Mein Freudenschrei vermischt sich mit dem Heulen des

Sturms. Ich sehe durch die Öffnung. Es ist die Hotelküche. Mit dem Hammer säubere ich den Rand des Fensterrahmens von den Glassplittern und gerade, als ich mich hochhieve, spüre ich dieses Gefühl in meinem Nacken, dass jemand mich beobachtet. Langsam lasse ich mich wieder auf den Boden gleiten, umklammere den Vorschlaghammer.

»Hallo? Ist da jemand?« Meine Stimme zittert. Angestrengt lausche ich. Wieder verschluckt der Sturm alle Geräusche. Vorsichtig lasse ich das Handy über die Gegend gleiten. Doch ich sehe nur den grell leuchtenden Schnee im Schein der Lampe. Schwer atme ich durch. Da war niemand. Alles nur Einbildung.

Immer wieder sehe ich mich um, während ich durch das Fenster ins Innere klettere. Unter meinen Boots knirscht Glas, als ich auf dem Fliesenboden aufkomme. Eine Windböe fegt heulend durch die Fensteröffnung und lässt mich erschaudern.

Eilig durchleuchte ich den weitläufigen Küchenraum und entdecke eine Tür und hoffe, dass sie nicht verschlossen ist. Die Klinke fühlt sich eisig an, als ich sie anfasse. Ich drücke sie herunter, die Tür öffnet sich.

Wenn ich an Gott glauben würde, dann hätte ich mich jetzt bei ihm bedankt. Doch das tue ich schon lange nicht mehr. Denn er hat mir schon einmal nicht geholfen, als ich um Hilfe bat.

Auch das verdränge ich rasch, konzentriere mich nur auf den Moment und darauf, dass ich es immerhin bis hierhin geschafft habe. Ich ziehe die Tür zur Küche hinter mir zu und verriegle sie mit dem Schlüssel, der von außen steckt.

Somit kann jemand, der mich verfolgt, mir nicht problemlos hinterher. Er muss lärmen, um die Tür aufzubrechen. Mein Herz hämmert wie verrückt. Bleib ruhig, ermahne ich mich erneut.

Rasch orientiere ich mich und gelange in die Lobby. Mein Weg führt mich direkt hinter die Rezeption. Im Schein der Handylampe entdecke ich die Telefonanlage. Ich schließe die Augen und dann tue ich es doch wieder: *Bitte lass sie funktionieren,* flehe ich Gott an.

Ich hebe den Telefonhörer an mein Ohr. Wähle die Notrufnummer. Nichts. Ich versuche es noch einmal. Wähle Tures Nummer. »Oh verflucht! Natürlich ist die Leitung tot. Es gibt ja keinen Strom!«, brülle ich frustriert in die kalte Lobby. Entmutigt lasse ich mich auf einen Bürostuhl fallen. Mein Blick gleitet über den leergeräumten Empfangstresen. In einer Ecke, neben der Telefonanlage, entdecke ich einen Prospekt der Lodge. Jemand muss es bei der Räumung vergessen haben. Auch ohne, dass ich ihn ansehe, weiß ich, dass er die Bilder und die Beschreibung enthält, die Ture mir geschickt hat.

Warum das alles?

Ich verdränge fürs Erste die Frage, konzentriere mich auf das, was ich weiß.

Ich bin gefangen in einem Hotel ohne Strom. Mein Handy hat keinen Empfang und mir ist kalt. Mir geht es nicht gut. Ich möchte weinen, schreien und gleichzeitig rennen, bis ich wieder zu Hause bin. Wenn es doch nur so einfach wäre.

Resigniert mache ich mich auf die Suche nach der Eingangshalle. Wenn ich mich richtig erinnere, war auf den Bildern dort ein Kamin zu sehen.

Fast hätte ich es nicht für möglich gehalten, aber der Kamin existiert tatsächlich und zu meiner Freude liegt auch noch Brennholz daneben. Ebenso Streichhölzer und ein Feuerzeug. »Mein Gott, was für ein Überfluss«, sage ich laut und kleine Wolken bilden sich vor meinem Mund. Ich atme erneut aus und tatsächlich, mein Atem erzeugt eine Wolke.

Wohlig knisternd züngeln die Flammen empor. Ich ziehe mir einen ausladenden Sessel dicht an den Kamin, halte meine steifen Finger vor die Flammen. Langsam entspanne ich mich und sehe mich um. Überall brennen Kerzen, die ich in einer Anrichte, gleich neben den Streichhölzern und dem Feuerzeug mit dem Emblem der Lodge gefunden habe. Es sieht romantisch aus und ich stelle mir vor, wie es wohl gewesen wäre, wenn Ture hier bei mir und die Lodge noch intakt wäre. Seufzend lehne ich mich zurück und checke erneut, ob es ein Handysignal gibt. Entmutigt lege ich es neben mich, ziehe die Beine hoch an meinen Körper, umklammere sie, lege mein Kinn auf die Knie und starre in die Flammen.

Bis eben habe ich erfolgreich die Frage verdrängt, warum Ture mich hierher eingeladen hat, um hier über unsere Zukunft zu reden? Er muss doch gewusst haben, dass das Hotel geschlossen ist. Es ist niemand da, der eine Buchung hätte aufnehmen können. Nervös kaue ich auf meiner Unterlippe herum.

Aber wusste er das wirklich?

Und wenn ja, was dann?

Plötzlich wird es mir eiskalt, trotz der Wärme, die der Kamin verbreitet. Egal wie ich die Fakten drehe, ich wurde getäuscht. Ture wird nicht nach mir suchen. Niemand wird es tun. Vermutlich weiß niemand außer diesem Erik, dass ich hier bin. Und der Pilot hat nur einen Auftrag ausgeführt und mich hier abgeliefert.

Ich bin allein, muss es allein schaffen.

Die Erkenntnis trifft mich hart.

Kapitel Fünfzehn

Tag eins

Mein Körper fühlt sich verspannt an. Aber das ist kein Wunder, nachdem ich die Nacht eingerollt auf dem Sessel vor dem Kamin verbracht habe. Ich bin müde und ausgelaugt, aber bereit für meine Tour.

Noch in der Nacht habe ich alles, was ich auf dem Flug wahrgenommen habe, Revue passieren lassen. Und da war dieses Licht, unweit des Waldes, den wir überflogen haben. Es muss ein Licht von einer Hütte oder einem Haus gewesen sein.

Inständig hoffe ich, dass ich immer noch einen guten Orientierungssinn habe, der mich dorthin geleitet.

Ich mache ein paar Dehnübungen und wünsche mir sehnlichst einen Kaffee und eine Zimtschnecke, dick bestrichen mit Orangenmarmelade. Der Gedanke daran lässt sofort meinen Magen knurren. Erneut inspiziere ich den Inhalt meines Rucksacks. Aber seit gestern Abend sind da immer noch nur ein Apfel, eine Tafel Schokolade, eine Flasche Wasser und meine Pillen drin. Das ist alles, was ich zu bieten habe. Und ich frage mich erneut, warum ich einen Apfel und eine Tafel Schokolade mitgenommen habe. Es waren die Dinge, die ich immer mitnahm, wenn ich auf eine Wanderung ging.

Ich spüle meine Pille mit einem Schluck Wasser herunter. Den Apfel und die Schokolade rühre ich nicht an, auch wenn es mir schwerfällt. Ich ziehe mir meine Thermohose über und ein paar extra wärmende Socken. Danach überprüfe ich das Handy, ob es Empfang hat. Auch daran hat sich nichts geändert, obwohl der Sturm sich etwas beruhigt hat.

Zur Sicherheit mache ich mich zur Rezeption auf, um die Telefonanlage zu checken. Wie heißt es so schön, die Hoffnung stirbt zuletzt.

Der Weg dorthin fühlt sich merkwürdig an. Einsam. Gespenstisch. Gestern ist mir das nicht so vorgekommen. Wahrscheinlich war ich viel zu sehr mit mir selbst beschäftigt.

Bevor ich den Hörer des Telefons in die Hand nehme, sende ich abermals ein Stoßgebet aus. Mit einem Anflug von Sarkasmus stelle ich fest, dass ich auf diesem unfreiwilligen Abenteuertrip wohl noch gläubig werde, so oft wie ich bete.

Doch dieser Gott da oben hat dennoch kein Einsehen oder ist einfach null technikaffin. Die Leitung ist weiterhin stumm. Rasch mache ich mich auf den Weg zur Küche.

Möglichst leise entriegele ich die Tür und drücke sie vorsichtig auf. Ich möchte keine böse Überraschung erleben. Eisiger Wind bläst mir durch das zersplitterte Fenster entgegen. Meine Augen suchen den vom Schnee bedeckten Fußboden ab. Ich hocke mich hin und ergründe, ob vor Stunden jemand hier war. Nach mir.

Nur zur Sicherheit, dass ich gestern Abend überreagiert habe, als ich dachte, jemand wäre hinter mir her.

Ich entdecke nichts, muss mir aber eingestehen, dass der neu hereingewehte Schnee alle Spuren überdeckt hätte. Schleppend erhebe ich mich und sehe mich um. Ich durchsuche die Schränke, ob sich nicht doch noch etwas Essbares finden lässt. Leider ist alles blitzblank geputzt und aufgeräumt. So ein Mist.

Bevor ich durch das Fenster nach draußen krabbele, sehe ich mich noch einmal um. Ich weiß nicht, wie ich das Gefühl einordnen soll, das ich gerade empfinde. Irgendetwas zwischen Wut, Enttäuschung und Resignation. Warum bin ich hier?

Ich werde es herausfinden. Entschlossen steige ich auf das Fensterbrett, achte darauf, dass ich mir weder Kleidung noch Haut aufreiße, als ich durch die aufgebrochene Scheibe steige und mich draußen auf den Boden gleiten lasse.

Der Wind hat nachgelassen und eine blasse Sonne drängt sich durch die noch dichten Wolken. Über Nacht ist viel Schnee gefallen und jeder Schritt kostet Kraft, während ich zu dem Schuppen und zu dem Snowmobil stapfe, dass ich gestern entdeckt habe. Ich hoffe, dass es anspringt. Fast hätte ich gelacht, denn bei meinem momentanen Glück wäre es kein Wunder, wenn es nicht funktioniert.

Im Schuppen suche ich nach einer Brille. Irgendetwas das meine Augen schützt. Ich habe Glück, auf einem Regalbord entdecke ich eine Schutzbrille. Perfekt. Jetzt muss nur noch das Snowmobil anspringen.

Ich schultere den Rucksack, stülpe die Kapuze über und wickele den Schal über mein Gesicht, so dass nur noch die mit der Schutzbrille bedeckten Augen frei sind.

Mein Puls rast, als ich mich auf das Gefährt schwinge. Ich bemerke, wie meine Hände zittern, es ist lange her, dass ich mit einem Snowmobil gefahren bin, aber es ist bestimmt wie Fahrradfahren, das man nicht verlernt. Hastig streife ich noch meine Handschuhe über, bevor ich den Benzinhahn aufdrehe und den Starter drücke. Ich kann es kaum glauben, als ich das satte Rattern des Motors höre. Erleichtert lasse ich meinen angehaltenen Atem entweichen. Jetzt liegt es an mir. Vorsichtig gebe ich Gas.

Nach ein paar Metern wächst mein Vertrauen und ich

schlage den Kurs ein, von dem ich annehme, dass er zu dem Haus führt, das ich vom Flugzeug aus gesehen habe.

Ich werde immer mutiger und gebe mehr Gas, lenke das Gefährt sicher durch den Wald. Weiche gekonnt den von Schnee bedeckten tiefhängenden Ästen aus. Es macht Spaß und erinnert mich an früher, als ich mit meinem Vater unterwegs war und wir Wettrennen veranstalteten. Nur wir zwei. Er hat mir beigebracht, wie ich mich in die Kurven zu legen habe, wie ich mit dem Gas und der Bremse spielen muss, um zwischen dicht stehenden Bäumen zu navigieren.

Die Erinnerung lässt mich schmunzeln und sofort spüre ich auch Wehmut. Dieses Gefühl schüttel ich schnell ab. Nicht jetzt. Jetzt muss ich mich konzentrieren. Immer wieder gleitet mein Blick zum See, der durch die Bäume blitzt, auf keinen Fall darf ich mich von ihm entfernen. Er ist mein einziger sicherer Anhaltspunkt.

Plötzlich endet der Wald. Vor mir liegt eine Ebene, bedeckt mit unberührtem Schnee. Dahinter ist wieder Wald, der See ist immer noch rechts von mir. Dennoch ist da etwas, was mir nicht gefällt. Etwas, was ich von früher kenne, eine Art Warnung, die ich immer dann hatte, wenn ich mich in Gebiete vorgewagt habe, die mir fremd waren.

Ich nehme das Gas zurück.

Doch da ist keine Reaktion.

Vorsichtig trete ich auf die Bremse. Doch auch das funktioniert nicht. Ich steige voll auf die Breme. Immer noch keine Reaktion. Das Snowmobil rast einfach weiter.

Was jetzt? Was muss ich noch tun?

Und dann erkenne ich, dass die Ebene aufhört und der Wald noch weit entfernt ist. Es dauert, bis ich realisiere, dass ich auf eine Schlucht zurase. Wieder trete ich hektisch auf die Bremse, versuche, den Gashebel hin und her zu drehen. Doch er ist wie eingefroren.

Ein Gedanke schießt mir durch den Kopf: *Das Snowmobil stand an der Werkstatt.*

»Scheiße!«, brülle ich gefrustet und reiße panisch den Lenker herum. Doch das Snowmobil beginnt nur zu schlingern und gerät völlig außer Kontrolle. Es neigt sich zur Seite, ich drohe unter ihm begraben zu werden. Mit aller Kraft bemühe ich mich, mein Gewicht zu verlagern. Ich starte einen letzten Versuch, das Mobil wieder in die richtige Richtung zu lenken. Doch es ist zu spät.

Laut aufjaulend schlittere ich auf den Abgrund zu.

Ich muss springen, sofort!

Ich versuche es.

Schaffe es nicht.

Entsetzt realisiere ich, dass sich meine Hose an der Fußraste verheddert hat. Panisch zerre ich an dem Stoff.

Der Abgrund kommt immer näher.

Kapitel Sechzehn

Irgendwo krächzt eine Krähe ihr unermüdliches *Aak Aak*. Es ist dieses Geräusch, das mich blinzeln lässt durch all den Schnee, der auf mir liegt.

Ich bin nicht tot.

Das ist das Erste, was ich realisiere.

Tote hören keine Krähen, oder?

Aber mir ist kalt und ich bin unendlich müde.

Das *Aak Aak* kommt immer näher. Ich höre weitere Krähen, die antworten. Nach einer Weile wird ihr Rufen aufgeregter.

Als ich einen tiefen Atemzug nehme, um mich aufzurichten, brennen meine Lungen wie Feuer. Mein Körper fühlt sich steif an und bei jeder Bewegung wird mir schwindelig. Eisiger Wind fegt über die dicke Schneedecke und treibt ihn in mein Gesicht. Automatisch kneife ich die Augen zu Schlitzen und konzentriere mich auf die Geräusche. Da ist Flügelschlagen, aufgeregtes Keckern. Und dann sehe ich den Pulk von Krähen neben und über mir.

Die sind wegen mir hier.

Unbeholfen wedele ich mit der Hand. Doch es scheint sie nicht zu beeindrucken. Sie hüpfen ein paar Zentimeter weiter, um dann gleich wieder näher zu kommen. Ich befeuchte meine Lippen mit der Zunge und räuspere mich. »*Tsch Tsch,* verschwindet«, befehle ich lahm mit heiserer Stimme. Doch auch das interessiert sie nicht.

Mühsam richte ich mich weiter auf, probiere mich groß zu machen. »Oh verflucht! Noch bin ich am Leben, verzieht euch!« Das tun sie. Aber nur, um sich in Sichtweite niederzulassen.

Das Sprechen kostet mich Kraft. Ich hebe den Blick zu dem grauen Himmel und frage mich, wie lange ich hier schon in der Kälte liege.

Ich muss mich bewegen. Richte mich auf die Knie, während ich mich zu dem Abgrund umdrehe. Es sind nur wenige Zentimeter zwischen der tödlichen Tiefe und meinem Körper. Ich muss da weg, muss den Abstand vergrößern. Fieberhaft versuche ich mich auf allen vieren davon wegzuschieben. Dennoch rutsche ich immer wieder zurück. Das Gelände ist abschüssig, die Schwerkraft mein Gegner.

Ruhig. Ganz ruhig. Du must nur langsam machen.

Doch das ist nicht so einfach, die Angst hat mich voll im Griff. Mit jeder Bewegung glitsche ich näher auf die Kluft zu und da ist nichts, woran ich mich festhalten kann. Vorsichtig lege ich mich flach auf den Boden. Meinen Körper spüre ich kaum noch, es ist kalt und ich bin müde.

Ich schließe die Augen.

Atme tief ein, um Kraft zu sammeln, ruhig zu bleiben.

Falsch! Falsch!, warnt meine innere Stimme.

Nicht einschlafen. Bewege dich weiter. Nicht einschlafen.

Tief hole ich Luft, richte mich auf meine Unterarme auf, bewege erst den rechten Arm vorwärts dann den linken, gebe mir Mühe, die Beine dem Bewegungsablauf der Arme anzupassen. Jetzt spüre ich den Schmerz in meinem Körper, besonders in meinem Knöchel. Ich ignoriere ihn, während ich mich Zentimeter für Zentimeter vorwärts robbe.

Aus dem Augenwinkel bemerke ich die Krähen, die wieder mutiger geworden sind und näher kommen. Einer der Rabenvögel rammt mir den Schnabel in meine Hand. Trotz Handschuh fühle ich den stechenden Schmerz. Ich beiße die Zähne zusammen. Ich darf mich nicht hektisch bewegen, sonst rutsche ich in die Tiefe. Und wieder hackt die Krähe zu. Diesmal in meine Daunenjacke. Die anderen machen sich bereit. Für sie bin ich ein Festmahl. Noch bin ich nicht tot, noch pulsiert Leben in mir. Vor Frust und Angst schießen mir die Tränen in die Augen. Doch ich gebe nicht auf und hangele mich auf allen vieren weiter hinauf.

Es dauert.

Doch irgendwann habe ich einen sicheren Abstand zur Kante geschafft. Erschöpft und schwer atmend rolle ich mich auf den Rücken. Der Rucksack drückt auf meinen Rücken, doch das ist mir egal. Mir brummt der Schädel und mir ist übel.

Die Krähen interessiert das alles nicht. Für sie bin ich schon am Ende. Ich kann den Luftzug ihrer Schwingen über meinem Gesicht spüren. Automatisch bedecke ich es mit den Händen. Noch zaghaft, ihre Beute testend, hackt eine von ihnen an meinen Arm. Das *Aak Aak* wird lauter, wütender.

Beschwerlich hebe ich meinen Oberkörper an. Rolle zur Seite, um mich aufzurichten. Es kostet mich Kraft, aber ich schaffe es. Mir ist schwindelig, aber ich bleibe aufrecht auf meinen Beinen stehen, hebe meine Arme, mache mich groß. »Verschwindet! Ich lebe!«, schreie ich, ringe nach Luft vor Qual und Verzweiflung. Mein Fuß schmerzt wie die Hölle während ich auf die angriffslustigen Vögel zu stapfe.

Es dauert, bis sie begreifen, dass ich noch Leben in mir habe. Erst als sie sich trollen, lasse ich mich wieder in den Schnee fallen. Sehe mich um, sehe zu dem Abgrund, aus dem Nebel aufsteigt.

Die Dämmerung hat längst eingesetzt und schon bald wird es dunkel sein. Ich muss hier weg. Muss einen Unterschlupf finden. Keuchend vor Schmerz und Frust mache ich mich auf den Weg.

Durst, ich habe unbändigen Durst. Ungeduldig reiße ich mir den Rucksack vom Rücken. Mein Atem geht immer noch keuchend. Meine Finger sind taub und es macht mich wahnsinnig, dass ich ewig brauche, um den Rucksack zu öffnen.

Dann endlich habe ich es geschafft, greife nach der Wasserflasche, öffne sie mit zitternden Händen, setze die Flasche an und endlich rinnt Wasser meine Kehle herunter und weckt meine Lebensgeister.

Ich muss mich zwingen, die Flasche wieder abzusetzen, mir etwas aufzuheben. Bedacht schraube ich sie wieder zu und verstaue sie sorgfältig im Rucksack.

Und was jetzt?

Irgendwie muss ich zu diesem rettenden Gebäude kommen. Wieder lasse ich meinen Blick über das endlose Weiß schweifen. Ich kann nichts sehen. Kein Haus, kein Anzeichen von Leben oder Zivilisation. Da ist nur die grobe Richtung, die ich gehen muss, um zu dem Haus zu gelangen, das ich gesehen habe. Der Gedanke ist plötzlich absurd. Was ist, wenn ich die falsche Richtung eingeschlagen habe? Oder wenn ich mir das beleuchtete Haus nur eingebildet habe? Frustriert schließe ich die Augen.

Niemals aufgeben, mein Kind.

Die Worte meines Vaters hallen in mir nach. Ich strecke mich, hebe den Kopf. Nein, ich werde nicht aufgeben. Ich zerre mein Handy aus dem Rucksack. Schalte es ein.

Nichts.

Ich schüttele es.

»Verdammt, geh an.«

Doch nichts tut sich. Der Akku ist leer. Nervös nage ich auf der Unterlippe. »Niemals aufgeben«, flüstere ich und drücke die Taste für das Notsignal. Ich habe keine Ahnung, ob es ohne Strom funktioniert.

Humpelnd erreiche ich den Wald. Lausche auf die Geräusche um mich herum. Ganz in meiner Nähe höre ich ein Ächzen und dann knackt es laut. Fast hätte ich geschrien, bis ich realisiere, dass es wieder mal nur ein Ast war, der von den Schneemassen zu Boden gedrückt wurde.

Es ist lange her, dass ich im Winter in den Bergen war. Das letzte Mal mit meiner Schwester und unseren Eltern. Es fühlt sich im Moment ganz ähnlich an. Damals waren wir auch verschollen.

Nicht daran denken. Noch nicht.

Die Temperaturen fallen mit jeder Minute. Ich muss ein Feuer machen. Mir eine Stelle aussuchen, die windgeschützt ist und zugleich einen Überblick bietet, damit ich erkenne, was ringsum passiert. Einen Platz, an den sich niemand von hinten anschleichen kann. Kein Wolf. Kein Bär. Kein Elch.

Suchend sehe ich mich um und entdecke eine gute Stelle an einem Felsen, neben einer hohen Fichte, deren Äste wie ein Schirm den Schnee abfangen.

Aus meinem Rucksack krame ich mein Messer. Während ich es in der Hand halte, frage ich mich, warum ich ausgerechnet das Messer, das mein Vater mir geschenkt hat, bevor wir auf unsere letzte Tour gingen, bei mir habe.

Nicht daran denken. Nicht jetzt.

Ich agiere wie auf Autopilot, während ich nach Ästen, Totholz und Zweigen suche.

Mühselig schleppe ich alles an die Stelle, die ich mir ausgesucht habe. Verdränge Hunger und Durst. Erst muss ich ein Feuer entfachen und dann kann ich mich um mich selbst kümmern.

Zunächst mache ich mich daran, die feuchten Äste zu entrinden, dann mit dem Messer am Ast entlang, um Federkiele zu schneiden. Dabei wird der Ast nach jedem Schnitt gedreht, bis eine Art Fächer entsteht, der dann abgeschnitten wird. So hat es mir mein Vater beigebracht. Damals, als ich das erste Mal mit ihm allein eine Wanderung machte. Ich war zwölf und saugte all seine Worte auf wie ein Schwamm.

Nachdem ich alles vorbereitet habe, entzünde ich die Zweige mit einem Feuerzeug. Es dauert, bis die Flammen züngeln. Schnell füttere ich das Feuer und je mehr es brennt und Wärme verströmt, desto ruhiger werde ich. Das habe ich gemeistert und den Rest schaffe ich auch noch.

Endlich kann ich mich ausruhen und nachdenken, mich um mich und meinen angeschlagenen Körper kümmern. Mit einem lauten Stöhnen lasse ich mich auf die Fichtenzweige sinken, die ich gesammelt habe. Mein Knöchel schmerzt höllisch. Vorsichtig ziehe ich meinen Bergschuh aus, jammere dabei durch zusammengepresste Zähne. Taste die Schwellung ab und entscheide, dass mein Fuß nur verstaucht ist. Ich pappe Schnee an den Knöchel und spüre sofort, wie das Brennen nachlässt, wissend, dass ich das nur kurz genießen darf. Ich kann nicht riskieren, dass ich darüber einschlafe und mir die Zehen abfrieren.

Mir ist flau vor Hunger. Ich inspiziere meinen Rucksack. Ein Apfel, eine Tafel Schokolade. Warum habe ich das eingepackt? Das ergibt alles keinen Sinn. War es Automatismus? Weil ich damals immer genau diese Dinge mitnahm, wenn ich mit meiner Familie auf Wanderung war. Aber jetzt? Wozu? Ich wurde doch von Ture in ein Luxushotel eingeladen, dort braucht man solche Dinge nicht. Also warum?

Nicht darüber nachdenken. Nicht jetzt.

Lange betrachte ich den Apfel und die Tafel Schokolade in meinen Händen. Am liebsten würde ich alles auf einmal in mich hineinstopfen. Ich schlucke trocken. Ich muss es einteilen. Ein halber Apfel und zwei Riegel Schokolade.

Kapitel Siebzehn

Tag 2

Die Nacht war unruhig, da ich das Feuer in Gang halten musste. Und der Hunger hat sein Übriges getan. Durch die Äste der Fichten blicke ich zum grauen Himmel. Es ist ruhig an diesem frühen Morgen. Kein Wind, nur ein paar Vögel, die zaghaft zwitschernd den Tag begrüßen. Warum sucht mich niemand? Warum ist da kein Flugzeug?

Weil niemand weiß, wo du bist. Dieser Gedanke ist erschreckend. Ich summe vor mich hin, um ihn zu verscheuchen.

Ich ziehe den Reißverschluss der vorderen Tasche meines Rucksacks auf. Ich muss meine Pille nehmen, damit ich ruhiger werde. Mit den Handschuhen habe ich Schwierigkeiten, die Pillendose zu öffnen. Genervt reiße ich sie mir von den Händen und probiere es erneut. Sie klemmt immer noch und meine Finger sind steif. Ich probiere es mit Gewalt. Der Deckel springt ab und die Pillen ergießen sich über den Schnee, sinken ein.

Weiße Glücklichmacher im weißen Schnee. Entsetzt starre ich darauf. Nervös tasten meine Finger den Schnee ab, doch je mehr ich darin herumwühle, desto erfolgloser bin ich. Eine Einzige finde ich, doch sie ist so aufgeweicht, dass sie zwischen meinen Fingern zerbröselt. Wie ein Junkie lecke ich mir die Finger ab, suche erneut eine Pille, finde sie. Doch auch sie zerbröselt, während ich sie aufhebe.

Frustriert lasse ich mich in den Schnee sinken. Keine Pillen, kalter Entzug und damit böse Folgen. Aber kann es noch schlimmer kommen, als es sowieso schon ist?

Schritt für Schritt kämpfe ich mich durch den kniehohen Schnee. Ich komme nur langsam voran, mein Fuß schmerzt und meine Kräfte schwinden mit jedem Meter. Es wird dunkler und kälter.

Wieder mache ich Feuer. Esse ein kleines Stück Schokolade und zwei Bissen von dem halben Apfel.

Niemals aufgeben. Höre ich wieder die Worte meines Vaters. Ich blicke zur Seite, nicke ihm zu.

Kapitel Achtzehn

TAG 3

Zitternd wache ich auf. Mein Blick geht zum Feuer, das schon lange heruntergebrannt ist. Meine Kehle fühlt sich rau an und der Hunger nagt an mir. Ich muss meinen Kreislauf in Schwung bringen, darf auf keinen Fall liegen bleiben. Orientierungslos blicke ich mich um. Verschwommen sehe ich ein Rentier keine zehn Meter vor mir neben einer dicken Fichte. Es hebt seinen Kopf und als es meine Witterung in die Nase bekommt, flüchtet es. »Ja, renn du nur.«

Stöhnend richte ich mich auf, schultere meinen Rucksack. Das Zittern kommt nicht allein von der Kälte. Ich brauche eine Pille, dringender denn je. »Bewege dich, bewege dich, bewege dich«, befehle ich mir selbst. Setze einen Fuß vor den anderen. Das mache ich. Aber es ist anstrengend und ich komme nur langsam voran.

Lass uns ein Lied singen, sagt mein Vater neben mir und stimmt unser altes Wanderlied an.

Tänk jag drömde i natt Att jag hade en katt. Och han åt bara sill och potäter Du får trot om du vill.

Ich hatte letzte Nacht einen Traum, dass ich eine Katze hatte. Und sie aß nur Hering und Kartoffeln. Du kannst es glauben, wenn du willst.

Der Gedanke an Kartoffeln und Hering klingt verlockend. Fast glaube ich den Geschmack auf meiner Zunge zu spüren. Die Enttäuschung darüber, dass das alles nur Sinnestäuschungen sind, treibt mir Tränen der Verzweiflung in die Augen. Ich bin am Ende meiner Kräfte, komme viel zu langsam voran, werde es nicht schaffen.

Schwer atmend blicke ich in Richtung See. Ganz schwach kann ich die Oberfläche erkennen. Vielleicht macht es Sinn, wenn ich am Ufer entlang gehe. Vielleicht kommt ja ein Boot vorbei oder ein Flugzeug. Ja – vielleicht. Morgen werde ich es wagen, jetzt ist es schon viel zu spät.

Mit letzter Kraft entfache ich ein Feuer. Esse den Rest der Schokolade und des Apfels. Dann rolle ich mich neben dem Feuer ein und ich möchte nur noch schlafen und nie wieder aufwachen. Selbst das Verlangen nach einer Pille flammt nur noch flüchtig auf. Gut so.

Nach einer Weile spüre ich die Wärme meiner Familie neben mir. Lausche den eindringlichen Worten meines Vaters, spüre seinen Kuss auf meiner Stirn, genieße die Berührung meiner Mutter, die sanft über mein Haar streicht und meine Schwester, die sich neben mich kuschelt. Ich bin endlich wieder glücklich und frei.

Kapitel Neunzehn

TAG 4

Eisiger Wind treibt den Schnee vor sich her und türmt Hügel auf, wenn er auf ein Hindernis trifft.

Lautes Hundegebell und das Aufjaulen eines Motors klingen überlaut an diesem eisigen Morgen.

»Zurück, Fynn!«

Der Motor erstirbt. Knirschende Schritte. »So ist es brav. Was hast du gefunden?«

Aufgeregtes Scharren und Fiepen.

»Scheiße!«

Eine raue Hand reibt über mein Gesicht, über meinen Hals, verharrt dort.

»Können Sie mich verstehen? Nicken Sie, wenn Sie mich verstehen.«

Ich will nicht nicken, ich will nur schlafen, meiner Familie weiter nah sein.

Die Schritte entfernen sich. Das ist gut, ich falle wieder zurück ins selige Nichts, in dem ich nichts spüre.

Knirschend eilen die Schritte wieder zurück. »Ich werde Sie jetzt hochheben. Haben Sie mich verstanden?«

Brummige Laute dringen aus meinem Mund, klingen fremd und verstörend.

»Sehr gut.« Er klingt erleichtert.

Dabei war es ein Fruststöhnen von mir. Wieder mache ich knurrige Geräusche.

»Ganz ruhig, bald sind Sie in Sicherheit. Alles wird gut.«

Sicherheit? Was ist schon Sicherheit?

Eine Zunge leckt über meine Hand, ich sehe die Schemen eines großen Hundes, spüre, wie Hände mich anfassen, wie ich schwebe.

»Lass das Fynn«, höre ich. Meint er den Hund?

»Was haben Sie hier nur gemacht?« Wieder die Männerstimme.

Ich mag und kann nichts sagen und lasse es einfach geschehen, dass er mich anhebt, davonträgt. Es ist mir egal.

Er ächzt unter meiner Last, während er mich durch den tiefen Schnee trägt. Langsam begreife ich, was gerade geschieht. Registriere, dass er mich auf einem Schlitten, der hinter einem Snowmobil angebunden ist, ablegt, zudeckt und festbindet.

»Ist nicht gerade bequem, aber es dauert auch nicht lang. Meine Hütte ist knapp einen Kilometer von hier entfernt.« Zuversichtlich lächelt der dick eingemummelte Mann mich an, von dem ich nur die Augenschlitze wahrnehme. Er deckt mich zusätzlich mit einer Plane zu. »Ich werde die Plane auch über Ihr Gesicht ziehen, damit sie nicht zu viel Fahrtwind abbekommen. Ist das in Ordnung?«

Ich nicke bejahend und dann ist es auch schon dunkel. Es riecht merkwürdig unter der Plane nach etwas Warmem, Süßem, das mir nicht behagt. Doch ich bin zu müde, um etwas von mir zu geben. Und im Grunde ist es mir auch egal.

Mit einem scharfen Ruck stoppt das Snowmobil. Umständlich bemühe ich mich, die Plane anzuheben. Ich ertrage sie nicht mehr, habe das Gefühl, darunter zu ersticken. Der Geruch ist zu intensiv und mir wird übel.

»Gott sei Dank, Sie sind wach«, verkündet der Mann erfreut und hilft mir, mich von der Plane zu befreien.

Ohne Übergang hebt er mich hoch. Dabei fällt mein Blick auf ein totes Rentier, das hinten am Schlitten angebunden ist. Er bemerkt meinen Blick. »Ich war auf der Jagd.«

Der Mann blickt auf das erlegte Wild. »Sie haben Glück gehabt. Wäre ich nicht jagen gewesen und hätte mein Hund Fynn nicht so eine gute Nase, würden sie jetzt immer noch unter dem Schnee liegen.«

Ich habe das Gefühl, das er auf eine Art Absolution wartet, aber auch das ist mir im Moment egal. Alles ist mir egal und deshalb nicke ich lahm.

Er trägt mich in seine Hütte. »Ist kein Grand Hotel, aber warm und trocken.«

»Übrigens, ich bin Theo.« Vorsichtig legt er mich auf eine Pritsche, die so wohlig weich ist, dass ich nur weiterschlafen möchte. Sofort schließe ich die Augen.

»Nicht einschlafen, Sie müssen wach bleiben.« Er klingt nervös.

Verstohlen sehe ich ihn an, jetzt, da er seine Mütze und Kapuze abgenommen hat. Er hat einen Stoppelbart, vom Wetter gegerbte Haut und hellblaue Augen, die mich freundlich ansehen. »Wie ist Ihr Name?«

Fragend sehe ich ihn an. Ich weiß es nicht mehr. Meine Zähne klappern unkontrolliert aufeinander. Ich versuche, mich zu erinnern, durchsuche jeden Winkel in meinem Gedächtnis.

»Wie ist Ihr Name?«, wiederholt er.

»Leah«, krächze ich. »Leah, mein Name ist Leah Hansson.«

»Wie lange haben Sie dort gelegen, Leah? Und überhaupt, was machen Sie hier?«

Angestrengt sehe ich ihn an. Es ist alles verschwommen. »Ich weiß es nicht.«

»In Ordnung, das wird sich schon finden. Ich ziehe Ihnen jetzt die Schuhe aus und dann decke ich Sie fest zu. Das habe ich mal in einem Film gesehen. Da haben sie unterkühlten Menschen auch die Schuhe ausgezogen und sie dann ordentlich zugedeckt.«

Er zerrt an dem Schuh, in dem mein verstauchter Fuß steckt. Ich wimmere auf.

»Entschuldigung, ich bin zu grob, oder? Und zugegebenermaßen, ich bin auch nervös. So etwas hab ich noch nie gemacht … ich meine, ich habe noch nie einen halberfrorenen Menschen gefunden.« Er verzieht entschuldigend den Mund. Dann deckt er mich stramm zu. »Okay so?«

»Ich habe Durst.«

»Oh, natürlich.« Er eilt zum Spülbecken, füllt dort ein Glas mit Wasser aus einem Kanister.

»Hier, warten Sie, ich helfe Ihnen.«

Theo hebt meinen Oberkörper an und hält mir das Glas an die Lippen. »So ist es gut. Schön langsam.« Zufrieden lächelt er und tiefe Lachfalten bilden sich um seine Augen.

Ich bemühe mich, sein Lächeln zu erwidern, doch irgendwie habe ich keine Kontrolle über meine Mimik.

»Schon gut. Um ehrlich zu sein, weiß ich nicht, wie man mit halb erfrorenen Menschen umgeht und deshalb rufe ich jetzt über Funk Hilfe, bevor ich irgendetwas falsch mache.«

Trocken räuspere ich mich, will etwas sagen, doch es kommt nur ein Krächzen über meine Lippen. Ich versuche es erneut. »Gute Idee«, äußere ich mit brüchiger Stimme und verziehe meine Lippen, in der Hoffnung, dass es tatsächlich ein Lächeln ist.

Theo eilt zum Funkgerät, das in einem Regal neben diversen Blechdosen steht. Eine davon fällt scheppernd zu Boden, während er das Mikrofon in die Hand nimmt. Kurz blickt er über die Schulter, nickt mir aufmunternd zu. Dann konzentriert er sich auf die Kanalsuche.

Wie durch Watte höre ich seine Stimme, bekomme mit, wie er um Hilfe bittet und die Situation beschreibt. Doch dann fallen mir wieder die Augen zu, das Bedürfnis zu schlafen ist immens. Ich spüre einen sanften Druck auf meinem Oberkörper gefolgt von einem leisen Winseln. Unwillig öffne ich die Augen und sehe den Hund, der seinen Kopf auf meinen Oberkörper gelegt hat.

Wie war noch sein Name? Fynn? Ja, Fynn.

Er hat mich gefunden, ihm verdanke ich, dass ich hier bin. Noch vor ein paar Minuten wollte ich tot sein. Schwer atme ich ein. Langsam steigen Erinnerungen in mir auf. Noch vage, aber ich habe das Gefühl, dass sie wichtig sind.

Aufmerksam sehen mich Fynns braune Augen an. Ich schlucke, befeuchte meine Lippen. »Danke Fynn«, hauche ich und möchte über sein braunes Fell streichen. Doch das gelingt mir nicht, da Theo die Decke zu fest um meinen Körper gewickelt hat.

Mein Blick schweift zu Theo, der mir den Rücken zugekehrt hat. Ich höre, wie er sagt: »Alles klar. Over and Out.« Er stößt scharf den Atem aus, bevor er sich zu mir umdreht. »Es dauert nicht lange. Sie schicken einen Hubschrauber.« Nervös streicht er sich durch sein kurzes dunkelblondes Haar. »Wird eine heikle Sache werden, aber sie meinen, sie könnten hier landen.«

Sein Lächeln wirkt verkrampft, als er die Decke weiter unter mein Kinn schiebt. »Sie müssen unbedingt warmgehalten werden, Leah. Ich lass Sie jetzt kurz allein. Muss draußen mein Snowmobil umparken, damit der Hubschrauber Platz hat.«

Er tätschelt meine Schulter, bevor er ein Holzscheit in den Kaminofen wirft. »Sie bleiben hier und ja nicht einschlafen, verstanden?«, scherzt er unbeholfen, zieht sich eine Jacke über und verschwindet aus meinem Sichtfeld.

Mir fallen seine Worte ein, als er mich fand. *Meine Hütte*

ist knapp einen Kilometer von hier entfernt. Ich war so nah dran. Ich hatte mich nicht geirrt, als ich nach dem Haus oder der Hütte suchte.

Ein ohrenbetäubendes *Flap Flap Flap* erfüllt die Hütte. Fynn springt auf und rennt zur Tür, jaulend und knurrend steht er davor. Sieht sich immer wieder zu mir um.

»Das ist der Hubschrauber … mach dir keine Sorgen. Komm her.«

Schwanzwedelnd kommt Fynn zu mir ans Bett. Ich befreie meine Hand aus der Decke und streiche über sein weiches Fell. Es beruhigt nicht nur mich, auch Fynn entspannt sich.

Kurz darauf wird die Tür aufgestoßen. Theo gefolgt von zwei Sanitätern und einem Arzt betreten die Hütte.

»Wie geht es Ihnen? Theo meinte, Ihr Name ist Leah. Ist das korrekt?«, fragt mich der Arzt.

»Ja, Leah Hansson.«

»Wie fühlen Sie sich?«

»Müde.«

»Okay, wir bringen Sie ins Krankenhaus.« Er leuchtet mit einer Stablampe in meine Augen. Dann misst er den Blutdruck. »Hm … ich denke, Sie hatten viel Glück. Aber dennoch sollten wir uns beeilen.«

Rotorblätter wirbeln den Schnee auf, die eisige Luft raubt mir den Atem. Meine Augen suchen Theo. Ich erblicke ihn, wie er angespannt den Transport beobachtet. Als ich endlich in dem Hubschrauber bin, kommt er und reicht mir meinen Rucksack hinein. »Den sollten Sie nicht vergessen.« Er legt flüchtig seine Hand auf meinen Arm. »Alles Gute für Sie, Leah.«

»Danke, danke für alles, was Sie getan haben.« Ich ringe um Luft, da ist eine Frage, die ich unbedingt beantwortet haben muss. »Theo können Sie mir sagen, seit wann die Lodge *Sjöutsikt* zum Verkauf steht?«

Nachdenklich neigt er den Kopf. »Ich bin mir nicht ganz sicher. Vier oder fünf Monate.«

»Wir müssen los«, drängt der Arzt und schließt die Tür.

Kapitel Zwanzig

Lächelnd sieht mich die junge Krankenschwester an, während sie das Fenster schließt. »Soll ich die Vorhänge zuziehen?«

»Nein. Danke.«

»Gut. Machen Sie sich keine Gedanken, sie sind bald wieder fit. Aber jetzt sollten und dürfen Sie schlafen. Und falls Ihnen übel wird oder Ihnen sonst irgendwas merkwürdig vorkommt, drücken Sie die Klingel.« Sie deutet neben das Kopfteil des Betts. »Alles wird gut … ach, bevor ich es vergesse«, sie holt mein Handy aus ihrer Kitteltasche. »Ist vollgeladen.« Flüchtig legt sie die Hand auf meine Schulter. Dann rauscht sie mit eiligen Schritten aus dem Zimmer. Ich lausche dem Quietschen ihrer Schritte auf dem Linoleumboden nach. Und dann ist es still.

Nachdenklich starre ich aus dem Fenster, vor dem eine hohe Birke steht, deren Äste mit Schnee bedeckt sind. Ich hasse Schnee. Ich hasse den Wald. Seufzend schließe ich die Augen und erinnere mich an die letzten Stunden. Daran, wie wir auf dem Dach des Krankenhauses in Sällsjö gelandet sind. An die darauffolgenden, hektischen Untersuchungen und alle möglichen Tests. Sie haben meinen Blutdruck gemessen, mir Blut abgezapft, Sprachtests gemacht.

Mir wurde warmer Sauerstoff zugeführt, Flüssigkeiten intravenös verabreicht.

Und es geht mir wieder gut.

Ich hatte verdammtes Glück, dass Theo und natürlich Fynn mich noch rechtzeitig gefunden haben. Und mittlerweile bin ich froh darüber. Wie konnte ich mir nur wünschen zu sterben? Jetzt, da ich alles weiß.

Der nette junge Arzt, der mich zuerst behandelt hat, fragte mich, ob er jemanden für mich anrufen solle. Ich sagte ihm, dass es nicht nötig sei, dass ich es selbst mache. Und nun liege ich hier mit meinem Handy in der Hand und bin unfähig, einen vernünftigen Gedanken zu fassen.

Ich sollte Ture anrufen. Doch allein der Gedanke daran macht mir Angst. Ich fürchte, ich werde mich nicht unter Kontrolle haben, wenn ich seine Stimme höre. Was soll ich ihm sagen? Dass er mich an einen Ort gelockt hat, der nicht mehr existiert und dass ich fast ums Leben gekommen bin, nur wegen ihm?

Dennoch bin ich neugierig, ob er zumindest versucht hat, mich zu erreichen. Entschlossen schalte ich das Handy an. Es signalisiert mir neun Nachrichten.

Acht von Ture und eine von Malte.

1. Hey Süße, tut mir leid, dass ich mich jetzt erst melde, aber ich hatte mein Handy verloren. Tja und nun habe ich es unter dem Bett wiedergefunden. Oh Mann … wie auch immer, der Deal ist perfekt. Ich habe die Immobilie. Melde dich bitte.

2. Ich bin es nochmal. Bitte melde dich.

3. Bist du sauer?

4. Ich bin wieder zu Hause und wo bist du?

5. Leah, ich mach mir Sorgen, wo bist du?

6. Ich habe mit Astrid geredet, sie hat mir deine Nachricht gezeigt. Mit wem hast du ein Date?

7. Leah bitte antworte. Ich bin am Verzweifeln.

8. Ich habe mit Malte gesprochen, ich dachte, du bist bei ihm. Ich weiß nicht, was ich tun soll.

9. Hej Leah, Ture hat mich angerufen. Wo steckst du? Hast du

Probleme? Ruf mich an. Egal wie spät es ist. Ture macht sich riesige Sorgen und ich auch.

Noch einmal lese ich die Nachrichten und verstehe immer noch nicht, was das soll. Wieso tut Ture so, als hätte er keine Ahnung, wo ich bin oder wo ich war? Was ist nur los? Habe ich die Mail, die er mir schickte, falsch verstanden?

Unruhe kriecht von meinen Zehen hinauf bis zu meinem Haaransatz. Ich sehe die Mail vor mir. Ich erinnere mich daran, wie ich mich freute und meine Sachen packte. Das bilde ich mir doch nicht nur ein.

Ich brauche Luft.

Ich stoße die Decken von mir, richte mich auf. Springe aus dem Bett, eile zum Fenster und öffne es.

Frische kalte Luft. Es riecht nach Schnee, ist eisig, aber das stört mich nicht. Ich atme tief ein und aus. Besinne mich auf eine Yogaübung. Ein Nasenloch zuhalten und einatmen, dann das andere Nasenloch zuhalten und ausatmen. Es hilft. Auch wenn in meinem Hinterkopf das Verlangen nach einer Pille wieder da ist. Sie ist immer noch ein Garant dafür, runterzukommen. Und dieser kleine Teufel in meinem Kopf hält sie in seinen Händen und neckt mich.

Ich mache weiter mit meiner Atemübung, bis dieser Teufel verschwunden ist. Ich brauche die verfluchten Dinger nicht.

Kapitel Einundzwanzig

»So, da wären wir.« Der Taxifahrer wendet sich behäbig um, nennt mir den Fahrpreis und sieht mich leicht besorgt an. »Alles in Ordnung?«

»Alles bestens.« Ich krame das Geld aus der Seitentasche meines Rucksacks. »Ekeliges Wetter hier«, bemerke ich, während ich ihm das Geld reiche und ein »stimmt so«, murmele.

»Wem sagen Sie das? Seit Tagen nur Schneeregen. Aber für mein Geschäft gerade richtig.« Er grinst, während er das abgezählte Geld entgegennimmt.

Ich steige aus, knalle die Autotür zu, schultere meinen Rucksack und sehe hinauf zu unserer Wohnung. Es ist später Nachmittag. Kein Licht ist zu sehen. Und ich hoffe inständig, dass Ture noch nicht da ist. Ich brauche einen Moment nur für mich.

Leise schließe ich die Wohnungstür auf. Lausche. Alles ruhig.

Erleichtert atme ich aus, lasse lahm den Rucksack auf den Boden gleiten, ziehe meine Schuhe aus und hänge meine Jacke an die Garderobe. All das geschieht mechanisch. Und so fühle ich mich auch, mechanisch und ferngesteuert.

Der Arzt wollte mich noch nicht gehen lassen. Doch ich hatte mir eine plausible Geschichte ausgedacht, die ich ihm wohl auch überzeugend vortrug. Mein Mann hätte einen Unfall gehabt, ich müsse dringend zu ihm.

In dem Spiegel neben der Garderobe erhasche ich einen Blick auf mein Gesicht und erschrecke. Ich habe dunkle Schatten unter den Augen, tiefe Mundfalten und mein Haar klatscht stumpf an meinem Schädel.

Eine Weile stehe ich ratlos im Flur, weiß nicht, was ich zuerst machen soll. Ein Bad nehmen, Ture anrufen oder ein Glas Wein trinken? Ja, darauf habe ich jetzt Lust, und dann werde ich Ture anrufen.

Ich schalte das Licht in der Küche an, sehe mich um und bin erstaunt. Alles tipptop aufgeräumt. Eigentlich hatte ich Chaos erwartet. Stattdessen steht sogar ein bunter Strauß Blumen auf dem Tisch. Erwartet Ture mich? Hat er deshalb aufgeräumt?

Ein Anflug eines Lächelns legt sich auf meine Lippen, um sogleich wieder zu verschwinden.

Nein. Er kann ja nicht wissen, wann ich komme.

Und ein Mann, der in Sorge um seine Frau ist, räumt nicht die Küche auf und stellt Blumen hin, und schon gar nicht verlässt er die Wohnung. Er würde verzweifelt an diesem Tisch sitzen und auf sein Handy starren. Überlegen, ob er nicht doch die Polizei alarmieren sollte. Ja so verhält sich ein Mann, der sich sorgt. Mein Atem geht stoßweise und ich merke, dass meine negativen Gedanken mich in Rage bringen.

Aus dem Schrank hole ich ein Weinglas und ziehe energisch die Kühlschranktür auf und fasse es nicht. Er ist prall gefüllt. Auch das habe ich nicht erwartet.

Aber vielleicht ist er ja unterwegs zur Polizei und hat die Küche aufgeräumt und den Kühlschrank gefüllt, weil er hofft, dass ich komme. Ja, vielleicht. Aber so ganz glaube ich meinen Gedanken nicht. Der Frust nagt an mir. Ich muss mich beruhigen. Ich dramatisiere. Und eigentlich wollte ich doch allein sein. Ja, allein sein wollte ich. Aber das Gefühl zu haben, das ich nie hier gelebt habe und mich keiner vermisst, raubt mir kurz den Atem. Das Verlangen, eine Pille einzuwerfen, ist enorm. Mir fällt ein, dass ich noch welche habe. Im Kleiderschrank. Versteckt in einer Socke.

Nein, mach es nicht.

Ich stürze stattdessen den Wein hinunter. *Droge gegen Droge.* Bei diesem Gedanken muss ich lachen. Dabei ist mir gar nicht zum Lachen zumute. Ich stecke fest in einer Spirale, die sich abwärts bewegt.

»Puh … was für ein Scheiß«, presse ich durch die Zähne und fülle das Glas erneut. Diesmal trinke ich in kleinen Schlucken und lasse mich auf einen Stuhl sinken. Sehe aus dem Fenster, an dem langsam der Schneeregen hinunter rinnt. Die Dämmerung hat eingesetzt. Die Welt da draußen zieht sich zurück. Da ist nichts mehr, worauf ich meinen Fokus legen kann, um meine Gedanken, die wie eine Achterbahn durch mein Gehirn preschen, zu ordnen.

Aber ich versuche es. Da ist die Mail von Ture, deretwegen ich in diese Hölle aufgebrochen bin. Da sind die widersprüchlichen WhatsApp-Nachrichten auf meinem Handy.

Das ergibt alles keinen Sinn.

Ich beschließe, zu duschen. Ture kann ich danach anrufen.

Der Stuhl schabt über den Fliesenboden, als ich entschlossen aufstehe und aus der Küche eile.

Erschrocken bleibe ich im Flur stehen, als ich das Klimpern von Schlüsseln höre. Ein paar Sekunden später wird die Tür aufgestoßen.

Fassungslos weicht Ture zurück. Agnes, die neben ihm ist, hält sich vor Schreck die Hand vor den Mund.

Alles geschieht rasend schnell und doch kommt es mir vor, als würde die Zeit stillstehen, während Ture seine Arme um mich schlingt, in die ich sinke. Es fühlt sich vertraut an. Ich spüre seine Wärme und seine Tränen an meiner Wange. Oder sind es meine?

»Leah … oh Gott, Leah. Ich bin froh, dass du wieder bei mir bist«, flüstert er heiser und drückt mich noch fester an sich. »Ich hatte solche Angst, dass du mich verlassen hast.«

Einen winzigen Moment lang fühle ich mich wohl und aufgehoben. Doch seine letzten Worte bringen die Erinnerung zurück. Daran, dass er es war, der mich in die Berge gelockt und mich meinem Schicksal überlassen hat.

Ruckartig löse ich mich von ihm.

»Was ist los?«, fragt er verunsichert und sieht mich ratols an.

Ich gehe einen Schritt zurück, betrachte ihn eingehend und nehme die dunklen Schatten unter seinen müden Augen wahr. Er streckt seine Hände nach mir aus, doch ich weiche weiter zurück.

Mein Blick fällt auf Agnes, die mich anstarrt wie einen Geist. Als sie meinen Blick bemerkt, löst sich ihre Verkrampfung. Mit offenen Armen kommt sie auf mich zu. »Ach Leah, du weißt ja gar nicht, was für einen Schrecken du uns eingejagt hast.« Fest umarmt sie mich.

Es ist das erste Mal, dass sie das tut, und es fühlt sich merkwürdig an, distanziert aber auch wohltuend. Ich schäle mich aus ihrer Umarmung. Doch sie hält meine Hände fest. Streicht mit den Daumen über meinen Handrücken. »Wir kommen gerade von der Polizei. Ture und ich haben lange überlegt, was wir tun sollen, schließlich war dein Benehmen in der letzten Zeit so …«, sie sucht nach den richtigen Worten. »So abwesend und … und manchmal auch aggressiv. Ich dachte, du hast dir etwas angetan.« Tief holt sie Luft, kneift die Augen zusammen und betrachtet mich eingehend. »Wo hast du nur gesteckt? Du siehst furchtbar aus.« Seufzend schüttelt sie den Kopf.

»Furchtbar, genau«, wiederhole ich ihre Worte. »So fühle ich mich auch, nach allem, was passiert ist.«, kommentiere ich scharf.

Endlich lässt sie meine Hände los.

Mein Blick wandert zu Ture, der scheinbar nicht weiß, was er sagen oder tun soll. Verlegen streicht er sich durchs Haar.

Ich will schreien, Ture schütteln, ihn anbrüllen, ihm entgegenschleudern, dass er aufhören soll mit dem Schauspiel, da er doch genau weiß, wo ich gewesen bin. Und wenn er es weiß, dann auch Agnes. Ich presse die Fingernägel in meine Handballen.

Jetzt nur nicht überreagieren, ich muss einen klaren Kopf behalten, was mir enorm schwerfällt. Ich spüre immer noch die Wärme von Tures Umarmung. Dennoch darf ich nicht schwach werden. Ich muss herausfinden, was für ein perfider Plan hinter alledem steckt, und dann entscheiden, was ich tun werde.

Das Lächeln, das ich aufsetze, fühlt sich steif an. »Was ist, wollen wir einen Schluck Wein trinken. Meine Rückkehr feiern? Und darüber reden?«, schlage ich vor.

Kapitel Zweiundzwanzig

»Möchtet ihr auch Weiß- oder lieber Rotwein?« Ich halte die angebrochene Flasche hoch.

»Oh, du hast schon getrunken?« Agnes setzt sich an den Tisch. »Hm … dann nehme ich auch Weißwein.«

»Gerne.« Ich wende mich an Ture, der neben mir steht. Ich kann seine Wärme spüren, seine Angst und sein Nichtverstehen. Ich ignoriere diese Signale, weil sie mich nur durcheinanderbringen. »Was ist mit dir weiß oder rot?«

»Entscheide du«, sagt er, ohne mich aus den Augen zu lassen.

»Ture, du solltest die Polizei informieren, dass Leah wieder wohlbehalten zu Hause ist.« Agnes nickt ihm auffordernd zu.

»Ja, natürlich.« Ture sieht mich bekümmert an, während er sein Handy aus der Hosentasche zieht und aus der Küche eilt. Der Schmerz in seinen Augen wirkt so echt und verunsichert mich kurz.

Aber ich bleibe hart, ich werde das jetzt durchziehen und herausfinden, warum er mich um ein Haar in den Tod getrieben hat. Ich fülle die Gläser und setze mich Agnes gegenüber.

Wir schweigen.

Unerwartet tätschelt sie hölzern meine Hand. »Leah, wir waren so in Sorge um dich, Ture war kaum wiederzuerkennen.« Sie holt hörbar Luft und lässt sie langsam entweichen. »Und auch ich war verzweifelt. Ich weiß, wir beide haben so unsere Schwierigkeiten, doch eines sollst du wissen, ich mag dich – sehr sogar. Du bist die richtige Frau für meinen Sohn.«

Ich starre auf ihre rotlackierten Fingernägel, bin unfähig etwas zu sagen.

»Leah, sieh mich an.«

Widerwillig hebe ich meinen Blick, sehe ihr Lächeln, sehe ihre Augen, die mich unverwandt anblicken.

»Was auch immer zwischen dir und Ture ist, welche Diskrepanzen ihr auch habt, ihr schafft das gemeinsam. Da bin ich mir sicher.«

Dazu sage ich nichts. Nicke nur, denke mir meinen Teil.

Warten wir ab, Agnes. Denn so perfekt ist dein Sohn nicht.

Rasch senke ich die Augen, damit sie meine Gedanken nicht erraten kann, und nippe an dem Wein.

Endlich kommt Ture wieder in die Küche. Er zögert, weiß offenbar nicht so recht, wo er sich hinsetzen soll. Ich mache es ihm leicht und schiebe das Glas neben das seiner Mutter. So habe ich beide im Blick.

Die Luft ist gefüllt mit Erwartungen.

Ich bin bereit, jetzt und hier alles zu klären – und doch so unendlich müde. In meinen Gedanken krame ich die Bilder von meinem Überlebenskampf hervor, meine Verzweiflung, mein Nichtverstehen. Bilder, die mir den nötigen Schub geben, diese Episode in meinem Leben zu beenden. Denn darauf wird es hinauslaufen. Ich verdränge meine Gefühle, bevor sie mich erdrücken.

Erwartungsvoll sieht mich Ture an und auch Agnes schenkt mir ihre volle Aufmerksamkeit.

»Ihr fragt euch, wo ich gesteckt habe?«

Beide sehen mich nur abwartend an.

»Nun, ich bin froh, noch am Leben zu sein, nachdem ich

mich durch die Wildnis geschlagen und dem Tod ein Schnippchen geschlagen habe.« Meine Stimme hat ein Krächzen angenommen. Ich ignoriere es. »Warum Ture? Warum hast du mir diese verfluchte Mail geschickt?«

Irritiert schüttelt er den Kopf. »Wovon redest du?«

»Erinnerst du dich noch an unser Telefonat und an die Mail, die du mir später geschickt hast?«

»Natürlich … und es tut mir leid, dass ich dich nicht wie versprochen nach dem Meeting angerufen habe, aber ich hatte mein Telefon verlegt und …«

Ich hebe meine Hand, um ihn zu unterbrechen. »Davon rede ich nicht. Ich rede von der Mail, die du mir vor etlichen Tagen geschickt hast. Du hast mir mitgeteilt, dass du den Vertrag sicher hast und wir es gemeinsam feiern wollen. Nur wir beide.« Ich beuge mich vor. »Erinnerst du dich jetzt an die Einladung in diese wunderbare romantische Lodge am Kallsjön See? An die Bilder der Lodge, die du beigefügt hast? Die süßen Worte. Die Hoffnung auf eine gemeinsame Zukunft. Erinnerst du dich jetzt?«

Immer noch sieht er mich ratlos an, tauscht einen flüchtigen Blick mit Agnes aus. »Nein, ich verstehe null, wovon du sprichst.«

»Dann werde ich dir auf Sprünge helfen.«

Ruckartig stehe ich auf, stürme aus der Küche in das Wohnzimmer. Ziehe die Schublade des Wohnzimmertischs auf. Mein Laptop liegt noch genauso da, wie ich ihn zurückgelassen habe. Unter den Zeitschriften.

Ture und Agnes tuscheln heftig miteinander, als ich zurückkomme, verstummen sie, blicken mich an.

Ich lege den Laptop auf den Tisch, klappe ihn auf. Mit einem leisen *Pling* erwacht der Rechner. Schleppend erhebt sich Ture und blickt mir über die Schulter, während ich die Mails aufrufe.

Nichts.

Hitze steigt in mir auf. Ich finde die verdammte Mail

nicht wieder. Spam-Ordner. Gelöschte Mails. Einfach nichts. Die Welt um mich herum dreht sich.

»Was ist? Wo ist die Mail?«

»Sie … sie ist nicht mehr da«, flüstere ich und beginne meine Suche erneut, ignoriere dabei, die neuen Mails, die automatisch runtergeladen wurden, als ich das Mailprogramm öffnete.

Ture schiebt den Laptop zur Seite.

»Es gibt keine Mail von mir, weil ich keine geschrieben hab.« Ernst sieht er mich an. »Bitte, Leah, glaube mir. Warum sollte ich so etwas tun, warum sollte ich dich anlügen?«

»Denkst du, ich fantasiere mir da etwas zurecht?!«

»Was ist nur mit dir passiert, Leah?«, fragt er leise.

»Hör auf, mich wie ein dummes Kind zu behandeln«, blaffe ich ihn an. »Ich habe eine Mail von dir bekommen mit allen Details. Direktflug mit einem Wasserflugzeug und der Name des Piloten war Erik. Es war eine Chartergesellschaft.« Ich recke mein Kinn. »Und klingelt da jetzt etwas bei dir?«

»Nein. Denn ich habe weder einen Flug noch sonst irgendetwas arrangiert.«

»Verdammt! Lüg mich nicht an. Ich war in dieser verdammten Lodge, weil du mir geschrieben hast, dass wir uns dort treffen, um deinen Erfolg zu feiern! Nur, dass diese Lodge seit Monaten zum Verkauf steht, hast du mir verschwiegen. Ich möchte wissen, warum du das getan hast.«

Traurig schüttelt er den Kopf. »Nein, Leah, so etwas würde ich dir nie antun.«

»Verflucht! Ich bin doch nicht so dumm und fahre auf blauen Dunst in diese Gegend! Warum sollte ich in ein verwaistes Hotel fahren, mitten im Nirgendwo? Mich mit einem defekten Snowmobil und zu Fuß durch kniehohen Schnee auf eine unbestimmte Tour wagen, um nur knapp zu überleben?« Wütend funkele ich ihn an.

Mitleid spiegelt sich in seinen Augen.

Ich hasse diesen Blick.

Es fühlt sich erniedrigend an.

»Warum machst du das, Ture? Was habe ich dir getan, dass du mich … mich so hinters Licht führst? Sag es mir!«

»Bitte beruhige dich.«

Als er mir seine Hand auf den Arm legt, schlage ich sie fort. Entsetzt weicht er zurück.

»Hört auf damit!«, schaltet Agnes sich ein. »Das führt zu nichts.« Resolut erhebt sie sich von dem Stuhl, sieht einen nach dem anderen an.

Wie gescholtene Kinder verstummen wir.

Mein Körper bebt vor Aufregung und Hilflosigkeit. Ein leises Surren ertönt in meinen Ohren.

Agnes setzt sich wieder und blickt mich freundlich an. »Offensichtlich hast du einiges durchgemacht. Das Problem ist doch, das es keine Mail von Ture gibt und du … ich weiß nicht, wie ich es sagen soll.« Hilflos sieht sie zu Ture. Doch er reagiert nicht. »Nun, wie ich eingangs erwähnte, du warst in letzter Zeit anders als sonst, nervös und … nun ja, auch unkonzentriert. Manchmal hatte ich den Eindruck, dass dich irgendetwas belastet.«

Bei ihren Worten schießen mir Tränen in die Augen. Es berührt mich, dass sie in mir etwas gesehen hat, das ich versteckt halte. Mit Macht kämpfe ich gegen meine Emotionen an. Hart presse ich die Zähne aufeinander, bis mein Kiefer schmerzt. Auf keinen Fall werde ich vor Agnes weinen.

»Leah, vielleicht ist es das Beste, du legst dich hin.« Sachte berührt sie meine Hand. »Was auch immer dir passiert ist, können wir jetzt nicht ergründen, nicht in deinem Zustand. Du musst dich ausruhen und morgen sehen wir weiter. Ist das in Ordnung für dich?«

Agnes' Stimme ist leise und mitfühlend. So wie die Stimme einer Mutter.

Tränenblind stürme ich an ihr vorbei.

Kapitel Dreiundzwanzig

Sonnenstrahlen, die sich durch einen schmalen Schlitz in den Vorhängen schieben, prickeln auf meinen Lidern. Sonne! Wie habe ich sie vermisst. Gerade jetzt, wo alles düster um mich herum ist, brauche ich sie wie die Luft zum Atmen.

Ich drehe den Kopf zur Seite und bin erleichtert, dass Ture meinen Wunsch respektiert hat, die Nacht allein zu verbringen. Ich lasse mir das Szenario von gestern Abend durch den Kopf gehen. Die Schrecksekunde, als dort keine Mail von Ture war. Ich fühlte mich am Boden zerstört, nicht mehr existent, nur noch eine Hülle, die noch atmet. Ich wollte allein sein mit einer von meinen Pillen. Ich hielt es nicht länger aus. Der Druck war immens.

Und jetzt ist das Verlangen wieder da. Am liebsten würde ich mir alle in den Mund schieben, um endlich Ruhe zu bekommen. Endlich einen Schlussstrich ziehen. Doch so wie gestern Abend, schaffe ich es, dem zu widerstehen. Keine Pillen mehr.

Mein Blick wandert zu den Sonnenstrahlen. Das ist es, was ich jetzt brauche. Das und keine blöden Pillen. Mit einem Ruck schlage ich die Bettdecke zurück, springe auf, spüre den kalten Holzboden unter meinen Füßen, und es fühlt sich an, als würde ich ihn zum ersten Mal bewusst spüren. Jede Kerbe, jeden Riss, jede kleinste Unebenheit. Leben. Mit zwei Sätzen bin ich am Fenster, ziehe die Vorhänge beiseite und blicke auf die Welt da draußen. Alles ist weiß, der Regen ist in Schnee übergegangen, der im Sonnenlicht funkelt und mich anzieht wie ein Magnet.

Mit einem Mal sehe ich klarer. Wenn Ture mir nicht diese Mail geschickt hat, wer dann? Was ist, wenn ich es war, die … nein, das ist absurd.

Ich horche in mich hinein, lasse die Bilder wieder zu, die mir kamen, als ich mich auf den kalten Schnee neben das Feuer legte und alles losließ. Als ich mich damit abgefunden hatte, dass ich sterben würde. Genau in dem Moment habe ich erkannt, was damals wirklich passiert ist. Aber irgendetwas stimmt nicht an dem Ort und an meine Erinnerung daran.

Mein Blick wandert zu dem Kleiderschrank, zu meinem alten Rucksack mit der Schachtel. Ich strecke meine Hand nach dem Rucksack aus, das Klopfen an der Tür lässt mich zurückzucken.

»Leah, bist du wach?«

»Ja.«

»Magst du frühstücken?«

»Bin gleich da.« Rasch streife ich mir eine Strickjacke über und greife nach meinen Wollsocken, will sie mir überziehen, sehe zu meinen Füßen – und ich spüre den Holzboden nicht mehr.

Minuten später habe ich mich wieder gefangen, blicke auf den gedeckten Tisch und bin froh, dass Ture mir nicht *Filmjölk* serviert. Das war bisher Tures Geheimmittel, meine Stimmung aufzuheitern, mit dem er glaubte, mich beruhigen zu können. Doch im Augenblick bin ich meilenweit davon entfernt. In mir rumort es immer noch gewaltig und ich will dem nachgehen, statt es zu unterdrücken.

Ohne Ture anzusehen, gleite ich auf einen Stuhl.

»Kaffee?«

»Ja, gerne.«

Während er mir Kaffee in meinen Becher eingießt, buttere ich einen Toast und bestreiche ihn mit Orangenmarmelade.

»Wie hast du geschlafen?«, fragt er und setzt sich mir gegenüber.

»Gut«, erwidere ich betont gelassen und komm mir vor wie in einem falschen Film.

Unruhig verlagert Ture seine Sitzposition. Mir ist bewusst, dass er mir Fragen stellen wird, und ich möchte es so schnell wie möglich hinter mich bringen.

Seufzend schließe ich meine Augen, lehne mich zurück und lasse meinen angebissenen Toast auf den Teller fallen. »Also gut, frag mich.«

»Leah, bitte ich … es fällt mir schwer. Dass, was gestern Abend passiert ist, hat mich zutiefst erschreckt. Ich war und bin so froh, dass du wieder da bist und dann … wie kommst du nur darauf, dass ich dir etwas antun, dich in eine Falle locken wollte? Das will nicht in meinen Kopf.«

Zustimmend nicke ich. »In meinen Kopf will es auch nicht. Aber ich weiß, dass da eine Mail von dir war. Denn eines kannst du mir glauben, ich habe meine Sinne nicht verloren.« Im selben Moment frage ich mich, ob ich wirklich noch alle Sinne beisammen habe. Noch vor wenigen Minuten habe ich das doch selbst infrage gestellt.

»Was sollen wir jetzt tun?«

In seiner Frage liegt Schmerz und Unsicherheit.

»Ich weiß es nicht.« Und es stimmt, ich bin mir überhaupt nicht mehr sicher, was ich denken oder tun soll.

Schweigen senkt sich schwer über uns.

Ture räuspert sich. »Wie hast du es geschafft, aus dieser Situation zu entkommen?«

In mir schrillen Alarmglocken. Warum fragt er mich das?

»Weil ich weiß, wie man sich in so einer Situation verhalten sollte«, entgegne ich bissiger, als ich es vorhatte.

»Aber woher?« Er lehnt sich vor, versucht, in meinem Gesicht zu lesen.

»Was soll das, Ture?«

»Entschuldige, du hast völlig recht. Es hat mich nur beschäftigt.«

»Und mich beschäftigt nach wie vor, warum du mir die Mail geschickt und sie offensichtlich danach gelöscht hast. Du hast ja Zugang zu meinem Laptop, der mit deinem Passwort geschützt ist. Was ziemlich dämlich von mir war.«

Resigniert reibt er sich über seine Augen. »Ich sage es noch einmal – ich habe dir keine Mail geschickt.« Der Nachdruck in seinen Worten alarmiert mich.

Was, wenn er nicht lügt? Nachdenklich blicke ich auf den Kaffeebecher in meinen Händen.

»Leah, bitte glaub mir. Und sieh mich bitte an.«

Langsam hebe ich den Blick, spüre seine Hand, die vorsichtig die meine berührt.

»Leah, ich will dich nicht verlieren. Ich liebe dich, aber ich muss wissen, was wirklich passiert ist. Warum du dich Hals über Kopf in diese Lage gebracht hast.« Er hebt abwehrend die Hände, als ich empört zurückweiche. »Oder wer auch immer es war, der dich in diese Lage gebracht hat«, schiebt er schnell nach.

Ich kann ihm nicht antworten, gestehe ich mir still ein und frage mich wie zuvor: Was, wenn er mir diese Mail wirklich nicht geschickt hat?

»Ich sorge mich um dich, ehrlich«, fährt Ture fort und senkt für einen flüchtigen Moment die Augen. »Du warst in letzter Zeit … ich weiß nicht genau, wie ich es sagen soll … sonderbar, aggressiv und sprunghaft.«

Er sucht wieder meinen Blick und ein flaues Empfinden füllt meinen Magen. Ich fühle mich allein gelassen. Dieses

Verlangen, mich an Tures Schulter zu legen, seine Berührungen zu spüren, seine tröstenden Worte zu hören, macht mich hilflos. Soll ich ihm die ganze Geschichte erzählen, die ich jetzt endlich kenne, damit er versteht, was in mir vorgeht? Aber was bringt das jetzt noch? Gar nichts. Erst muss ich selbst herausfinden, was in den letzten Tagen passiert ist. Im Moment traue ich niemandem, nicht mal mir selbst.

»Wie soll es jetzt weitergehen?«, fragt Ture leise.

»Gute Frage.« Verzweifelt schüttle ich den Kopf. »Ich weiß es nicht. Gib mir Zeit.«

»Hallo, seid ihr schon wach?«

Agnes.

Hörbar ziehe ich die Luft ein. Funkele Ture wütend an. »Warum geht sie hier immer noch ein und aus?«

Hastig springt Ture vom Stuhl hoch und eilt aus der Küche.

Leises angespanntes Gemurmel dringt aus dem Flur zu mir. Schwerfällig erhebe ich mich. Jeder Schritt fühlt sich steif an. Mit verschränkten Armen lehne ich mich am Türrahmen an. »Hej Agnes. Was gibt es?«

»Ich wollte nur nach dir sehen. Wie geht es dir? Konntest du ein wenig schlafen?« Mit einem mitfühlenden Lächeln kommt sie auf mich zu. Nimmt mich in die Arme. Es widerstrebt mir, ihre Umarmung zu erwidern. Und doch tue ich es.

»Habt ihr schon gefrühstückt?« Sie hält mich eine Armeslänge von sich ab. »Ich habe mir solche Sorgen gemacht. Ach Liebes, ich kann immer noch nicht verstehen, was dich angetrieben hat zu dieser … dieser Lodge zu fahren. Du siehst immer noch mitgenommen aus.«

»Danke. Mir geht es schon viel besser.« Mein Lächeln fühlt sich merkwürdig an. Steif und falsch. Ich sehe zu Ture, der einen Suppentopf in den Händen hält und flehend die Augenbrauen hebt.

»Ich habe dir Gemüsesuppe gekocht. Die hat meine

Mutter immer für mich gemacht, wenn es mir nicht gut ging.«

»Meine auch«, erwidere ich geistesabwesend.

»Nun, dann sind wir Mütter offensichtlich einer Meinung. Eine Gemüsesuppe heilt alle Wunden. Egal ob Körper oder Seele.«

Ich muss schlucken, als sie mich erneut in den Arm nimmt. »Alles wird wieder gut. Vertrau mir.«

Sie legt den Arm um meine Schultern und führt mich zu dem Küchentisch. »Setz dich.«

Wie ferngesteuert gehorche ich. Sehe über die Schulter zu Ture, der den Suppentopf auf den Herd stellt. Agnes bemerkt meinen Blick. »Die gibt es später, erst würde ich gern mit dir und Ture reden.« Sie wendet sich Ture zu. »Setz dich, mein Lieber.« Sie deutet auf den Stuhl neben sich.

Ohne zu zögern, setzt sich Ture stattdessen auf den Stuhl neben mir.

Agnes' Augen verengen sich kurz, dann holt sie tief Luft, streicht über ihr perfekt frisiertes Haar. »Nun denn, ich habe gute Nachrichten.« Sie sieht erst mich und dann Ture an. »Ich habe einen Termin bei Dr. Nyberg ergattern können. Du kennst ihn ja Ture, und du erinnerst dich mit Sicherheit daran, in was für einem desolaten Zustand ich war, als dein Vater von uns ging.« Sie lächelt aufmunternd. »Er ist ein hervorragender Psychotherapeut und hat mir über die schlimmste Zeit meines Lebens geholfen.« Wehmütig seufzt sie, um sogleich wieder ein optimistisches Lächeln auf ihre schmalen Lippen zu zaubern. »Und er erwartet dich morgen um zehn Uhr.«

»Wen meinst du?«, will ich wissen.

»Dich natürlich.«

Ich sehe in ihr Gesicht, das perfekt geschminkt ist, sehe auf ihre lackierten Nägel und dann auf diese dämliche Frisur, die kein Wind zerzausen kann. Und am liebsten würde ich die von ihr gekochte Gemüsesuppe genau dort überkippen.

Agnes strahlt mich an, als habe sie etwas Großartiges erreicht.

Ruhig, bleib ganz ruhig. Versau es nicht.

Ich zwinge mich zu einem Lächeln. Mein Herz pocht wie wild. »Das ist lieb von dir und ich werde darüber nachdenken.«

»Selbstverständlich, aber eines kann ich dir sagen, es wird dir helfen zu verstehen, was passiert ist. Oder warum es passiert ist … nun ja, da gibt es ja Unstimmigkeiten in deiner Version«, stammelt sie und schielt hilfesuchend zu Ture.

Unruhig verlagert dieser seine Sitzposition, leckt sich über die Lippen. Seine Zerrissenheit ist spürbar. Und ich wünsche mir so sehr, dass er sich mal nicht auf die Seite seiner Mutter schlägt.

Er räuspert sich. »Meine Mutter hat recht, Dr. Nyberg ist ein guter Therapeut. Du solltest das Angebot annehmen.« Flüchtig blickt er mich an.

Mistkerl.

Zustimmend nicke ich und erhebe mich von dem harten Stuhl. »Ich muss unbedingt eine Dusche nehmen. Ich hoffe, du verzeihst mir, Agnes.«

»Natürlich«, gibt sie bemüht freundlich von sich.

Ich beuge mich vor und zwinge mich dazu, ihr einen Kuss auf die Wange zu geben. »Danke für deine Mühe.«

Bevor sie etwas erwidern kann, um mich zurückzuhalten, dränge ich mich aus der Küche.

Kapitel Vierundzwanzig

Mit der Handfläche wische ich über den beschlagenen Spiegel. *Was passiert hier nur mit dir?*, frage ich mein fremd gewordenes Spiegelbild, das mir verhärmte Gesichtszüge und seltsam leblos wirkende Augen zeigt. Was es nicht zeigt, ist meine Zerrissenheit, meine Angst, die mich lähmt, meine Wut, die mich beflügelt.

Widersprüchlich? Ja, auf jeden Fall.

Mit angehaltenem Atem lausche ich dem Stimmengewirr von Agnes und Ture, die sich auf dem Flur unterhalten. Leider verstehe ich kein Wort, nur die Schwingungen der Worte erreichen mich. Sie sind hitzig. Mein Spiegelbild lächelt. Aber nur kurz.

Summend föhne ich mein Haar, lege Make-up auf und bin zufrieden mit meinem Spiegelbild. Zumindest sehe ich nicht mehr wie ein Zombie aus.

»Leah?« Der Frage folgt ein Klopfen an der Tür.

Soll ich aufmachen, oder lieber so tun als wäre ich noch beschäftigt? Ich entscheide mich für Letzteres. »Was ist los?«

»Ich muss ins Büro, muss für die Bank ein paar Unterlagen zusammentragen, um die Finanzen für die Immobile von Carl zu klären.«

»Ja, mach das.«

»Ist alles okay bei dir?«

Das frage ich mich auch. Nein, nichts ist okay. Aber bald werde ich die Antwort kennen.

»Ja, geh nur, ich komm klar.«

»Gut, dann sehen wir uns später und ...«, er zögert. »Und wenn ich wieder da bin, dann reden wir über alles. Nur wir beide, ich koche und du entspannst dich bei Kerzenschein und einem guten Wein.«

»Das ist eine sehr gute Idee.«

»Also dann«, wieder zögert er.

Sachte lege ich die Hand an die Tür und ich könnte schwören, er hat seine ebenfalls dagegen gelegt. Für einen winzigen Augenblick bin ich versucht, sie aufzureißen und um seinen Hals zu fallen. Ich vermisse ihn. Ich vermisse unsere Leichtigkeit.

»Bis später«, verabschiedet er sich. Kurz darauf höre ich das Zuschlagen der Wohnungstür.

Der Zauber ist verflogen.

Rasch tippe ich eine Nachricht an Malte in mein Handy, teile ihm mit, dass ich wohlbehalten wieder zu Hause bin. Das ich mich in den nächsten Tagen melden werde und er sich keine Sorgen machen soll. Schnell drücke ich auf Senden, denn irgendwie habe ich das Gefühl, dass ich ihn brauchen werde.

Alles Quatsch, rede ich mir Sekunden später ein, werfe das Handy auf mein Bett und mich daneben.

Ich warte, bemerke irgendwann, dass ich auf meinen Rucksack starre, den ich auf der Reise bei mir hatte. Eine Reise, die ich nur knapp überlebt habe. Ich ertappe mich dabei, wie ich die Luft anhalte. Laut lasse ich sie entweichen. Es nützt nichts, ich muss es wissen. Erhebe mich, ziehe den Rucksack zu mir heran. Öffne ihn und krame mein Flugticket hervor. Es fühlt sich merkwürdig an, es in den Händen zu halten. Plötzlich sind da wieder die Bilder der Odyssee, die ich durchgemacht habe. Ich schmecke den Schnee, spüre die Kälte, meine Angst und ich fühle meine Familie.

Mein Herz pocht bis zum Hals, als ich Minuten später nach meinem Handy greife und die Nummer der Fluggesellschaft wähle.

Die Dame rattert den Namen der Gesellschaft herunter. »Womit kann ich Ihnen dienen«, fragt sie freundlich.

»Hej, mein Name ist Leah Hansson. Es geht um einen Flug, den ich gebucht habe. Ich möchte gerne wissen, wie er bezahlt wurde. Ich finde die dazugehörenden Unterlagen nicht …«

»Hej Leah, okay, kein Problem. Sagen Sie mir einfach die Flug- und die Buchungsnummer.«

Ich gebe ihr die gewünschten Informationen. Lausche auf das Tippen der Tasten im Hintergrund.

»So, hier habe ich die Buchung. Sie wurde über Paypal von dem Konto Leah Hansson bezahlt. Das sind Sie selbst, nicht wahr?«

»Ja, das bin ich. Danke.«

Geschockt, ratlos und verwirrt trenne ich die Verbindung, lasse das Handy einfach fallen, sinke selbst auf die Bettkante. Es dauert, bis ich mich aufraffen kann, um in das Wohnzimmer zu meinem Laptop zu gehen.

Ich fürchte mich davor, was ich finden könnte. Aber ich muss es wissen. Rasch navigiere ich zu meinen Mails. Da ist tatsächlich eine von PayPal. »Scheiße verdammt«, fluche ich leise, während ich zu meinem PayPal-Konto wechsle. Mir brennen die Tränen in den Augen. »So ein verfluchter Scheißkerl.« Mit diesen Worten springe ich vom Sofa auf.

Ich sehe aus dem Fenster, durch das die Sonne scheint. Es sieht so schön aus. Der glitzernde Schnee. Kinder, die vor dem Haus spielen, sich gegenseitig mit Schnee bewerfen und einfach nur Spaß haben.

Mir ist bewusst, was ich gerade tue: Ich verdränge den

Gedanken, dass ich es auch selbst gewesen sein kann, die diesen Flug gebucht und bezahlt hat, auch wenn ich mich nicht daran erinnere.

Rasch sehe ich auf meine Armbanduhr. Es ist noch Zeit bis Ture wiederkommt. Und bis dahin muss ich herausfinden, wer von uns beiden die Wahrheit sagt.

Kapitel Fünfundzwanzig

»Tut mir leid, Isak, dass ich Sie an einem Sonntag aufsuche«, stammle ich und mein Blick fällt auf den Tisch vor mir. Es ist kein Obst in der Schale.

»So haben wir es doch damals verabredet. Sie können mich jederzeit erreichen.« Er folgt meinem Blick. »Aber sonntags ist die Obstschale leer. Tut mir leid.«

»Das macht nichts, denn ich habe ja noch nie ein Stück davon probiert.« Ich bemühe mich um ein Lächeln.

Plötzlich wird es ganz still. Ich atme diese Stille ein, hoffe, dass sie mich beruhigt.

»Was ist passiert, Leah?«, fragt Isak, den Block auf seinen Knien, den Stift in der Hand und den Blick auf mich gerichtet.

Tief atme ich aus. Mir ist schwindelig vor Aufregung. Meine Stirn fühlt sich feucht an und ich weiß nicht, wo ich beginnen soll.

Ermutigend nickt Isak mir zu. »Entspannen Sie sich. Lassen Sie Ihren Gedanken einfach freien Lauf.«

»So einfach ist das nicht. Denn selbst ich empfinde es als … als unwirklich. Und es beschäftigt mich dermaßen, dass ich Ihre Hilfe brauche.«

»Was genau beschäftigt Sie?«

»Kann es sein, dass ich, ohne es selbst zu wissen, mir eine Mail geschrieben habe, die mich aus meiner Komfortzone reißt, um wieder in den Norden zu reisen und mich einem – entsetzlichen und äußerst gefährlichen Alptraum aussetze, nur um etwas herauszufinden?« Die Worte sprudeln nur so aus mir heraus. Erst danach erkenne ich, was ich da von mir gegeben habe.

Ruhig sieht Isak mich an, wartet ab.

»Ich rede wirres Zeug, oder?« Unruhig wandern meine Augen über sein Gesicht.

»Nein. Reden Sie einfach, ich sortiere es schon. Keine Sorge.«

»Hui …« Ich reibe meine feuchten Hände auf der Jeans ab. »Nun gut, ich habe eine Mail von Ture erhalten …«

Stockend berichte ich ihm von der Einladung und wie sehr ich mich darüber gefreut habe. Ich erzähl ihm bis ins kleinste Detail, von dem Flug und dass die Lodge seit Monaten zum Verkauf steht. Isak macht sich hin und wieder ein paar Notizen, ansonsten lauscht er meinen Ausführungen.

Ich fahre fort, bin dankbar, dass er mich nicht unterbricht, bis ich durch bin.

Tief hole ich Luft. »Und als ich wieder zu Hause war und Ture mit der Mail, die er mir geschickt hat, konfrontieren wollte, war da keine Mail von ihm«, schließe ich und nehme einen Schluck Wasser aus dem Glas, das Isak mir leise auf den Tisch stellt.

Isak runzelt die Stirn. Macht sich wieder Notizen und zu gerne würde ich wissen wollen, was er dort notiert.

»Das Fatale an der Sache ist, dass ich ein Flugticket auf meinen Namen habe und dass der Betrag von meinem Paypal- Konto bezahlt wurde«, schiebe ich hinterher.

Isak geht nicht darauf ein. Er beugt sich ein wenig vor. »Was ist passiert, als Sie sich durchgeschlagen haben, um nach Hilfe zu suchen? Beschreiben Sie mir Ihre Gefühle und Gedanken.«

Fest sehe ich ihn an. »Ich weiß jetzt, was damals geschehen ist.«

»Wollen Sie es mir erzählen?«

Langsam nicke ich, schließe für einen Moment die Augen, rufe meine Erinnerung an das, was geschehen ist, auf.

»Als ich am letzten Abend unter der Schneedecke lag und mich schon aufgegeben hatte, war meine Familie bei mir. Mein Vater sagte mir, dass ich durchhalten sollte. Dass ich keine Schuld daran trage, was passiert ist. Er sagte mir, dass ich mich erinnern soll.« Verschämt sehe ich Isak an.

Aufmunternd lächelt er. »Reden Sie weiter.«

»Mein Vater wollte damals nicht in der Lodge übernachten, die ich für uns ausgesucht hatte. Zu vornehm, meinte er zum Leidwesen meiner Mutter und Schwester. Ich tat mein Bestes, um ihn zu überzeugen. Doch er war stur, schlug vor, auf die andere Seite des Sees zu gehen, wo es eine einfache rustikale Herberge gäbe. Nur widerwillig folgten wir ihm.

Unterwegs schlug das Wetter um. Dichtes Schneetreiben und Sturm machten uns das Vorwärtskommen immer schwerer. Ich bat meinen Vater zur Umkehr, doch er ignorierte meinen Einwand. Es wurde dunkel und der Schnee immer dichter. Erneut bemühte ich mich, meinen Vater zu überzeugen, dass wir umkehren sollten. Ein wilder Streit entbrannte zwischen uns. Selbst meine Mutter konnte ihn nicht beruhigen und umstimmen. Er beharrte darauf, dass wir weitergehen sollten.«

Ich schließe die Augen, presse die Hände zu Fäusten, während ich weiterrede.

»Wir kamen an eine Hängebrücke über einem reißenden Fluss. Eine Abkürzung, wie mein Vater meinte, und unsere Rettung, bevor die Nacht hereinbrechen würde. Ich verwies ihn auf das Schild, dass die Brücke im Winter gesperrt sei. Vater winkte nur ab. Dass beträfe nur das Ende der Saison.

Forsch schritt er voran, gefolgt von meiner Mutter, die mir entschuldigend mit der Hand über die Wange gestrichen hatte, bevor sie ging. Dann folgte meine Schwester. Ich blieb zurück. Feige und abwartend.

Mein Vater war schon auf halbem Wege, als ein Brett unter ihm knackte. Ein Tumult entstand, meine Mutter, die hinter ihm war, klammerte sich an die Halteseile. Ich wusste nicht, was ich tun sollte. Ich schrie sie an, dass sie sich alle langsam rückwärts bewegen sollten. Der Sturm verschluckte meine Rufe. Dann riss das Seil, das die Bretter zusammenhielt. Meinem Vater gelang es, sich an das Ende des Seils zu klammern, unter ihm der tosende Fluss. Vorsichtig legte sich meine Mutter flach auf die Bretter, wollte ihm eine Hand reichen. Doch sie kam nicht dicht genug an ihn heran, wies meine Schwester an, umzukehren und dann ging es ganz schnell. Das Halteseil auf der gegenüberliegenden Uferseite riss und meine ganze Familie stürzte in die Tiefe.«

Mein Körper zittert, Schweiß rinnt mir an meinen Achseln und dem Nacken herunter. Ich habe Durst, wage es aber nicht, das Glas anzuheben.

»Ich habe versagt, aber ich weiß jetzt, dass mein Vater es war, der das Kommando übernommen hatte und nicht ich. Ich war es nur, die überhaupt eine Wanderung vorgeschlagen hatte.« Tief atme ich aus. »All das ist mir bewusst geworden, als ich unter der Schneedecke lag und mich zum Sterben bereit machte.«

Ich senke meinen Blick. »Mein Vater hat mir alles erzählt«, flüstere ich beschämt. »Er war natürlich nicht wirklich bei mir. Aber ich war in einem Zustand der … ich weiß nicht, wie ich es beschreiben soll. Ich hatte mit meinem Leben abgeschlossen, war bereit zu gehen. Und dann – oh Gott, ich mag es kaum aussprechen, so absurd klingt es. Da war dieses Gefühl der Leichtigkeit und zugleich war ich wieder mitten in dieser entsetzlichen Szene und hörte jedes Wort, das wir uns zuriefen.« Fragend sehe ich Isak an.

»Fahren Sie fort«, sagt er ruhig.

»Nun, ich war froh, dass ich mich wieder an all das erinnerte und glücklich darüber, dass ich unter der Schneedecke nicht allein war. Es war schön, friedlich. Ich wollte bleiben …«

Mein Blick geht zum Fenster, zur Birke davor, deren vom Schnee bedeckte Äste seicht im Wind wiegen. »… und dann kam Fynn, Theos Hund, und hat mich aufgespürt. Die beiden waren meine Rettung und nun sitze ich hier mit einer Erkenntnis und einer bohrenden Frage.«

Der Ausdruck in Isaks Gesicht ist mitfühlend und auch eine Spur der Erleichterung ist darin zu sehen. »Sie sind eine sehr tapfere und starke Frau. Wie fühlen Sie sich jetzt?«

»Befreit? … Ja, ich fühle mich befreit, befreit von einer erdrückenden Last.« Es laut auszusprechen macht es real.

»Das ist gut, sehr gut sogar. Ein Schritt in die richtige Richtung.«

Erschöpft lasse ich mich in die Polster sinken und lächle. Endlich habe ich es erkannt. Doch meine Freude währt nur kurz. Da ist noch die Frage, ob ich es war, die das alles inszeniert hat in meinem Wahn.

»Isak, Sie haben mir noch keine Antwort auf meine Frage gegeben. Ist es möglich, dass ich mir selbst eine Mail geschickt habe, um endlich herauszufinden, was damals passiert ist?« Ich blicke ihn unverwandt an. »Sie selbst sagten zu mir: ›Sie müssen es selbst herausfinden und ich kann Ihnen nur dabei helfen, zu verstehen, aber dazu müssen Sie bereit sein‹, erinnern Sie sich?«

Isak reibt nachdenklich über sein Kinn. »Stimmt, das sagte ich.« Er verlagert seine Sitzposition. »Nun ja, natürlich ist es möglich. Unser Unterbewusstsein ist uns immer einen Schritt voraus, und es ist an uns, dem zu folgen oder es zu ignorieren. Aber, haben Sie denn überhaupt keine Erinnerung daran, was Ihrer Reise vorausging?«

»Nein. Ich erinnere mich nur daran, eine Mail von Ture erhalten zu haben. Er schrieb, dass ich ihn in dieser Lodge treffen soll, er hätte alles arrangiert und ich sollte nur seinen Anweisungen folgen.«

»Und das war in dem Gebiet, wo sie damals mit ihrer Familie waren?«

»Ja.«

Nachdenklich wippt Isak leicht mit seinem Oberkörper vor und zurück. »Hm … da bei Ihnen eine dissoziative Amnesie, eine Gedächtnisstörung oder auch Gedächtnisverlust vorliegt, die durch Traumata oder Stress ausgelöst wurde und zur Unfähigkeit führte, sich an wichtige persönliche Informationen erinnern zu können, mag es schon sein, dass sie oder besser gesagt, ihr Unterbewusstsein sich eine Brücke gebaut hat. Ganz auszuschließen ist es nicht.«

»Wie hoch schätzen Sie die Wahrscheinlichkeit ein?«

Er lässt sich Zeit mit seiner Antwort und mir wird mulmig vor Aufregung.

»Bei einer dissoziativen Amnesie haben Betroffene Gedächtnislücken, die wenige Minuten bis zu Jahrzehnten umfassen können. Um auf Ihre Frage zurückzukommen, diese kann ich Ihnen nicht wirklich klar beantworten. Es könnte durchaus sein, dass Sie unbewusst etwas getan haben, um eine Konfrontation mit dem Erlebten in der Umgebung, in der es geschah, herbeizuführen. Oder besser gesagt, Ihr Unterbewusstsein hat Sie möglicherweise dazu getrieben.« Nachdenklich tippt er mit dem Stift auf den Block. »Und diese Mail gibt es nicht mehr? Sie müssten sie ja von einem anderen Server geschickt haben.«

»Nein. Die gibt es nicht. Und das ist ja mein Problem. Ich erinnere mich nicht, dass ich irgendwo war, um einen Computer zu benutzen.«

»Verstehe, aber auch das kann nur in Ihren Gedanken passiert sein, dass Sie glaubten, eine Mail erhalten zu haben.«

Ich lasse seine Worte sacken, das würde auch erklären, warum ich das Messer, einen Apfel und die Schokolade bei mir hatte. Weil ich gar nicht ich selbst war, sondern nur agierte. Doch so ganz verstehe ich das nicht.

»Aber ich habe ein Flugticket erworben.«

»Richtig, das sagten Sie ja bereits. Nun, dann haben Sie ja einen Anhaltspunkt. Rufen Sie die Airline an und fragen Sie, ob eine Frau die Buchung veranlasst hat. Denn wie ich es verstanden habe, ging es bei der Nachfrage ja nur um die Person.«

»Richtig. Das hatte ich vergessen. Das werde ich sofort nachholen. Danke.«

Unruhig rutsche ich an die Polsterkante des Sessels.

»Sie schaffen das, ich bin da ganz zuversichtlich. Und dann wissen Sie genau, ob sie es waren. Und wenn ja, dann freuen Sie sich darüber. Schließlich wissen Sie endlich, dass Sie keine Schuld an dem Tod Ihrer Familie tragen.«

Seine Worte lösen ein wehmütiges Gefühl in mir aus. Ich möchte gleichzeitig lachen und weinen. Betreten wische ich über meine Augen. »Danke, Isak«, murmele ich.

»Schon gut.« Er legt seinen Block und Stift auf den Tisch. »Ach, und bevor ich es vergesse: Sie sollten wirklich mit Ture darüber reden, was Ihnen damals passiert ist, damit er es versteht.«

»Aber …«

Abwehrend hält er seine Hand hoch. »Nicht in Ausflüchte abtauchen. Gerade jetzt, wo Sie auf einem guten Weg sind, Ihr Leben wieder in den Griff zu bekommen. Sie haben es ihm nie gesagt, dass Ihre ganze Familie bei dem Unfall ums Leben kam, stimmts?«

Ich weiche ihm aus, blicke auf den Boden.

»Leah, wenn sie weiterhin eine Beziehung mit Ture führen möchten, müssen Sie ehrlich zueinander sein. Das ist nicht nur ein guter Rat eines Therapeuten, sondern auch ein ganz persönlicher.«

Plötzlich fliegt die Tür auf. Ein kleines Mädchen mit unbändigen blonden Locken stürmt herein. Maulig blickt sie von mir zu Isak. »Opa! Wann bist du endlich fertig? Wir wollten doch in den Schnee!«

Nachsichtig lächelnd eilt Isak zu dem Kind. »Darf ich vorstellen, diese kleine quengelige Dame ist Livia, meine

Enkelin.« Er schiebt sie sanft zur Tür, dreht sich zu mir um. »Ich bin gleich wieder bei Ihnen.«

»Kein Problem, ich denke, wir sind fertig.« Doch Isak hört mich nicht. Er hat die Tür längst hinter sich geschlossen.

Aus meiner Handtasche hole ich die Pfefferminzdose mit den restlichen Pillen. Einen winzigen Moment zweifle ich, ob ich es weiterhin ohne diese Glücksbringer schaffen werde, da ich schon wieder das Verlangen habe, eine davon zu nehmen. Ich lecke über meine Lippen.

Nein, ich schaffe das.

Entschlossen lege ich die Pillendose auf Isaks Tisch, schreibe eine Notiz und lege sie daneben.

Kapitel Sechsundzwanzig

Fluchtartig verlasse ich Isaks Haus, haste die Straße entlang zur Bushaltestelle. Auf halbem Weg drehe ich mich noch einmal um und sehe Isak, wie er mit seiner Enkelin auf dem Arm am Fenster steht und mir nachsieht. Ich winke und er erwidert meinen Gruß mit einem Kopfnicken. Ich fühle mich ein wenig unwohl, dass ich mich einfach davongeschlichen habe. Doch er wird es verstehen, wenn er meine Nachricht liest und die Pillen in der Dose findet.

Es sind nur wenige Fahrgäste in dem Bus und ich suche mir einen Platz am Fenster, ganz weit hinten, wo ich allein bin. Ich lasse meinen Blick über die verschneiten Straßen gleiten. Auf den Bürgersteigen eilen Menschen mit gesenktem Kopf gegen den Schneeschauer entlang. Unter ihnen entdecke ich eine Frau, beladen mit Taschen, aus denen in Weihnachtspapier gewickelte Kartons ragen. Weihnachten. Was werde ich an Weihnachten machen? Werde ich mit Ture feiern?

Ich spüre, wie mich diese Fragen runterziehen. Ich will das nicht. Ich muss hier raus, brauche frische Luft und steige eine Station früher aus, um den Rest zu laufen.

In meinem Schädel brummt es, ich spüre, wie sich der

Schmerz ausbreitet. Tief sauge ich die kühle Luft ein und erkenne die Ursache. Es bereitet mir Kopfschmerzen, dass ich Ture verdächtig habe, und ich habe eine Scheißangst davor, ihm zu beichten, was damals geschehen ist. Isak hat mich dazu gedrängt, endlich offen und ehrlich zu sein.

Und was tue ich?

Ich fliehe aus seiner Praxis.

Warum? Weil ich Angst davor habe, genau das zu tun, befürchte, dass es das Aus unserer Beziehung sein könnte. Aber wenn ich weiter schweige, dann ist meine Beziehung mit Ture nur ein wackeliges Kartenhaus.

In einer hilflosen Geste presse ich beide Hände an meine Schläfen, ertappe mich dabei und lasse die Hände wieder sinken, als eine Tür neben mir auffliegt und zwei lachende junge Frauen mit Bechern von Starbucks heraustreten. Ein flüchtiger Duft von Kaffee lockt mich. Entschlossen drücke ich die Eingangstür zu dem Kaffeeparadies auf.

Gierig sauge ich die würzigen Röstaromen auf, fühle mich eingelullt von dem gutgelaunten Gemurmel ringsum und bestelle mir am Tresen zur Abwechslung einen Milchkaffee.

Nur zwei Minuten später reicht mir die junge Frau das Bestellte. Auf ihrem Kopf ist so ein dämlicher Rentier-Haarreif, der bei jeder Bewegung wippt. Ich kann kaum an mich halten. Sie bemerkt es und lacht mich an. »Blöd, nicht wahr? Aber auch lustig. Zumindest lachen Sie jetzt!«

Und das tue ich tatsächlich. »Danke dafür.«

Immer noch lächelnd, sehe ich mich nach einem freien Platz um.

»Hej Leah!«

Die Stimme kommt mir bekannt vor, ich drehe mich um. »Astrid!« Freudig gehe ich auf meine Nachbarin zu, die mich mit ausgebreiteten Armen begrüßt. »Hej, was für ein Zufall.«

»Ja, cool, setz dich.« Astrids wache blaue Augen

huschen über mein Gesicht. »Mein Gott, wo hast du nur gesteckt? Ture war völlig neben sich, genau wie ich.« Sie sieht mich forschend an. »Was ist passiert? Du warst so komisch, als wir uns das letzte Mal gesehen haben und dann dieser Zettel an meiner Tür. Ich hab das nicht wirklich verstanden.«

Ich nehme einen Schluck von meinem Milchkaffee. Versuche, mich zu erinnern, was ich ihr geschrieben habe. »Was stand denn genau auf dem Zettel?«

»Na, dass du ein Date hast. Ich dachte, du und Ture habt Streit, weil du einen Neuen hast … oder so. Ach, ich weiß auch nicht. Er war auf jeden Fall am Boden zerstört, als ich ihm deine Nachricht zeigte. Er tat mir echt leid.«

»Oh Gott, dann hat er das ganz falsch verstanden.«

»Wie meinst du das?«

»Ach nichts weiter.« Jetzt wird mir klar, dass er tatsächlich dachte, ich sei mit einem Anderen durchgebrannt. *Verdammt.*

»Geht es dir gut? Du siehst irgendwie scheiße aus. Entschuldige.«

»Nein, schon gut. Du hast recht. Ich fürchte, bei mir ist eine Erkältung im Anmarsch«, lüge ich, ohne nachzudenken.

»Sagst du mir, wo du gesteckt hast?«

Mist, das muss ich jetzt wohl durchziehen, überlege ich zu spät und räuspere mich, um mir etwas zusammenzuspinnen. »Ach, das war was ganz Spontanes«, antworte ich. »Ich war bei einer ehemaligen Kommilitonin in Uppsala. Wir treffen uns ab und an. Und da Ture auf Geschäftsreise war, hat es gerade gepasst. Ich dachte, ich hätte es ihm gegenüber erwähnt, dass wir uns treffen.«

Ihr Blick ist skeptisch, doch dann lächelt sie. »Nun verhungert ist er jedenfalls nicht. Seine Mutter war jeden Abend bei ihm.«

»Ja, ich weiß, sie kann eine Glucke sein.«

Astrid sieht mich lange an und anscheinend überlegt sie, ob sie noch etwas dazu sagen soll.

»Was ist?«

»Nichts weiter.«

Wir plaudern ein wenig über mein Treffen in Uppsala. Dabei sauge ich mir weitere Lügen aus den Fingern.

Kapitel Siebenundzwanzig

Ich horche in den stillen Flur, während ich mich mental auf meinen zweiten Anruf bei der Chartergesellschaft vorbereite. Ich muss endlich herausfinden, wer denn nun die Buchung für diesen Charterflug in den Norden vorgenommen hat. War es jemand, der nur in meinem Namen dort angerufen hat, oder war ich es tatsächlich selbst? Da nur Ture und ich Zugriff auf meinen Rechner, und damit auch auf mein Paypal-Konto haben, müsste das einzugrenzen sein.

Also gut.

Das Handy fest ans Ohr gepresst gehe ich ins Wohnzimmer, sehe aus dem Fenster und lausche dem Klingeln nach. Eine nette Frauenstimme meldet sich im Namen der Chartergesellschaft.

Ich räuspere mich, bemühe mich um eine feste neutrale Stimme, während ich erkläre, worum es geht.

»Ja, ich erinnere mich, Sie hatten schon einmal angerufen wegen der Buchung.«

»Das ist richtig«, reagiere ich erstaunt.

»Sie haben Glück, dass nur ich im Büro bin. Wenn Sie bei den großen Airlines diese Frage stellen würden …« Sie kichert. Dann wird sie wieder formell. »Ja, ich habe bei der

Reservierung mit einer Frau gesprochen … und ich nehme an, das waren Sie.«

Ich bedanke mich bei ihr und lehne meine heiße Stirn an die kühle Fensterscheibe, während die widersprüchlichsten Gefühle in mir streiten. Schamgefühl, dass ich mich Ture gegenüber wie eine Furie aufgeführt habe. Erleichterung darüber, dass ich es war, die diesen Flug gebucht hat und nicht Ture. Hat mich mein Unterbewusstsein wirklich dazu getrieben, damit ich mich meinem Trauma stellen und es überwinden kann?

Wow! Letzteres ist mir immer noch unbegreiflich.

Aber es muss wohl so gewesen sein.

Und so peinlich mir das ist, ich muss Ture endlich die ganze Geschichte beichten.

Nervös kaue ich auf meinem Daumennagel. Das habe ich seit meiner Teenagerzeit nicht mehr getan.

Ich erinnere mich an Tures Worte, bevor er heute Morgen ins Büro fuhr: *Wenn ich wieder da bin, dann reden wir über alles. Nur wir beide. Ich koche was und du entspannst dich bei Kerzenschein und einem guten Wein.*

Bei diesem Gedanken fühle ich mich erleichtert. Plötzlich spüre ich Hoffnung und eine Lust auf das Leben wie schon lange nicht mehr.

Den Weißwein habe ich in den Kühlschrank gestellt. Den Tisch gedeckt, auch wenn ich nicht weiß, was Ture kochen wird. Aber das ist egal. Wichtig ist nur, dass wir endlich reden. Nur wir zwei.

Ich zünde die Kerzen auf dem Tisch an. Ihr Schein taucht die Küche in ein romantisches Licht. Perfekt.

Rasch werfe ich einen Blick auf die Küchenuhr. Fast fünf Uhr. Nervös streiche ich über mein figurbetontes bordeauxfarbenes Kleid mit dem tiefen Ausschnitt. Ture liebt dieses Kleid. Als ich es zuletzt auf einer Party trug, meinte er, dass ich darin unheimlich sexy aussehe. Hoffentlich ist es für diesen Anlass nicht zu sexy … Vielleicht sollte ich etwas Unverfängliches anziehen, schließlich geht es nicht um ein Date, sondern um eine Entschuldigung und eine Aussprache.

Ich höre klimpernde Schlüssel. Mein Puls steigt, mein Magen rebelliert. Zum Umziehen ist es zu spät.

Tapfer lächelnd bewege ich mich auf die Wohnungstür zu. Mein Herz klopft wie wild vor Aufregung. Doch mein Lächeln gefriert, als ich neben Ture Agnes erblicke.

Kapitel Achtundzwanzig

»Leah, mein Kind, wie geht es dir?«, fragt Agnes und umarmt mich. Haucht mir rechts und links Küsse auf die Wangen. Abschätzend lässt sie den Blick über mich gleiten, sagt aber nichts zu meiner Aufmachung, sondern eilt wie selbstverständlich in die Küche.

Fragend sehe ich Ture an.

Verlegen hebt er die Schultern. »Tut mir leid«, flüstert er. »Sie hat darauf bestanden, dich zu sehen, wollte sich selbst davon überzeugen, ob es dir gut geht.«

»Aber wir wollten doch allein sein«, gebe ich lauter von mir, als ich wollte.

»Bitte, Leah. Nicht jetzt, sie hat sich wirklich Sorgen gemacht.«

Er zieht mich zu sich heran. »Du siehst umwerfend aus. Wir werden meine Mutter schnell los. Versprochen«, flüstert er in mein Ohr. Ich sauge den Duft seines Aftershaves ein, werde mir bewusst, was ich in meinem Wahn fast zerstört hätte.

»Ich bin gespannt, wie du das schaffen willst«, flüstere ich ebenfalls.

»Ich lass mir was einfallen. Vertrau mir.« Er zwinkert mir zu.

Es fühlt sich konspirativ an. Er und ich gegen seine Mutter. Das klingt verheißungsvoll und im Nu fühle ich mich geborgen und eine diebische Freude erfüllt mich.

»Ture, kannst du bitte den Tisch decken?«, fordert Agnes einen Tonfall zu schneidend.

Agnes' Rufen holt mich wieder zurück in die Realität. Inständig hoffe ich, dass sie nicht zu viele Fragen stellt und Ture sein Versprechen einlöst, und dafür sorgt, dass sie schnell wieder geht.

Sanft küsst er meine Fingerspitzen. »Komm, lassen wir sie nicht warten.« Fest umschließt er meine Hand und zieht mich in die Küche.

Als Agnes sich von dem Herd umwendet und uns entgegensieht, erstirbt ihr Lächeln. Ture lässt sofort meine Hand los.

Ich bin enttäuscht. Was ist das nur zwischen den beiden? Es schnürt mir schon wieder die Kehle zu.

»Leah, Schätzchen, setz dich doch bitte. Wir machen das schon und du entspannst dich, nicht wahr, Ture, mein Lieber?« Sie schenkt ihm ein breites Lächeln und überlässt es Ture, die von ihr gekochte Suppe in eine Terrine zu füllen, während sie das Brot aufschneidet.

Nur unwillig gleite ich auf einen Stuhl. Bemerke, dass sie das Geschirr weggeräumt hat und nur noch die Kerzen brennen. Missmutig beobachte ich Agnes, wie sie mit Ture scherzt, und er bereitwillig darauf eingeht. Flüchtig blickt er über die Schulter zu mir und zwinkert mir zu.

Doch diesmal ist mir nicht danach, es zu erwidern. Ich kann ihm noch nicht mal in die Augen sehen, wahrscheinlich funkeln sie vor unterdrücktem Zorn.

»Wie war dein Tag, Leah? Hast du dich ein wenig ausruhen können?«, möchte Agnes wissen, während sie mir Suppe aufträgt.

»Ja, ich habe noch ein wenig geschlafen und dann einen kleinen Spaziergang unternommen«, lüge ich drauflos. Offensichtlich bin ich heute im Lügenmodus. Erst Astrid, jetzt Agnes. Obwohl Agnes zu belügen, macht mir nicht wirklich etwas aus.

»Das ist sehr gut. Bewegung reinigt die Gedanken und hält uns fit«, plaudert Agnes und zieht sich ihren Stuhl an Tures Seite zurecht. Uns zunickend sieht sie erst Ture dann mich an. »Ich wünsche euch einen guten Appetit.«

Fehlt nur noch, dass sie Aufessen befiehlt, meutert es in meinem Kopf, während ich mich über die Suppe beuge, um ihrem Blick zu entgehen.

Schweigend löffeln wir die Suppe.

Da ist kein Lachen, kein Scherzen. Nichts.

Ich hatte mir diesen Abend anders vorgestellt.

»Die Suppe ist köstlich. Agnes, du musst mir unbedingt das Rezept geben, damit ich Ture damit beglücken kann«, rutscht es aus mir raus, als ich es überhaupt nicht mehr ertrage. Ich lehne meinen Kopf auf Tures Schulter, ringe mir ein breites Lächeln in Agnes' Richtung ab.

Doch sie reagiert nicht mal, löffelt stumm weiter, als gäbe es mich nicht.

»Kannst du das tun, mir das Rezept geben?«, frage ich noch einmal. »Offensichtlich liebt er deine Suppe und wenn ich sie genauso nachkochen kann, dann musst du dir nicht mehr die Mühe machen.«

Abermals reagiert sie nicht, tupft sich den Mund mit der Serviette ab.

»Was ist? Habe ich etwas Falsches gesagt?« Ich blicke zu Ture, der bemüht lächelt und an mir vorbeisieht.

Eine eisige Stille herrscht.

»Mag jemand Wein?«, fragt Ture zähe Minuten später.

Niemand antwortet.

Er öffnet die Flasche, schenkt mir und Agnes ein, sieht zu, wie Agnes an dem Wein nippt, als warte er auf eine Bestätigung.

Bedächtig stellt sie das Glas ab, blickt in meine Richtung. »Gibt es Neuigkeiten bezüglich der Mail?«

Ich beschließe, ihr nicht zu antworten. Ich lächle nur,

mein aufgesetztes Lächeln, das perfekt zu dieser verfluchten Charade passt.

»Verstehe«, meint Agnes. »Und? Hast du dir schon Gedanken über einen Termin bei Dr. Nyberg gemacht?«

»Agnes, ich würde es sehr begrüßen, wenn …«

Bevor ich den Satz beenden kann, unterbricht Ture mich.

»Ich denke, Leah braucht ein wenig Zeit, um über alles nachzudenken. Und die sollten wir ihr geben. Offensichtlich ist etwas passiert, was sich nicht so schnell klären lässt. Auch wenn ich Dr. Nyberg schätze, sollten wir Leah nicht drängen.«

»Selbstverständlich, ganz wie du meinst. Ich wollte nur helfen, das ist alles. Aber wenn das nicht erwünscht ist.«

»Ich bitte dich, natürlich ist deine Hilfe erwünscht«, versichert Ture und blickt mich an. »So ist es doch, oder, Leah?«

»Aber ja doch.« Egal wie dieser Abend endet, ich werde nicht mit Ture streiten und ich werde ihm nicht die Wahrheit sagen. Nicht heute.

Kapitel Neunundzwanzig

Die Nacht haben Ture und ich zusammen verbracht. Aber da war kein Raum für Zärtlichkeiten. Ich war viel zu aufgewühlt und enttäuscht. Im Verlauf des Abends hatte ich ihn erneut darum gebeten, mit Agnes zu reden. Sie aufzufordern, sich nicht in mein, in unser Leben einzumischen. Er hat sich wieder einmal herausgeredet und nach Ausflüchten gesucht.

Früh am Morgen ist er zum Notar gefahren, um den Vertrag besiegeln zu lassen. Bevor er die Wohnung verließ, hat er mich fest umarmt. »Ich liebe dich und …«

Erwartungsvoll habe ich ihn angesehen, auf eine Erklärung oder Entschuldigung für den Verlauf des Abends gehofft.

»Leah, ich … ach nichts«, brach er ab. Es klang traurig und zerbrach mir das Herz.

Ich wünschte ihm viel Glück.

An der Tür drehte er sich um und meinte: »Lass uns heute in der Stadt zu Mittag essen.«

In Gedanken versunken nehme ich einen Schluck Kaffee, schlinge die Strickjacke noch fester um meinen Körper. Es ist bitterkalt hier draußen auf dem Balkon. Über Nacht hat es gefroren und ganz Stockholm ist im Ausnahmezustand. Zumindest verkündet das der Nachrichtensprecher im Radio. Wenn er wüsste, wie kalt es erst im Norden ist, dann … ach was solls.

Es ist Schnee von gestern.

Ich habe überlebt und nehme mir mal wieder fest vor, beim Lunch mit Ture darüber zu reden. Ich will es endlich hinter mich bringen und ihn erneut bitten, Agnes Grenzen zu setzen. Ich blicke auf meine Armbanduhr. Mittlerweile ist es fast zwölf Uhr. Mist, ich muss mich beeilen.

Gerade als ich die Balkontür schließe, klingelt mein Handy. »Bitte, Ture, keine Absage«, presse ich durch die Zähne, renne in die Küche, schnappe mir das Handy vom Tisch.

Verdutzt sehe ich auf den verpassten Anruf, er ist von Isak. Es piept erneut und signalisiert mir eine Nachricht; *›Bitte rufen Sie mich dringend zurück. Es ist wichtig.‹*

»Nicht jetzt«, murmele ich. Es geht mit Sicherheit um die Pillen, und darum, dass ich sie abgesetzt habe, ohne mit ihm darüber zu sprechen. Dafür habe ich jetzt keinen Nerv.

Völlig außer Atem erreiche ich die Promenade Strandvägen. Eilig schließe ich mein Fahrrad ab und werfe einen Blick zu den Booten, die seicht im Wasser dümpeln und darauf warten, dass es Frühling wird. Genau wie ich.

In der Fensterscheibe des Restaurants erhasche ich einen Blick auf mein Ebenbild. Rasch ziehe ich meine Mütze vom Kopf und wusele durch mein Haar, bevor ich das gediegene Restaurant betrete. Es ist gut besucht um die Mittagszeit. Ich höre gedämpfte Stimmen. Um mich herum bemerke ich unaufdringliche Kellner, die die Speisen kredenzen und

Bestellungen aufnehmen. Alles ist wie immer, wie jedes Mal, wenn wir uns hier treffen.

In der hintersten Ecke entdecke ich Ture, der mir zuwinkt. Erleichtert stelle ich fest, dass er allein ist.

»Bist du etwa mit dem Rad gekommen, bei dem Sauwetter?«, fragt er und hilft mir aus der Jacke.

»Es gibt kein schlechtes Wetter, es gibt nur falsche Kleidung«, scherze ich und lasse mich auf den Stuhl sinken, den Ture mir zurechtschiebt.

Abschätzend sehen wir uns an.

Ob er auch über den letzten Abend nachdenkt und wie er das Gespräch darauf lenken kann? Oder ist es ihm peinlich, darüber zu reden?

»Erzähl, wie ist es gelaufen?«, frage ich deshalb zuerst nach seinem Treffen mit Carl.

Ture stößt irgendwie erleichtert den Atem aus. »Der Vertrag ist unterschrieben und nun ist es offiziell.«

»Glückwunsch, ich freue mich für dich!« Ich beuge mich vor und küsse ihn.

Verlegen sieht er sich in dem Restaurant um. »Nicht so stürmisch«, flüstert er. »Die Leute schauen schon.«

»Lass sie doch.«

Er greift nach meiner Hand, um einiges entspannter.

Na gut, dann zuerst das Geschäftliche, beschließe ich.

»Ich möchte jedes Detail wissen«, beginne ich.

»Erzähl ich dir gleich, lass uns erst bestellen.«

Wir diktieren einem der Kellner unsere Essenswünsche und Ture ordert zur Feier des Tages eine Flasche Champagner.

Die Stimmung ist ausgelassen, ja fast schon harmonisch. Ture sieht so glücklich aus, während er über seine Pläne für das neue Restaurant redet. Ich freue mich, wie er mich in seine Pläne einbezieht, indem er mich immer wieder fragt, was ich von diesem oder jenem halte. Meine Wangen glühen wahrscheinlich vor Freude und Eifer, während er sich meine Ideen anhört. Wie habe ich das vermisst.

Soll ich diese harmonische Stimmung jetzt wirklich zerstören, indem ich über meine Vergangenheit spreche?

Ture sieht mich aufmerksam an, als ahne er, was in mir vorgeht. Er nimmt meine Hand. »Und jetzt du.«

»Ich? Was meinst du?«

»Wir konnten gestern Abend nicht reden, aber vielleicht können wir das jetzt. Sag mir, was passiert ist. Erzähl mir alles.«

»Ich weiß nicht, wo ich beginnen soll«, stammele ich unsicher und blicke nach unten. Plötzlich habe ich den Mut verloren.

»Leah, sieh mich an, erzähl mir einfach, was mit dir ist, was war, was werden soll.«

Und das mache ich dann auch. Erzähle ihm, was damals mit meiner Familie auf der Wanderung im Norden passiert ist, gestehe, dass ich seitdem in Therapie bin, weil ich eine Erinnerungsblockade und unter einem Trauma gelitten habe, weil ich glaubte, schuld am Tod meiner Familie zu sein. Nur eins verschweige ich: meine Antidepressiva. Das ist mir peinlich.

Schließlich sage ich ihm auch, dass ich wohl unwissentlich selbst meine seltsame Reise in den Norden arrangiert habe, um herauszufinden, was sich damals wirklich zugetragen hat. Dabei benutze ich Isaks erklärende Worte.

Verlegen sehe ich ihn an. »Offensichtlich hat mir mein Unterbewusstsein vorgegaukelt, dass ich eine Mail von dir bekommen habe. Tut mir leid, dass ich dich verdächtigt habe.«

Er nickt zustimmend. Lässt seinen Blick nachdenklich durch das Lokal gleiten.

Ich wünsche mir, dass er etwas sagt, irgendwas, meinetwegen auch wütend ist, aber er soll endlich eine Reaktion zeigen, damit ich weiß, was er denkt und fühlt.

Die Zeit vergeht und er schweigt weiter. Fragt nicht nach Details. Rein gar nichts. Es macht mich nervös.

Seine Miene ist ernst, als er mich schließlich ansieht, und

ich befürchte schon, dass er aufsteht und wortlos das Restaurant und mich verlässt.

»Jetzt verstehe ich so einiges«, sagt er stattdessen. Nachdenklich schürzt er die Lippen. »Deshalb die Antidepressiva«, murmelt er rau. »Warum hast du mir das verschwiegen?«

Geschockt lasse ich mich an die Stuhllehne fallen. »Woher weißt du davon … ich meine, wie kommst du darauf?«

Er hebt die Hand. »Bitte, Leah, tu nicht so. Ich habe die Pillen zufällig gefunden.«

»Zufällig? Das glaube ich nicht!«, fauche ich ihn an. »Du hast meine Sachen durchwühlt, gib es zu.« Heiße und kalte Schübe schießen durch meinen Körper, schüren meine Aggression.

»Nein, habe ich nicht. Komm wieder runter. Es ist okay, ich weiß jetzt ja, warum du sie genommen hast. Aber sag mir eins: Nimmst du sie immer noch?«

Ich schüttle den Kopf.

»Vielleicht solltest du das, damit du weiterhin entspannt bist.«

»Spinnst du? Ich bin froh, dass es vorbei ist.«

»Aber deine Reaktion darauf sagt etwas anderes. Du gehst hoch wie eine Rakete.«

»Nun, wie soll ich darauf reagieren, wenn mein Partner meine Sachen durchwühlt?«

»Ich habe deine Sachen nicht durchwühlt, ich habe eine Krawatte gesucht und da ist eine Socke aus dem Schrank gefallen. Als ich sie aufhob, fühlte ich die Dose darin. Tja, ich war neugierig. Hab mir also die Pillen angesehen und im Internet danach geforscht. Das ist alles. Allerdings hoffte ich, dass du mir von dir aus davon erzählst. Aber da kam nichts. Monatelang hast du geschwiegen, mir die Wahrheit vorenthalten. Also, was wiegt jetzt mehr?«

»Scheiße, du klingst wie deine Mutter.«

»Lass meine Mutter aus dem Spiel«, zischt er.

Mein Herz hämmert wie verrückt. »Du und deine Mutter!« Schnaubend springe ich hoch. »Eines noch, warum hat sie immer noch einen Schlüssel zu unserer Wohnung!«

Er antwortet nicht, sieht mich nur bedauernd an.

Ich schnappe mir meine Jacke und stürme Richtung Ausgang.

Mir ist es egal, dass mich die Gäste entgeistert ansehen. Ich will nur raus. Raus an die frische Luft, ehe ich ersticke.

Draußen empfängt mich eine eisige Windböe vom Meer und kühlt meine verschwitzte Stirn.

Ich höre Schritte hinter mir, drehe mich um.

»Leah, warte!« Ture hat mich erreicht, hält mich am Arm fest.

Vehement schüttele ich ihn ab. »Was!«, brülle ich. »Was soll das Ganze? Warum, Ture?«

»Das fragst du mich? Du hast mir nicht vertraut und jetzt machst du einen Aufstand, weil ich einen Teil deines Geheimnisses kannte und darauf gewartet und gehofft habe, dass du es mir erzählst? Und jetzt sieh dich an: Du bist wütend auf mich. Dabei hätte *ich* allen Grund, sauer zu sein.«

Ich sehe ihn an, schaffe es zumindest, zu schweigen, abzuwarten.

»Sag mir bitte eines«, bittet Ture. »Warum hast du mir diese Tragödie mit deiner Familie, und was es mit dir gemacht hat, nicht anvertraut?«

Ich schlucke trocken und bemühe mich um einen ruhigen Ton. »Keine Ahnung, vielleicht weil ich unsere Beziehung nicht mit all dem Mist belasten wollte«, stoße ich hervor.

Kopfschüttelnd sieht Ture mich an. »Ach Leah – vielleicht hast du den Sinn einer Beziehung nicht begriffen …«

»Bitte was! Ich glaub, du spinnst …«

Sein Handy klingelt, stoppt mich mitten in meiner Tirade.

»Geh ran, das ist mit Sicherheit deine Mutter, die wissen

will, wie es gelaufen ist. Das zum Thema Beziehung, denn die hast du mit deiner Mutter, nicht mit mir.«

Den Tränen nahe, schwinge ich mich auf das Rad. In mir tobt ein Sturm der Gefühle. Ich habe es vermasselt. Ohne meine verfluchten kleinen Glücklichmacher funktioniere ich wie ein unberechenbarer Vulkan, der ringsum alles vernichtet.

Viel zu hart steige ich in die Pedale, reiße den Lenker herum, gerate ins Schliddern – fast wäre ich auf dem gefrorenen Radweg gestürzt.

Aus dem Augenwinkel sehe ich Ture, wie er seelenruhig auf seinen Wagen zugeht. Ich trete schneller in die Pedale, muss ihn aufhalten, mich entschuldigen. Ich bin an seiner Seite, noch bevor er einsteigen kann.

»Ture! Warte!« Ich springe vom Rad, lasse es zu Boden fallen, stürme auf ihn zu. »Ich habe es versaut! Es tut mir leid.«

Er fängt mich auf, hält mich ganz fest und ich bin dankbar für seine Umarmung. Beinahe hätte ich alles verloren, was mir noch wichtig ist. Doch in seiner Umarmung fange ich auch mich selbst wieder, ich werde ruhiger, fühle mich geliebt.

»Ich weiß nicht, was in mich gefahren ist. Ich …«

»Pst, sag nichts mehr.« Zärtlich streicht er mir die Tränen von den Wangen.

Kapitel Dreißig

Ich schwebe auf Wolke sieben, so kitschig das klingt. Dennoch fühle ich mich genau so – schwebend.

Die Nacht mit Ture war unbeschreiblich. Wir haben uns geliebt, geredet und wieder geliebt. All meine Ängste sind wie weggeblasen. Ich tanze förmlich durch die Wohnung und weiß nicht, wohin mit meiner Energie. Zu schade, dass mein Yoga-Studio schon in den Weihnachtsferien ist. Also beschließe ich, mit dem Rad eine Tour zu machen. In Gedanken bin ich schon unterwegs, während ich mir die Schuhe überstreife und zur Wohnungstür eile klingelt mein Handy.

Murrend ziehe ich es aus der Jackentasche. Als ich die Nummer erkenne, muss ich aber gleich wieder schmunzeln.

»Hej«, hauche ich.

»Süße, ich muss dir was sagen«, stammelt Ture. »Ich weiß, wir haben besprochen, dass ich dich vorab informiere, wenn meine Mutter etwas plant …«

»Ja?« Ich warte ab.

»Nun, ja. Agnes hat uns morgen Abend zum traditionellen St. Lucia Fest eingeladen. Sie würde sich sehr freuen, wenn du auch dabei bist. Natürlich nur, wenn du dich gut fühlst, und es erträgst mit der alten Gang und den Freunden der Familie den Abend zu verbringen.«

Ich rolle mit den Augen und lausche Tures weitschweifenden Erklärungen darüber, was dieses Fest für Agnes bedeutet und was uns erwartet. Erst ein Restaurantbesuch mit alten Freunden der Familie und danach ein Umtrunk bei Agnes im engeren Kreis.

»Ist es okay. Soll ich zusagen?«

»Ja, mach das«, antworte ich tapfer. Was soll ich sonst antworten? Es ist eine Familientradition und ich möchte kein böses Blut zwischen mir und Agnes.

»Sicher?«

»Ja, ich bin mir sicher.«

Er ist süß und wirklich bemüht und ich hoffe, er hat mit Agnes inzwischen auch über das Schlüsselthema geredet. Er hat es versprochen. Ich nehme mir vor, ihn heute Abend darauf anzusprechen. Nicht jetzt. Nicht, wenn es die Stimmung zwischen uns zerstört. Das ist es nicht wert. Denn trotz aller Widrigkeiten, die passiert sind, bin ich verliebt, habe Schmetterlinge im Bauch, die alles Hässliche verdrängen.

Bevor ich das Handy wieder in meine Jackentasche stecke, blinkt erneut eine Nachricht auf. Isak hat gestern Abend eine weitere Nachricht geschrieben. Diesmal sind seine Worte eindringlicher, er bittet um sofortigen Rückruf.

Okay, dann bringe ich das rasch hinter mich, auch wenn er mit Sicherheit sauer sein wird. Ich kann es ihm nicht verübeln.

Ich wähle seine Nummer. Es klingelt nur zweimal.

»Leah, endlich! Es geht um die Tabletten.«

»Ich weiß, es war kein guter Zug von mir, sie einfach auf ihren Schreibtisch zulegen, aber …«

»Darum geht es nicht«, unterbricht er mich. »Woher haben Sie diese Tabletten?«

»Aus der Apotheke mit Rezept. Wieso fragen Sie?«

»Weil das nicht die Tabletten sind, die ich Ihnen verschrieben habe.«

»Aber … das kann nicht sein.« Während ich ihm zuhöre, wanke ich ins Wohnzimmer und lasse mich aufs Sofa sinken.

»Ritalin? Was zum Henker sind das für Pillen?«, frage ich, als er mir einen Namen genannt hat.

»Ritalin kommt besonders oft bei Aufmerksamkeitsdefizit – Hyperaktivitätsstörung, bekannt als ADHS, zum Einsatz.«

»Aber ich habe …«

Isak lässt sich nicht unterbrechen, redet weiter. »Die Nebenwirkungen sind Appetitlosigkeit, erhöhte Reizbarkeit, Schlafstörungen, Übelkeit und Erbrechen. Bei sehr hohen Dosen kann es unter anderem zu Depressionen, Angststörungen, Krampfanfällen, Verwirrung und Halluzinationen kommen. Außerdem ist es so, als wäre man auf Droge, ähnlich wie bei Amphetaminen oder Koks.«

Stille. »Aber warum habe ich diese Tabletten?«, will ich wissen.

»Das frage ich Sie!«

»Ich schwöre, ich hab nur die Pillen genommen, die Sie mir verschrieben haben.«

»Das kann nicht sein. Ich habe Ihnen nie Ritalin verschrieben. Und bei den Tabletten, die Sie mir auf den Schreibtisch gelegt haben, handelt es sich um Ritalin. Erklären Sie mir das.«

»Das kann ich nicht«, antworte ich und mir kommt ein entsetzlicher Gedanke. »Bedeutet das etwa, dass ich die ganze Zeit keine Antidepressiva, sondern diese Aufputschpillen genommen habe? Habe ich deshalb diese Aggressionen und Aussetzer gehabt?«

»Ich weiß nicht, wie lange Sie diese Pillen schon anstelle der von mir verschriebenen Antidepressiva nehmen. Aber ja, Ihre Symptome können daher rühren.«

Eine kleine Pause entsteht und ich ringe mit mir.

»Kann es sein, dass ich die Pillen selbst besorgt habe?«, erkundige ich mich ängstlich.

»Nein, die gibt es nur auf Rezept.«

Erleichtert atme ich aus.

»Oder auf dem Schwarzmarkt. Haben Sie Kontakte zum Schwarzmarkt?«

»Ich? Nein, definitiv nicht. Das ist absurd.«

»Das denke ich auch. Dennoch bleibt die Frage, woher Sie diese Tabletten haben.«

Stumm nicke ich zustimmend.

»Leah, wie geht es Ihnen? Sie nehmen doch keine Pillen mehr, oder?«

»Nein. Und mir geht es gut. Ich fühle mich gut.« Ich räuspere mich. »Ich denke, dass ich leichte Entzugserscheinungen habe, manchmal aufbrausend bin und einen übermächtigen Drang habe, mich zu bewegen.«

»Hm … kommen Sie damit klar?«

»Ja, ich glaube schon.«

Stille.

»Also gut. Sie können mich jederzeit anrufen. Es gibt für alles eine Erklärung.« Er macht eine Pause. »Leah, ich mache mir Sorgen.«

»Das müssen Sie nicht.«

»Wenn Sie reden möchten, ich habe heute Nachmittag Zeit.«

»Nein. Ich melde mich bei Ihnen, wenn es mir schlecht geht.«

Benommen lasse ich das Handy sinken.

Tures Worte hallen in meinem Kopf: *Ich habe sie zufällig gefunden.*

Kapitel Einunddreißig

Und wieder tue ich es, ich kaue auf meinem Daumennagel und starre vor mich hin.

Ich habe keine Ahnung, wie lange ich schon auf dem Sofa hocke und mir den Kopf zermartere über die eine Frage: Kann es sein, dass Ture meine Pillen ausgetauscht hat? Doch zu welchem Zweck?

Und dann kreise ich in Gedanken weiter um die daraus erfolgende Frage. Wusste Ture doch etwas über meine Vergangenheit? Aber woher?

Hat er etwa nicht nur die Pillen, sondern auch meine Erinnerungsschachtel entdeckt?

Die Schachtel, in der ich meine Vergangenheit aufbewahre, so wie Isak es mir riet. Ja, das könnte sein, gestehe ich mir ein.

Aber als ich diese Richtung weiterverfolge und diese folgenschwere Einladung in den Norden damit in Verbindung bringe, stoppe ich, schüttele den Kopf. Diese Lodge …

Nein, kein Mensch weiß, dass wir nie in der Lodge, die auf dem Prospekt abgebildet ist, waren. Selbst ich konnte mich erst wieder daran erinnern, als ich unter der Schneedecke begraben lag, und mich mit meiner Familie vereint fühlte, als ich sterben wollte …

Nichts davon war in meiner Kiste festgehalten. Weil ich unter Gedächtnisverlust litt!

Mir brummt der Schädel. Der Gedanke, dass Ture mir etwas antun wollte, dass er mich unter diese fürchterlichen Drogen setzte, schockt mich. Aber warum sollte er das tun? Ich lasse von meinem Fingernagel ab, raufe mir durch die Haare.

Habe ich mir selbst diese Pillen besorgt?

Nein. Definitiv nicht.

Das ist das Einzige, was ich sicher weiß. Denn so lange ich die verschriebenen Antidepressiva nahm, war ich klar und ruhig.

Also kann es doch eigentlich nur Ture gewesen sein. Und wenn er die Pillen zufällig gefunden hat, muss ihn das doch beschäftigt haben. Er hat mit Sicherheit daraufhin auch in meinen anderen Sachen gewühlt.

Verfluchter Mistdreck.

Kann das sein?

Ich überlege, erinnere mich, wie ich den Rucksack überprüft habe. Es war alles wie immer.

Sicher? Oh Gott, ich weiß es nicht. Ich weiß gar nichts mehr.

Da ist ein leises Klicken. Verschlafen reibe ich mir die Augen und blinzle in das Licht der hellen Lampe über dem Holztisch. Benommen blicke ich zu Ture, der in der Tür steht. »Hej Süße, warum sitzt du hier im Dunkeln? Geht es dir nicht gut?«

»Ich … ich muss eingeschlafen sein«, murmele ich und richte mich auf.

»Was ist passiert?« Er setzt sich neben mich, mustert mich besorgt.

»Nichts weiter. Offenbar ist mein Körper noch erschöpft und braucht das.«

Sanft legt er den Arm um mich und zieht mich zu sich heran. »Nun ja, es war auch eine lange und wunderbare Nacht.« Er küsst meine Schläfe. »Auch ich hatte meine Schwierigkeiten, mich auf den Job zu konzentrieren, immerzu musste ich an dich denken.«

Er legt seinen Finger unter mein Kinn und dreht meinen Kopf zu sich. Sieht mir fest in die Augen.

Ich kann nichts sagen, ich kann noch nicht einmal lächeln.

Kapitel Zweiunddreißig

Das Restaurant ist in ein geheimnisvolles Licht getaucht. Passend zum Lucia Fest, dem Lichterfest. Der Duft von köstlichen Speisen hängt wohlig in der Luft. Gedämpfte Violinenmusik, leises Stimmengemurmel und Kellner, die aufmerksam immer zur Stelle sind. Keine Hektik, kein lautes Getöse.

Entspannung.

Von dieser gelösten Stimmung lasse ich mich treiben, bis Agnes meine Hand tätschelt.

»Ich bin froh, dass du mitgekommen bist.« Agnes feingliedrige Hand liegt immer noch auf meiner. »Dir geht es wieder besser?« Ihre Augen gleiten über mein Gesicht. »Du siehst noch ein wenig blass aus, aber das wird wieder. Hauptsache du und Ture könnt bald dieses Missverständnis zwischen euch klären. Nichts ist schlimmer als Misstrauen.«

Zu meiner Überraschung hat er wohl nicht mit ihr darüber geredet, dass wir einen Streit im Restaurant hatten und uns anschließend versöhnt haben.

Fest blickt Agnes mich an. Und ich weiß, was für eine Antwort sie von mir erwartet und ich gebe sie ihr mit einem zuckersüßen Lächeln. »Da hast du vollkommen recht. Wir haben uns ausgesprochen.«

Jetzt blickt sie mich gönnerhaft an. »Sehr schön und nun wollen wir dieses Fest der lichterbringenden Lucia feiern. Für mich ist es immer etwas ganz Besonderes. Ich war auch einmal die Lucia. Die schönste Lucia seit Jahren, laut meinen Eltern.« Stolz richtet sie sich auf.

»Oh wie schön, dann haben wir ja etwas Gemeinsames. Denn auch ich war es einmal«, behaupte ich. »Es war wie im Märchen, das weiße Gewand, mit einem roten Band um die Taille und einen Kranz mit Kerzen auf dem Kopf. Ich fühlte mich wie eine Königin.« Mein Lächeln ist breit und vermutlich ein wenig spöttisch.

Agnes' Blick verdüstert sich kurz, bevor sie ihr Kinn reckt und sich Ture zuwendet, der natürlich wieder neben ihr sitzt.

Es hat mir Spaß gemacht, ihr den Wind aus den Segeln zu nehmen. Agnes' pikierte Miene war es wert, ihr diese kleine Lüge aufzutischen. In Wahrheit war nicht ich die Lucia, es war meine Schwester.

Agnes flüstert Ture etwas zu, woraufhin er sich mit einem warmen Lächeln vorbeugt, eine Augenbraue hebt und mich fragend ansieht. Ich weiß nicht, wie ich das deuten soll. Weiß er, dass ich nicht die Lucia war? Und wenn er es weiß, dann nur, weil er die Fotos gesehen hat, die in meiner geheimen Schachtel verborgen sind.

Reiß dich zusammen, ermahne ich mich, lehne mich betont gelassen zurück und beobachte die Gäste.

Agnes hat darauf bestanden, zwischen uns zu sitzen. Sie thront am Kopfende der Tafel wie eine Herrscherin. Und rechts und links von ihr gruppiert sich das Gefolge. Gott sei Dank hat mich Ture vorgewarnt und mich gebeten, es einfach hinzunehmen. Auch er findet es lächerlich, aber so sei es schon seit Jahren, auch schon, als sein Vater noch lebte.

Mir ist es ganz recht, nicht neben ihm zu sitzen. Der Gedanke, dass ich mit ihm wegen der vertauschten Pillen reden muss, liegt wie ein Stein in meinem Magen. Ich will einfach nicht glauben, dass er es war.

Das Licht im Restaurant wird gedimmt, das Gemurmel bricht ab.

Und dann kommt Lucia mit ihrem Gefolge.

Bei dem Anblick bekomme ich eine Gänsehaut. Als Lucia, die Lichtbringende, auf unseren Tisch zuschreitet, habe ich das Gefühl, dass sie mich anblickt und mir sanft zunickt.

Der Kies knirscht unter den Reifen, während Ture den Wagen die Einfahrt zu Agnes' Villa hinauffährt. Doch das blende ich ebenso aus, wie ihr Dauerquasseln. Den Kopf an die Seitenscheibe gelehnt, sehe ich immer noch die Bilder der Lucia vor mir. Rufe mir den Moment in Erinnerung, in dem unsere Blicke sich trafen, sehe ihr Lächeln und das kaum merkbare Kopfnicken in meine Richtung. Sie sah aus wie meine Schwester, als diese damals die Krone trug. Ich schlucke trocken. Blinzle aufsteigende Tränen weg.

»Alles in Ordnung, Süße?«

Verdutzt sehe ich Ture an und bemerke, dass wir längst vor dem Haus geparkt haben und Agnes sich bereits mit den ausgewählten Gästen unterhält, während sie auf den Eingang zuschreitet.

»Ja, ich muss eingenickt sein«, schwindle ich, löse den Sicherheitsgurt und will aussteigen.

»Warte.« Er zieht mich zu sich heran. »Habe ich dir heute schon gesagt, wie sexy du aussiehst? Schwarz steht dir, du siehst einfach atemberaubend aus in diesem Kleid.«

Hastig ziehe ich das hochgerutschte Kleid über meine Beine. »Danke für das Kompliment.«

Er sieht in Richtung Haus. »Wir bleiben nicht lange, nur ein kleiner Umtrunk und danach verschwinden wir.« Seine Hand streicht zärtlich über mein Bein, gleitet unter den Stoff. Sein Blick hat etwas Dunkles; erotisierend, leidenschaftlich. Es ist dieser Blick, der mich damals, als ich ihn kennenlernte, um den Verstand gebracht hat. Und jetzt? Jetzt traue ich dem Mann, den ich von ganzem Herzen liebte und begehrte, nicht mehr.

Ich liebe ihn immer noch, doch ich vertraue ihm nicht mehr. Ich muss das zwischen uns klären. Und zwar gleich.

Doch dazu komme ich nicht. Sein Kuss ist leidenschaftlich, seine Worte voller Zärtlichkeit. Ich schließe die Augen und wünsche mir, dass dieses Misstrauen ihm gegenüber verschwindet.

Seine Hand liegt auf meinem Rücken, als wir die Eingangshalle betreten. Ich fühle mich benommen. Mein innerer Zwiespalt überschattet alles. So habe ich mich noch nie gefühlt, so zerrissen und unehrlich zu mir selbst. Ich könnte gehen, ihn verlassen, doch dann werde ich nie erfahren, ob er mir die Pillen untergeschoben hat, und warum.

»Da seid ihr ja endlich!« Mit glühenden Wangen eilt Agnes auf uns zu. Vorwurfsvoll gleitet ihr Blick von Ture zu mir. »Was habt ihr nur so lange getrieben?«

»Nichts weiter, wir haben nur den Sternenhimmel betrachtet«, erwidert Ture und haucht mir einen Kuss auf die Schläfe.

»So so, den Sternenhimmel.« Sie wendet den Kopf zum Wohnzimmer. »Komm, du musst mir helfen, mein Lieber. Der Kamin … ach, du weißt ja, wie ungeschickt ich damit bin. Dein Vater hat sich immer darum gekümmert. Er ist immer schon früher nach Hause gefahren und hat uns mit einem warmen Kaminfeuer begrüßt, erinnerst du dich?«

»Natürlich erinnere ich mich.« Ture lässt mich los, geht zu ihr, legt den Arm um ihre Taille, wirft mir nur noch einen bedauernden Blick über seine Schulter zu, bevor er Agnes ins Wohnzimmer geleitet.

Langsam folge ich ihnen. Ich habe es nicht eilig, im Grunde möchte ich einfach nur nach Hause.

Plötzlich stoße ich mit einer Frau zusammen, die aus der

Küche rauscht. In ihrer Hand balanciert sie ungeschickt ein Glas Sekt, der jetzt über mein Kleid schwappt.

»Ach herrje! Das tut mir leid.« Eilig wischt sie mit der Hand über mein Kleid.

»Schon gut, ist ja nicht schlimm.«

Ihr mächtiger Busen hebt und senkt sich, während sie sich tausendmal entschuldigt.

»Wirklich, Sie brauchen sich keine Sorgen zu machen.«

Sie beäugt mich. »Sie sind die Freundin von Ture, nicht wahr?«

»Ja, das bin ich.«

Röte steigt in ihr Gesicht und ihre hellen, blauen Augen wandern nervös zum Wohnzimmer. »Das ist mir unendlich peinlich.«

»Braucht es nicht. So etwas passiert eben mal.« Ich deute auf das leere Glas in ihrer Hand. »Woher haben Sie den Sekt?«

Ihr Gesicht erhellt sich. »Aus der Küche … wollen Sie auch ein Glas?«

»Unbedingt.«

Ich folge ihr, sehe mich in der hell beleuchteten Küche um. Tabletts mit Canapés und kleine Schalen, gefüllt mit Shrimps und Krebsfleisch stehen auf dem Küchentisch. Agnes ist gut vorbereitet, um das Lucia Fest würdig ausklingen zu lassen.

»Hier.« Sie reicht mir ein Glas. »Übrigens, ich bin Sigrid. Tut mir wirklich leid. Das ist ein schönes Kleid.«

»Es ist schwarz und nichts Besonderes«, entgegne ich und nehme das Glas aus ihrer Hand. »Ich bin übrigens Leah.«

Unsere Sektgläser klirren hell, als wir anstoßen.

»Schön, dich kennenzulernen, Leah. Agnes hat mir schon neulich beim Kaffeeklatsch erzählt, dass Ture eine neue Freundin hat.«

»Oh, hat sie das?«

Nun bin ich neugierig.

»Und was erzählt sie über mich?«

Sigrid ist nervös, zumindest ist das mein Eindruck, denn sie meidet jetzt den Blickkontakt und stürzt den Sekt hinunter. »Dieses Zeug ist wirklich gut.« Sie füllt ihr Glas gleich wieder. »Möchtest du auch noch?«

Ich betrachte mein halb volles Glas. Mir ist nicht danach, aber irgendwie beschleicht mich das Gefühl, dass Sigrid mir noch mehr erzählen kann. Also tue ich es ihr gleich und leere mein Glas. »Ja gerne.«

Ich stibitze ein Canapé von dem Tablett. »Hm ... die sind köstlich. Magst du auch?«

Unruhig linst Sigrid zur Tür. Rasch nimmt auch sie sich eins von diesen leckeren Dingern. Genüsslich rollt sie mit den Augen. »Du hast recht, die sind gut.«

Ahnte ich es doch, dass ich Sigrid dazu bringe, sich zu lockern. »Wie lange kennst du Agnes schon?«

»Mein Gott, das sind schon ein paar Jahre. Mein Mann Hugo war ein Geschäftsfreund von Elias, Agnes' Mann. Seit er nicht mehr lebt, besuch ich sie ab und an. Sie hat ja niemanden mehr, nur noch Ture.« Traurig schüttelt sie den Kopf und schnappt sich erneut ein Canapé.

Nachdenklich blickt sie mich an. »Ich weiß nicht, was Agnes so hart gemacht hat. Vielleicht war es dieser schreckliche Unfall von Brigitta, der sie und Ture so mitgenommen hat. Ture war am Boden zerstört, so habe ich ihn noch nie erlebt. Aber er hat sie ja auch abgöttisch geliebt und ...«, sie bricht ab, greift sich kurz an den Mund, als habe sie schon zu viel ausgeplaudert. »Tut mir leid. Er liebt dich mit Sicherheit genauso.«

»Schon gut, ich verstehe das.« Meine Mundwinkel verziehen sich zu einem missglückten Lächeln, denn ihre Worte haben mich unerwartet getroffen. Auch Agnes hat genau diese Worte benutzt.

»Na ja, wie auch immer ...«, ergreift Sigrid wieder das Wort. »Agnes hat es wirklich nicht leicht gehabt. Ein Jahr später hat sie Elias verloren ... Herzinfarkt. Da kann man schon hart werden, oder?« Nachdenklich greift sie sich erneut ein Canapé. »Aber wenn ich es recht bedenke, und diese Schicksalsschläge außer acht lasse, war Agnes schon immer eine komplizierte Person. Immer akkurat und irgendwie, ich weiß nicht, wie ich sagen soll. Sie und Ture … manchmal habe ich das Gefühl … ach, ich sollte nicht darüber reden.«

»Warum nicht? Was ist mit Agnes und Ture?«

Sigrid tupft sich den Mund mit einer Serviette ab. Ihre Augen huschen zu der Tür. Lachen und Stimmengewirr weht zu uns herüber. Nervös dreht sie das Sektglas in der Hand. »Ich weiß nicht, ich sollte nicht darüber reden. Nein, finde es selbst heraus. Ich will mich nicht in die Nesseln setzen.«

»Mein Gott, wo bleibt ihr denn?!« Agnes stürmt in die Küche. »Ich brauche eure Hilfe.« Sie blickte zu den Sektgläsern in unseren Händen und die fast leere Flasche auf dem Tisch. »Bitte, rasch das Nachtmahl für meine Gäste.« Sie klatscht dabei in die Hände wie eine Gebieterin.

Sigrid wirft mir einen Blick zu, den ich schwer deuten kann. Ironisch, vertraulich?

Kapitel Dreiunddreißig

Ich rolle mich auf den Rücken, ziehe die Bettdecke bis zum Kinn und denke darüber nach, ob heute wieder die Sonne scheint oder ob es schneit. Ziemlich unwichtige Gedanken, dennoch geben sie mir eine Stabilität für den Alltag, für das Leben, denn im Moment überrollt es mich gerade wieder. Ich drehe den Kopf zum Fenster, doch durch die dunklen Vorhänge dringt kein Licht.

Ich linse zum Wecker auf dem Nachttisch. Acht Uhr. Murrend ziehe ich die Bettdecke über meinen Kopf. Ich habe schlecht geschlafen und fühle mich wie gerädert. Mein Schädel brummt. Das ist wohl meine Quittung für den Sekt, von dem ich zu viel getrunken habe, um Sigrids Zunge zu lösen. Die Unterhaltung mit ihr hat mich die ganze Nacht beschäftigt. Da war etwas, das sie mir noch sagen wollte. Ich habe es in ihren Augen gesehen. Doch sie hat sich nicht getraut und dann kam Agnes dazwischen und der Moment war verflogen.

Schlaftrunken legt Ture seinen Arm um mich. »Hej Süße, wie spät ist es?«

»Kurz nach acht.«

»Schon?!« Hektisch richtet er sich auf. Reibt müde über sein Gesicht.

»Es ist Sonntag, du kannst ausschlafen.« Ich streiche über sein Haar, lehne mich an ihn, atme seinen Geruch ein, warte auf dieses Gefühl der Vertrautheit. Doch da ist nichts.

Es gab Zeiten, da hat es mich beruhigt und glücklich gemacht, wenn ich nur seinen Duft einatmete. Und jetzt?

Kein Wunder, dass keine Vertrautheit aufkommt. Immer noch hege ich den Verdacht, dass er mir diese verdammten Tabletten untergeschoben hat. Wie konnte ich das nur verdrängen. Wie konnte ich es gestern Abend nur zulassen, dass er mich begehrte. Und da ist noch etwas, das an mir nagt. Der Gedanke, dass er Brigitta abgöttisch geliebt hat, wie Sigrid es ausgedrückt hat. Reflexhaft rücke ich von ihm ab.

Er bemerkt es nicht einmal.

Gedankenverloren starrt er an die Decke. »Das war ein bewegender Abend, als die Lucia direkt auf unseren Tisch zu ging. Ich hatte Gänsehaut, es war irgendwie magisch, meinst du nicht auch?«, fragt er, während er mich wieder zu sich heranzieht.

»Ja, war es«, gebe ich zurück und wünschte, er würde mich loslassen. Seine Berührung fühlt sich falsch an.

»Agnes meinte, dass auch du einmal die Lucia warst, stimmt das?« Fragend neigt er den Kopf.

Er hat in meinen Sachen herumgeschnüffelt, ist der erste Gedanke, der in mir hochkommt.

Fest sehe ich ihn an. »Ja, war ich.«

»Klasse, das hast du mir nie erzählt.«

»Es gab ja auch keinen Grund dazu«, antworte ich mechanisch. Es erstaunt mich, dass er so reagiert, denn auf dem Foto ist eindeutig meine Schwester die Lucia und ich stehe daneben. Tue ich ihm unrecht? Weiß er nichts von diesen Fotos in meiner Erinnerungsbox?

»Stimmt auch wieder.« Ausgiebig reckt er sich und schwingt sich aus dem Bett.

»Wo willst du hin?«

»Meiner Mutter helfen, das Chaos zu beseitigen. Sie

hasst Unordnung im Haus.« Er streift sich einen Pullover über und schlüpft in seine Jeans.

»Kann das nicht warten?« Aufgebracht richte ich mich auf. Ich möchte nicht, dass er geht. Nicht, bevor wie endlich alles geklärt haben. Ich will und muss mit ihm reden, halte die Ungewissheit nicht länger aus. »Es ist Sonntag und sie erwartet mit Sicherheit niemanden.«

»Leah, darum geht es nicht.« Er streicht über sein Haar, sieht auf mich herunter. »Es war schon immer so. Ist so eine Art Ritual. Besonders für meinen Vater, er hat darauf bestanden, dass wir es einhielten. Er liebte diese familiären Dinge.« Hörbar zieht er die Luft ein. »Wir haben uns zum Frühstück getroffen, gemeinsam aufgeräumt und den Abend Revue passieren lassen. Danach sind wir runter an den Strand und haben Zettel mit unseren Wünschen darauf ins Meer gelassen.« Gerührt schluckt er, bevor er weiterredet. »Wir hofften, dass sie in Erfüllung gehen … tja, so mancher Wunsch wurde nicht erfüllt.« Er verzieht seine Lippen und sein Blick ist irgendwo in der Vergangenheit.

Unwillkürlich frage ich mich, ob auf einem seiner Wunschzettel *ein Leben mit Brigitta* stand. Ich dränge diesen bitteren Gedanken zurück. Es steht mir nicht zu. Es ist Vergangenheit, so wie ich meine mit Malte habe.

»Warum kommst du nicht mit und dann füllen wir jeweils einen Zettel aus. Was meinst du?«

»Nein, fahr nur.«

»Bitte komm mit, Agnes wird sich freuen, und ich ebenfalls. Schließlich bist du meine Frau und gehörst zur Familie.«

Entgeistert sehe ich ihn an. »Wir sind nicht verheiratet«, bemerke ich trocken.

»Noch nicht, aber das kann ja noch werden.« Seine Augen sind sanft auf mich gerichtet.

Meine Gefühle wirbeln wie ein Sturm durcheinander. Ich will nicht, dass er so etwas sagt und mich ansieht, als wäre ich die Frau in seinem Leben, für die er alles tun würde.

Ja, es gab eine Zeit, da habe ich mir genau das gewünscht. Doch jetzt ist alles anders. Ich bin kurz davor, ihn anzubrüllen, dass er kein falsches Spiel mit mir treiben soll.

Als ich nichts sage, setzt er sich zu mir auf die Bettkante. »Was ist los?«

»Nichts weiter, fahr ruhig zu deiner Mutter. Wir sehen uns später.« Ich muss mich zusammenreißen, um normal zu klingen. Offensichtlich ist es mir gelungen. Denn Ture wirkt irgendwie erleichtert. Auch das gibt mir zu denken.

»Gut, dann sehen wir uns nachher und machen es uns gemütlich.«

»Ja, das machen wir«, stimme ich viel zu leise zu und ernte erneut einen fragenden Blick.

»Ich beeile mich.«

Er beugt sich vor, um mir einen Abschiedskuss zu geben, und ich muss mich zwingen, es geschehen zu lassen.

Eingehüllt in meine Lieblingsstrickjacke, einen Becher Kaffee zwischen meinen Händen, stehe ich vor dem Küchenfenster. Der Himmel ist grau und ich gehe davon aus, dass es noch schneien wird. Seit Ture gegangen ist, stehe ich regungslos hier und versuche zu ergründen, warum mich das Ganze so mitnimmt. Es ist verrückt, dass ich den Mann, den ich liebe, verdächtige, mir etwas antun zu wollen. Ich überlege ernsthaft, mit Isak darüber zu reden. Doch dazu kann ich mich nicht aufraffen.

Und warum hat er nie mit mir über Brigitta gesprochen?

Oh, natürlich hat er mir über den Unglücksfall erzählt, aber sonst hat er es immer vermieden, mit mir über seine Verlobte zu reden. Ich fand es okay, da ich seinen Schmerz nachvollziehen konnte, aber jetzt? Jetzt möchte ich wissen, warum. Verheimlicht er etwas vor mir?

Doch dann schüttele ich über mich selbst den Kopf.

Warum sollte er das tun? Schließlich hat jeder von uns seine Vergangenheit. Auch ich habe Ture nicht jedes Detail über meine frühere Beziehung mit Malte erzählt. Dennoch lässt es mir keine Ruhe.

Aus dem Radio ertönt ein Stück von Adele: *Love in the dark*. Ich mag diesen Song, doch jetzt werden mir auch die Worte bewusst: *Ich kann dich nicht in der Dunkelheit lieben. Es fühlt sich an, als wären wir Meere voneinander entfernt. Da ist so viel Raum zwischen uns, vielleicht sind wir schon geschlagen.*

»Scheiße.« Ich wische mir die Tränen von den Wangen. Ich ertrage es nicht, dem Song weiter zu lauschen. Zu sehr spiegelt er alles wider, was ich gerade empfinde. Auch Ture ist mir fremd. Ich weiß kaum etwas über ihn und die Distanz zwischen uns wächst mit den uns umgebenden Geheimnissen, mit all den unbeantworteten Fragen, mit dem ansteigenden Misstrauen.

Aber das kann ich ändern.

Kurz zögere ich.

Doch dann schleiche ich mich wie eine Einbrecherin zu dem kleinen Zimmer gleich neben der Wohnungstür, das eigentlich ein Gästezimmer sein sollte. Doch Ture hat es als Büro umfunktioniert, denn Gäste haben wir nie. Auch etwas, das ich merkwürdig finde. Oder liegt das an mir? Immerhin war ich ja recht oft neben der Spur, nicht zuletzt aufgrund der vertauschten Pillen.

Das mit Tures fehlenden Freunden ist jedenfalls merkwürdig. Schmerzlich wird mir bewusst, dass auch ich keine habe. Da ist nur noch Malte. Vor dem Unglück hatte ich viele. Danach ertrug ich ihre mitleidigen Blicke nicht und habe mich zurückgezogen.

Und Ture? Warum hat er eigentlich keine Freunde? Da ist nur seine Mutter. Ansonsten gibt es für ihn nur seine

Arbeit, seine noblen Fastfood-Restaurants. Aber Freunde? Erst jetzt fällt es mir auf und macht mich stutzig.

Sachte drücke ich die Klinke herunter und trete in das Zimmer, obwohl ich nicht mal weiß, was ich hier eigentlich suche.

Die Vorhänge in dem Raum sind zugezogen und die Luft ist stickig. Schwungvoll reiße ich sie zur Seite und das Fenster weit auf.

Schon besser.

Suchend sehe mich um. Da ist die alte Schlafcouch mit den bunten Kissen. Sie war mein erstes Möbelstück. Voller Nostalgie setze ich mich auf sie, streiche über den verschlissenen Stoff, über den wir notdürftig eine Decke geworfen haben. Ein Schreibtisch und davor ein Küchenstuhl mit einem dicken Kissen darauf, daneben ein paar Kartons. Ein wackeliges Regal vollgestopft mit Aktenordnern.

Das alles wirkt schäbig, lieblos zusammengewürfelt, fast wie eine Abstellkammer.

Seufzend erhebe ich mich. Sehe mir die Kartons genauer an. Sie gehören allesamt Ture. Wahllos hebe ich von einem Karton den Deckel an. Sporttrophäen von Fußball, Handball und Leichtathletik. Wow, ich wusste gar nicht, dass er so eine Sportskanone war. Der Gedanke erheitert mich.

Ich nehme mir den nächsten vor. Alte Familienfotos. Das könnte spannend sein.

Ich setze mich auf den Boden und ziehe ein paar Fotos heraus. Für einen winzigen Moment habe ich Skrupel, schließlich ist es privat und ich sollte es nicht tun. Doch der Gedanke ist flüchtig. Ich brauch Antworten, verdammt nochmal.

Ich blättere durch Alben mit Kinderfotos von Ture und seinen Eltern. Einschulung, Urlaub am Meer. Stapelweise Fotos vom ersten Auto, der ersten Zigarette. Ich betrachte eins der Fotos genauer. Mir blickt ein anderer Ture entgegen. Er sah süß, wild und sexy aus als er Anfang zwanzig war.

Damals hätte er mir auch gefallen.

Sachte lege ich das Foto zur Seite.

Ziehe ein weiteres aus dem Karton. Aufgenommen auf einem Boot. Ture, der stolz einen riesigen Fisch in den Händen hält, während Agnes ihren Kopf an seine Schulter lehnt und ihn anlächelt. Nachdenklich lege ich es beiseite und ziehe das nächste Foto hervor. Ich kenne es, es ist das Verlobungsfoto von Ture und Brigitta. Die beiden sehen glücklich aus. Sein Vater strahlt und auch Agnes lächelt in die Kamera.

Es stimmt mich nachdenklich. Tures Leben in einem Karton. Ich sollte aufhören, in seiner Vergangenheit zu stöbern. Will gerade den Deckel auf den Karton legen, da entdecke ich die beschriftete Rückseite eines Fotos.

Ich liebe dich von ganzem Herzen und freue mich auf unsere kleine Familie, die wir bald sein werden. Brigitta.

Ich drehe es um, auch wenn mir schon klar ist, was ich gleich sehen werde. Ein Ultraschallbild. Das hat er mir nie gesagt. Warum nicht? Und auch Agnes hat niemals ein Wort darüber verloren.

Angestachelt von einer Gefühlspalette zwischen Wut, Traurigkeit und Verlust krame ich weiter in den Fotos. Immer noch habe ich keine Ahnung, wonach ich eigentlich suche, bis ich auf ein Foto stoße, das ich schon mal gesehen habe.

Es war bei Agnes. Damals, als wir über den Deal mit Carl redeten und ich heimlich in ihr Herrenzimmer geschlichen war. Das Foto zeigt Ture, der einer jungen Frau mit brünettem Haar einen Kuss auf die Wange gibt. Agnes, die gequält lächelt und Elias, der traurig in die Kamera blickt.

Ich drehe das Foto um. Auf der Rückseite ist ein Datum. Aufgenommen ein Jahr nach Brigittas Tod und ein paar Monate später verstarb Elias. Wieder sehe ich mir das Foto an, konzentriere mich dabei auf Ture und die Unbekannte. Ture hat seinen Arm fest um die Taille der Brünetten gelegt. Seine Augen sind feucht vor Glück.

Ich kann das nicht länger ertragen.

Kraftlos lasse ich das Foto in den Karton gleiten. Lege den Deckel darauf und stelle alles wieder zurück.

Eine leichte Brise weht durch das Zimmer. Fröstelnd schlinge ich die Strickjacke fester um meinen Körper.

»Was machst du hier?«

Erschrocken wirbele ich herum und blicke in Tures irritiertes Gesicht.

»Ich ... ich wollte, ich dachte darüber nach, dieses Zimmer gemütlich zu machen, damit wir Gäste empfangen können«, stammele ich unbeholfen und schließe das Fenster.

»Wieso Gäste? Welche Gäste?«

»Nun, vielleicht deine Freunde oder auch meine«, erwidere ich rasch und dränge mich an ihm vorbei.

»Ich hab keine Freunde, jedenfalls keine, die ich zu mir einladen würde.«

»Ach ja, stimmt. Warum eigentlich nicht?«

»Keine Ahnung. Ist auch nicht wichtig.« Er sieht über meine Schulter in das Zimmer.

Mir wird heiß und kalt. Inständig hoffe ich, dass ich alles wieder so hingestellt habe, wie es vorher war. Schnell ziehe ich dir Tür hinter mir zu.

»Hör mal, meine Mutter wartet im Wagen, sie hat uns zum Mittagessen eingeladen.«

»Seid ihr etwa schon fertig?«

»Schon lange, es ist ein Uhr.« Er lässt seinen Blick über meinen Körper gleiten. »Warum bist du noch nicht angezogen?«

»Weil es Sonntag ist und ich mir die Freiheit genommen hab so rumzulaufen, wie es mir passt!«, blaffe ich ihn an. »Du hättest ja auch anrufen können.«

Ich kann die Gereiztheit spüren, die sich von meinen Zehenspitzen langsam über meinen Körper ausbreitet.

»Wollten wir nicht einfach einen gemütlichen Tag verbringen?«, frage ich provokant.

»Ja, schon, aber Agnes fühlt sich alleingelassen. Es sind die Erinnerungen, wie es früher war, als mein Vater noch lebte, verstehst du. Sie tut mir leid und ich fühle mich lausig, wenn ich sie allein in dem großen Haus zurücklasse.«

»Also war es deine Idee mit dem Mittagessen?«

»Ja«, gibt er gedämpft zu. »Komm schon, was ist daran so schlimm? Wir haben noch den ganzen Abend für uns.«

Fassungslos rausche ich an ihm vorbei in die Küche. Drehe den Wasserhahn auf und trinke direkt aus dem Hahn.

Ture steht hinter mir, berührt meine Schulter und hält mir ein Glas hin.

»Brauch ich nicht, danke.« Mit dem Handrücken wische ich über den Mund. Er war nicht aufrichtig zu mir. Er hat mir nie von der Frau erzählt, mit der er offensichtlich ebenfalls verlobt war. Und ich möchte mit ihm darüber reden. Doch jetzt ist Agnes wieder zwischen uns. Es nervt mich.

»Du willst wissen, was daran so schlimm ist? Ich sage es dir. Deine Mutter kontrolliert dich. Sie bestimmt über dein Leben. Merkst du das denn nicht?« Meine Stimme hat einen schrillen Ton angenommen.

»Warum regst du dich so auf?«

»Das sagte ich doch gerade. Deine Mutter ist erwachsen. Sie kann doch selbst entscheiden, ob sie weiterhin in diesem riesigen Haus wohnen will, oder ob sie sich ein paar Freunde sucht. Aber was macht sie?« Ich deute mit dem Finger auf ihn. »Sie hängt sich an ihren Sohn wie eine Klette. Hast du ihr eigentlich gesagt, dass sie endlich die Wohnungsschlüssel zurückgeben soll? Nein … hast du nicht! Was ist nur mit dir los? Was ist das mit dir und deiner Mutter?« Ich halte inne, am liebsten würde ich ihm ins

Gesicht schleudern, was Sigrid angedeutet hat, kann mich aber gerade noch bremsen.

»Nun mach aber mal einen Punkt. Du spinnst dir da etwas zurecht. Und ich warne dich, wenn du Probleme hast, dann lass sie nicht an meiner Mutter aus. Verstanden?«

»Verstehe.« Seine Reaktion lässt mich entsetzt zurückweichen. Ich schaffe es bis an den Rand der Spüle. Ich fühle mich eingeengt, als er einen Schritt auf mich zu kommt, mich aufgebracht ansieht. Ich ringe um Luft. Mein Herz klopft wild bis zum Hals.

»Meine Mutter ist allein und ich sorge mich um sie. Ich weiß nicht, was daran so verwerflich sein soll. Ich habe ihr viel zu verdanken.« Er senkt den Blick, schüttelt betrübt den Kopf. »Tut mir leid, dass du nicht verstehst, dass ich loyal zu ihr stehe. Doch das tue ich. Sie ist immer für mich da gewesen und auch jetzt noch – dennoch hat es nichts mit uns zu tun.«

Er hat mich immer noch eingekeilt zwischen der Spüle und seinem Körper. Ich schnappe nach Luft, dränge mich an ihm vorbei. Jetzt, wo ich wieder atmen kann, lasse ich meinem Unmut über seine Worte freien Lauf. »Doch hat es. Deine Mutter ist immer präsent, egal wann ich nach Hause komme, Agnes ist schon da, oder sie war da. So funktioniert das nicht. Ich bitte dich ein letztes Mal, sag ihr, dass sie die Schlüssel zurückgeben soll.«

»Du bist irre.«

»Ja, mag sein.«

Ein zaghaftes Klopfen am Türrahmen lässt mich und Ture zusammenzucken.

»Ich habe alles gehört.« Hoch aufgerichtet schreitet Agnes in die Küche und legt den Schlüssel auf den Tisch.

Sie würdigt mich keines Blickes.

»Agnes …« Ture eilt auf sie zu.

»Lass nur, mein Lieber. Ich nehme ein Taxi nach Hause und ihr regelt das bitte.« Ihre Stimme ist leise und gebrochen. Sie schließt für einen Moment die Augen und stützt ihre Hand auf den Küchentisch.

Ture ist sofort bei ihr. »Alles in Ordnung?«

Sie atmet tief ein und lächelt ihn gequält an. »Es geht schon wieder.«

Ture schießt mir einen grimmigen Blick zu.

»Ich fahre dich.«

Ohne Widerworte lässt sich Agnes von Ture stützen und aus der Wohnung geleiten.

»Scheiße!«, fluche ich laut vor mich hin, während die Haustür hinter Agnes und Ture ins Schloss fällt.

Kapitel Vierunddreißig

Entgegen meiner Prognose, dass es heute schneien wird, scheint die Sonne. Ich trete noch schneller in die Pedale, um rasch an die *Värtan Bucht* zu kommen. Ich muss unbedingt das Wasser sehen. Weite spüren. Sonst platze ich noch vor Groll und Frust.

Was für eine Show hat Agnes da abgeliefert. Und Ture ist darauf angesprungen wie ein trainiertes Hündchen. Noch kräftiger trete ich in die Pedale.

Kurz schäme ich mich.

Ich will so nicht denken.

Will nicht die eifersüchtige Schwiegertochter in spe mimen. Das macht mich klein und unkontrolliert. Und das passt nicht zu meinem Selbstbild. Schließlich unterrichte ich Yoga und sollte entspannt sein und auf alles eine befriedigende Antwort finden. Doch das tut es nicht. Es gibt keine befriedigende Antwort.

Nach etwa fünf Kilometern habe ich es geschafft. Tief inhaliere ich die Seeluft. Höre die Möwen kreischend über das Wasser fliegen auf der Suche nach Beute. Ich setze mich auf einen flachen Felsen und lasse meine Augen über das Wasser gleiten. Genieße die Sonnenstrahlen, das Schiffshupen, das sanfte Plätschern des Wassers an der Uferkante.

All das lässt mich ruhiger werden.

Mir wird bewusst, dass ich mich entscheiden muss. Entweder ich verlasse Ture oder aber ich kämpfe um ihn und finde heraus, was all das zu bedeuten hat.

Ausgepowert und mit einem guten Gefühl, das ich wieder die Oberhand über mein Leben habe, öffne ich schwungvoll die Wohnungstür. Flüchtig halte ich inne und lausche. Es ist still. Erleichtert schäle ich mich aus der Jacke und gehe direkt ins Bad. Ziehe mich aus und stelle mich unter die Dusche.

Das heiße Wasser, das auf mich herabrieselt, tut mir gut. Ich fühle mich entspannt und voller Tatendrang und werde endlich reinen Tisch machen, egal was dabei am Ende herauskommt.

Auf meiner Rücktour habe ich mir in Gedanken alles aufgelistet, womit ich Ture konfrontieren möchte. Zu allen früheren Fragen kommt jetzt noch die Frage nach der brünetten Frau hinzu. Und ich will wissen, warum er mir nicht gesagt hat, dass Brigitta schwanger war. Dieses Mal werde ich mich nicht mit irgendwelchen Ausreden abspeisen lassen. Und ich nehme mir fest vor, mich nicht von seinem Charme einwickeln zu lassen, denn das hat er – Charme.

Sorgfältig wähle ich meine Kleidung aus. Nicht zu sexy aber auch nicht zu sportlich. Ich lege noch ein wenig Make-up auf, verzichte aber auf Parfüm. Das könnte er falsch auffassen.

Gott, was mache ich mir bloß für Gedanken. Rasch werfe ich einen letzten Blick in den Spiegel und bin zufrieden.

Mit einem Becher Kaffee setze ich mich an den Küchentisch. Jetzt heißt es, nur noch geduldig darauf warten, dass er nach Hause kommt. Doch das mit der Geduld ist so eine

Sache. Nervös sehe ich zur Küchenuhr. Es ist kurz vor fünf Uhr. Ungeduldig trommele ich mit den Fingernägeln auf den Tisch.

Wo ist eigentlich mein Handy?

Mein Blick huscht suchend durch die Küche. Genervt springe ich vom Stuhl auf und gehe in den Flur. Dort durchsuche ich die Taschen meiner Jacke und da ist es.

Es gibt eine neue Nachricht. Mir bleibt die Luft weg, als ich sie lese. »Bitte nicht!«

Kapitel Fünfunddreißig

Die Sonne hat längst Platz gemacht für einen grauen nassen Himmel. Der Wind zerrt an meiner Jacke und treibt den Schneeregen in mein Gesicht, als ich aus dem Taxi steige. Doch das interessiert mich alles gerade nicht.

Mit Schwung reiße ich die gläserne Tür auf und stehe ratlos in der Empfangshalle des Krankenhauses. Der Geruch, der mich empfängt, weckt unschöne Erinnerungen an meinem letzten Aufenthalt, gleich nach meiner Rettung. Angespannt eile ich auf den Empfang zu.

»Hej«, krächze ich. »Zimmer 306? Welcher Stock?«

Die Dame hinter dem Empfangstresen sieht mich irritiert an und streicht sich eine blonde Haarsträhne hinter ihr Ohr. »Dritter Stock natürlich.«

»Ja, natürlich.« Suchend blicke ich mich nach einem Fahrstuhl um.

»Am Ende der Halle rechts sind die Fahrstühle«, erklärt sie mir sachlich.

Der Linoleumbelag gibt ein schnelles rhythmisches Quietschen von sich, während ich den Flur entlang eile und nach der Zimmernummer suche. Als ich endlich vor der Tür stehe, warte ich sekundenlang, um meinen Atem zu beruhigen.

Ich klopfe kurz und drücke die Tür auf.

Ture wirbelt herum, als er mich erkennt, kommt er besorgt auf mich zu. »Leah! Danke, dass du da bist.«

Meine Augen huschen von ihm zu Agnes. Unerwartet versetzt es mir einen Stich, wie klein und verletzlich sie aussieht. Ihre Augen sind geschlossen, der Tropf an ihrem Arm, der Brustkorb, der sich leicht hebt und senkt. All das trifft mich unerwartet mitten ins Herz.

»Natürlich. Ich bin so schnell ich konnte, hierher geeilt.« Ich senke meine Stimme. »Was ist passiert?«

»Sie hatte einen Zusammenbruch.« Ture blickt über die Schulter zu Agnes. »Sie wollte dich unbedingt sehen.«

»Wie schlimm ist es?«

Er hebt die Hände, seine Lippen beben und ich kann den Schmerz in seinen Augen sehen. Ich kenne dieses Gefühl nur zu gut. Die Angst, jemanden, den man liebt, zu verlieren, ist unbeschreiblich schmerzhaft. »Schon gut«, flüstere ich und streiche über seinen Arm.

Behutsam ziehe ich mir einen Stuhl ans Bett. »Hej Agnes, ich bin es, Leah.« Zögernd lege ich meine Hand auf ihre. Sie fühlt sich kalt an. Sofort habe ich Gewissensbisse über meine boshaften Gedanken ihr gegenüber. Flüchtig schließe ich die Augen und verdränge meine aufwallenden Gefühle. »Kannst du mich verstehen?«

Doch da ist nichts. Keine Regung, kein Blinzeln. Einfach nichts.

Besorgt sehe ich zu Ture, der mit verschränkten Armen an der weißen Wand lehnt und mich kaum wahrnimmt.

»Agnes?«, wiederhole ich. »Ich bin hier, du wolltest, dass ich komme und hier bin ich.«

Ein schwaches Blinzeln, ein röchelndes Atmen, dann dreht sie mir ihr aschfahles Gesicht zu.

»Was machst du nur für Sachen?«, hauche ich und streiche über ihre feuchte Stirn.

»Leah«, keucht sie. »Danke, das du gekommen bist.« Das Sprechen fällt ihr sichtlich schwer. Ihre Augen suchen mein Gesicht ab. »Leah, ich weiß, wir haben unsere Schwierigkeiten miteinander … aber eines sollst du wissen, ich wollte dir nicht zu nahetreten.« Sie holt japsend Luft. »Ich wollte doch nur, dass es euch, dir gutgeht. Bitte verzeih mir.« Sie ringt um Luft.

Mir wird ganz mulmig bei ihren Worten. »Natürlich tue ich das, aber du wirst wieder auf die Beine kommen. Ganz sicher.« Zart berühre ich ihre Schulter und bemerke, wie hager sie ist. Mein Groll ihr gegenüber beschämt mich jetzt nur noch.

»Vielleicht«, gibt sie röchelnd von sich. Atmet stoßweise ein und aus.

»Agnes? Alles in Ordnung?«

Sie hustet, ringt um Luft. Ihr Gesicht läuft rot an. Das Husten wird heftiger.

»Ture! Ruf den Arzt! Sie bekommt keine Luft. Mach schnell!«

Ture stürmt aus dem Zimmer, ich höre ihn draußen nach einem Arzt rufen.

Agnes' Röcheln wird heftiger. Ich weiß nicht, was ich tun soll. Aus einem Impuls heraus hebe ich Agnes' Oberköper an. »Agnes, atme!« Ich klopfe auf ihren Rücken wie bei einem Baby. Es hilft, sie atmet ruhiger und lässt sich erschöpft zurückfallen.

»Puh … du hast mir und Ture einen höllischen Schrecken eingejagt.«

Die Tür fliegt auf und der Stationsarzt, gefolgt von einer Krankenschwester und Ture stürmen ins Zimmer.

Ich springe vom Bett und überlasse es dem Arzt, sich um Agnes zu kümmern.

Ich bin ganz zittrig vor Aufregung. Agnes so zu sehen, hat mich mehr mitgenommen, als ich vermutet hätte.

Es dauert nicht lang und der junge Arzt wendet sich uns zu. »Alles in Ordnung. Vielleicht nur ein wenig zu viel Aufregung. Sie sollten gehen und ihr Ruhe gönnen.«

Leise schließt sich die Tür hinter ihm und der Schwester.

Ich blicke Ture an. »Lass uns gehen und das tun, was der Arzt uns gesagt hat.«

Vehement schüttelt er den Kopf. »Nein, ich bleibe bei ihr. Fahr du nur.«

»Aber …«

Er hebt die Hand. »Bitte fahr nach Hause. Ich lasse sie nicht allein.«

»Wenn du bleibst, dann bleibe ich auch.«

»Nein, besser nicht.«

»Wie meinst du das? Schließlich wollte Agnes, dass ich herkomme, also wo ist das Problem?«, zische ich leise und sehe zu Agnes, deren schmaler Brustkorb sich ruhig hebt und senkt.

Ture umfasst meinen Unterarm und führt mich aus dem Zimmer.

Er geht einen Schritt von der Tür weg. Streicht sich fahrig durchs Haar. »Weißt du, warum sie hier liegt?«

Ich schüttle den Kopf.

»Nun, sie hatte einen Zusammenbruch, wegen … wegen dir.«

Mir fällt die Kinnlade runter. »Bitte was? Das kann nicht dein Ernst sein?«

»Doch ist es. Sie war ganz außer sich, weil du so ausgerastet bist wegen des Schlüssels und allem, was du gesagt hast. Sie hat alles mitangehört.«

Das kalte Neonlicht zeichnet harte Schatten auf sein Gesicht. Er schießt mir einen Blick zu, der mich frösteln lässt.

Müde reibt Ture sich über das Kinn, während er den Gang entlang sieht. »Im Wagen fing sie an zu weinen und konnte sich nicht mehr beruhigen.« Er schluckt hart. »Plötzlich krümmte sie sich und griff an ihre Brust, verzog das Gesicht und dann wurde sie bewusstlos. Ich bin wie ein Irrer ins Krankenhaus gefahren. Ich dachte, sie hat einen Infarkt, aber Gott sei Dank ist dem nicht so.«

Zermürbt blickt er mich an.

Der Schmerz, den er ausstrahlt, macht mich stumm. Ich weiß nicht, wie ich damit umgehen soll. Dass Agnes wegen mir hier im Krankenhaus liegt, nagt an meinem Gewissen. »Es tut mir so leid«, murmele ich und umarme ihn. »Alles wird wieder gut«, flüstere ich.

»Ich hoffe es.« Er löst sich aus der Umarmung.

»Und dennoch wollte Agnes, dass ich herkomme? Obwohl sie der Meinung ist, dass ich schuld bin?«

Zustimmend nickt er und vergräbt die Hände in die Hosentaschen.

»Sie wollte Frieden mit dir schließen, sie dachte, sie würde sterben – und ich dachte das ebenfalls. Und deshalb ist es nur fair, wenn ich bei ihr bleibe, bis sie sich komplett erholt hat. Und dann sollten wir drei uns zusammensetzen und überlegen, wie es weitergeht.«

Das klingt wie die Verabredung zu einem Meeting über einen Geschäftsabschluss. Und es raubt mir den Atem.

»Ture, der Arzt sah zuversichtlich aus und ich hatte eher das Gefühl, das er recht hat und Agnes sich ausruhen sollte. Es reicht doch, wenn du morgen früh wieder an ihrem Bett sitzt.«

»Ja schon, aber es ist … ich habe ein schlechtes Gewissen ihr gegenüber.«

»Warum das denn?«

»Weil ich ihr am Grab meines Vaters geschworen habe, dass ich immer für sie da sein werde.«

»Aber das bist du doch.«

»Leah, können wir diese Diskussion auf morgen verschieben?« Unruhig sieht er zur Zimmertür. »Ich möchte jetzt bei ihr sein. Ich ruf dich an.« Vorsichtig öffnet er die Tür und gleitet ins Zimmer, ohne sich von mir zu verabschieden, ohne ein versöhnliches Wort.

Ich weiß nicht, was ich sagen oder denken soll. Das Einzige, was mir einfällt, ist *Fick dich*. Doch ich spreche es nicht aus, drehe mich auf dem Absatz um und rausche zum Fahrstuhl.

Schnellen Schrittes durchquere ich die Empfangshalle auf den Ausgang zu. Ich bin so wütend, dass ich schreien könnte. Dabei sollte ich als *Yogini* doch ruhig und gelassen sein. Das zumindest predige ich meinen Teilnehmerinnen immer wieder. Immer schön tief und entspannt ein- und ausatmen und die Dinge von allen Seiten betrachten, bevor wir eine Entscheidung treffen. Schöne Theorie. Doch das hier ist die Realität. Ich stehe draußen in der Kälte und warte auf ein Taxi.

»Alles in Ordnung bei Ihnen?«

Entgeistert sehe ich zu dem Mann neben mir, der mich fragend ansieht. »Brauchen Sie Hilfe?«

»Nein. Brauch ich nicht, ich warte auf mein Taxi«, platze ich heraus. Doch dann sehe ich mir den Mann genauer ihn.

Er lächelt und will gerade gehen.

Doch ich halte ihn am Ärmel seines Mantels fest. »Entschuldigung, tut mir leid, dass ich so unhöflich war. Sie sind der Arzt von vorhin – bei Agnes Wikström, richtig?«

Verdutzt betrachtet er mich. Ich kann es ihm nicht verdenken, denn ich muss furchtbar aussehen, nachdem ich mir vor Wut die Augen ausgeheult habe und mein Mascara nun mit Sicherheit verschmiert ist.

»Ja, das bin ich und Sie sind die Schwiegertochter, nicht wahr?«

»Ähm ja, bin ich.« Rasch senke ich meinen Blick. Es ist mir unangenehm, zu lügen, aber was solls.

»Wie geht es meiner Schwiegermutter wirklich?«

»So weit gut. Machen Sie sich keine Sorgen. Ihr Herz ist kräftig und sie wird noch eine ganze Weile ihr Leben genießen können.«

»Aber was ist mit ihrem Zusammenbruch?«

»Nun, offensichtlich hatte sie nicht genügend getrunken. Sie war ein wenig dehydriert, das kommt schon mal bei älteren Menschen vor. Möglicherweise hat sie in letzter Zeit viel um die Ohren gehabt. Sie sollte mehr auf ihre Ernährung achten und sich sportlich betätigen. Aber das werde ich ihr auch noch ans Herz legen.«

»Heißt das, Agnes war in keinster Weise in Lebensgefahr?«

Er nickt beruhigend. »Richtig. Morgen kann sie wieder nach Hause.« Er deutet mit dem Kinn zur Straße. »Ich glaube, ihr Taxi kommt. Und nochmal, machen Sie sich keine Sorgen.«

Kapitel Sechsunddreißig

Erst zögernd, dann mit Nachdruck drücke ich auf die Klingel neben Astrids Wohnungstür. *Nun mach schon auf!*

Ich streiche über mein noch feuchtes Haar und blicke auf die Tür, als könne ich sie allein mit meinen Blicken öffnen.

Zurück aus dem Krankenhaus, habe ich mich weder umgezogen, noch in den Spiegel gesehen. Wahrscheinlich gleiche ich inzwischen einer Vogelscheuche, aber ich hatte keinen Nerv mich herzurichten. Nachdem ich mit dem Arzt gesprochen hatte, war mir etwas eingefallen, das mich zutiefst beunruhigte. Vielleicht könnte Astrid mir helfen, dem auf den Grund zu gehen.

Ich lege mein Ohr an die Tür. Es ist still. Verzweifelt drücke ich noch einmal die Klingel. Lausche. Grabesstille.

Ich will schon aufgeben, als ich Astrids verschlafene Stimme von innen höre.

»Was ist denn los?«

»Tut mir leid, dass ich dich geweckt habe«, rufe ich zurück.

Im gleichen Moment öffnet sich ihre Tür und Astrid erscheint mit verstrubbelten Haaren, einer weiten Schlafhose und einem Shirt, das mindestens so zerknittert ist, wie ich mich fühle.

»Sorry. Ich wollte dich nicht wecken.«

Ungeniert gähnt sie und reckt ihre Arme nach oben. »Zu spät«, sie geht einen Schritt zurück, winkt mich herein und schlurft voran in Richtung Küche. »Ich mach uns Kaffee.«

»Tut mir wirklich leid, ich dachte, du bist noch wach«, entschuldige ich mich abermals und folge ihr in die Küche.

»Ich bin erst vor ein paar Stunden nach Hause gekommen. Wie trinkst du deinen Kaffee?«

»Schwarz, stark.« Ich blicke zur Küchenuhr über dem Herd. Es ist neun Uhr. Seit zwei Stunden ist mein Leben wieder ein totales Chaos. Wie schnell sich doch alles ändern kann.

»Was habt ihr gestern getrieben?«

Irritiert hebe ich meinen Blick. »Oh, wir waren schick essen. Agnes, Tures Mutter, hatte zum Lucia Fest geladen.«

»Hm, war mit Sicherheit aufregend.« Astrid reicht mir einen Becher und setzt sich auf den Stuhl mir gegenüber. Sie zieht einen weiteren Stuhl zu sich heran, um ihre Beine darauf abzulegen, und lehnt sich abwartend zurück, während sie in ihren Becher pustet.

»Und du, was hast du gemacht?«, frage ich, um nicht gleich mit der Tür ins Haus zu fallen.

»Ich bin mit Freunden um die Häuser gezogen, frag nicht! Es war sehr feucht und fröhlich.« Sie nippt an dem Kaffee. »Autsch, ist der heiß.« Sie pustet weiter in den Becher. »Wo ist Ture?« Sie blickt mich über den Rand des Bechers ernst an.

Unruhig rutsche ich auf dem Stuhl herum, ohne auf ihre Frage einzugehen. Und dann leite ich doch übergangslos zu dem Thema, das mir auf der Seele brennt. »Wie lange lebst du hier schon?«

»Du meinst in dieser Wohnung?«

Zustimmend nicke ich.

Sie wechselt ihre Sitzhaltung, stellt beide Beine auf den Boden, überlegend sieht sie mich an. »Keine Ahnung, so etwa drei Jahre, warum fragst du?« Sie beugt sich vor, versucht, in meinem Gesicht zu lesen. »Was ist los, Leah?«

Ich zögere. Kann ich Astrid wirklich ins Vertrauen ziehen? Auf der Fahrt vom Krankenhaus hierher war ich aufgewühlt über Tures Reaktion und Agnes' offensichtliches Theater um eine vermeintlich tödliche Krankheit, die es gar nicht gibt. Ich habe mir ausgemalt, wie ich bei Astrid sitze und ihr all die Fragen stelle, die mir unter den Nägeln brennen. Immerhin ist sie schon länger Tures Nachbarin. Doch jetzt habe ich Bedenken. So vertraut sind wir nicht miteinander.

»Es war eine blöde Idee, dich da reinzuziehen«, sage ich und mache Anstalten aufzustehen.

»Leah, sieh mich an. Was meinst du damit?« Astrid hält mich am Arm fest. »Jetzt rede schon. Bitte.«

»Es ist mir unangenehm, ich … also gut.« Aus meiner Hosentasche ziehe ich ein Foto heraus und lege es auf den Tisch. »Kennst du diese Frau?«

Astrid zieht sich das Foto heran und betrachtet es eingehend.

»Nein, ich erkenne Ture, seine Mutter, aber weder die blonde Frau neben Ture, noch den Mann. Ist das vielleicht Tures Vater?«

»Ja, das ist er und die Frau neben Ture war seine Verlobte.«

»Seine Verlobte?« Sie lacht schrill. »Der Typ ist echt abgefahren. Hat ja offensichtlich nicht lange gehalten. Als ich ihn kennenlernte, war er mit einer anderen verlobt. Na ja, er ist eben ein Charmeur.« Sie nimmt einen Schluck Kaffee. »Entschuldige«, sagt sie, als sie bemerkt, wie ich um Fassung ringe. »Ich meinte das nicht so.«

»Schon gut, stimmt ja auch. Er hat Charme.« *Auch ich bin darauf angesprungen.* »Okay, und was ist mit dieser Frau, die neben Ture steht?« Ich schiebe ein weiteres Foto über den Tisch.

Eingehend betrachtet sie es, nickt schließlich. »Oh ja, die erkenne ich. Das war Tures Verlobte.«

»Sicher?«

»Ja, zumindest sagte sie es mir, als sie bei ihm eingezogen ist.«

»Kanntest du sie näher? Wart ihr befreundet?«

»Nicht wirklich, manchmal haben wir auf dem Flur ein paar Floskeln ausgetauscht. Sie war nett, aber nicht sehr gesprächig. Und dann war sie von einem Tag auf den anderen verschwunden.«

»Was meinst du mit *verschwunden*?« Aufgeregt beuge ich mich vor.

»Sie ist offensichtlich ausgezogen nachdem …« Sie hält inne, räuspert sich verlegen und dämpft ihre Stimme. »Versteh mich nicht falsch, aber ich hab mitbekommen, wie sie und Ture heftig gestritten haben. Die beiden haben sich heftig angebrüllt. Und – nun ja, ich hatte es nicht eilig in meine Wohnung zu gehen. Du verstehst, was ich meine?«

»Klar, du hast gelauscht. Das ist doch okay, hätte ich wahrscheinlich auch«, stimme ich ihr zu. »Erinnerst du dich noch, worüber sie sich gestritten haben?«

Nachdenklich schürzt sie die Lippen. »Nein, beim besten Willen nicht mehr. Was wahrscheinlich daran liegt, dass sie sich hauptsächlich irgendwelche Schimpfworte und Vorwürfe an den Kopf geworfen haben.«

»Kannst du dich noch an den Namen der Frau erinnern?«

»Hm … irgendwas mit *I*… Ingrid? Isabella? Nein.« Konzentriert ist ihr Blick auf das Foto gerichtet. »Ich habs, Ida. Ja, ihr Name war Ida.«

Fragend sieht sie mich an. »Kannst du mir erklären, was es mit diesen Ex-Frauen von Ture auf sich hat?«

»Das wüsste ich selbst gern«, gebe ich zu und drehe den Becher in meiner Hand. *Eine ist tot und die andere verschwunden. Und doch scheint da ein Zusammenhang zu sein.*

»Geht Ture fremd?«, fragt Astrid leise.

Diese Frage reißt mich aus meinen Gedanken. Ich schüttle den Kopf. »Nicht, dass ich wüsste. Wie kommst du darauf?«

»Offensichtlich interessierst du dich für deine Vorgängerinnen.« Prüfend sieht sie mich an. »Leah, nochmal – was ist los?«

»Das kann ich dir nicht sagen, weil ich es selbst nicht weiß, jedenfalls …« Hektisch springe ich vom Stuhl hoch. Reibe über meine Schläfen. »Okay. In meiner Beziehung geht es gerade ziemlich turbulent zu.«

»Oje, das tut mir leid, ich weiß nicht, was ich sagen soll.«

»Schon gut. Bitte behalte unser Gespräch für dich, okay?«

»Klar.« Sie zuckt mit den Schultern.

»Tut mir leid, dass ich dich geweckt und dich mit diesen irren Fragen bombardiert habe. Ich sollte jetzt gehen. Nochmals, entschuldige bitte.«

»Alles gut. Mach dir keinen Kopf, ich bin verschwiegen wie ein Grab.«

»Danke.« Ich bin schon an der Tür, als mir noch etwas einfällt. Ich bleibe stehen, drehe mich um. »Noch eine Frage, neulich als wir uns zufällig im Starbucks getroffen haben, nachdem ich ein paar Tage verreist war, du erinnerst dich …«

»Ja, du sagtest, du warst in Uppsala.«

Ich winke ab, schäme mich dafür, dass ich sie angelogen habe, und fahre fort. »Du sagtest, dass Tures Mutter ständig da war und ich meinte, dass sie wie eine Glucke sein kann, erinnerst du dich?«

Bejahend nickt sie.

Ich hole tief Luft. »War Tures Mutter Agnes auch ständig hier, als er mit Ida zusammen war?«

Astrid runzelt grübelnd die Stirn. »Ja, war sie. Und jetzt, wo du es sagst …«

»Was?«, unterbreche ich sie aufgeregt.

»Ich erinnere mich, dass bei dem Streit zwischen Ida und Ture ihr Name fiel.«

»Danke«, presse ich hervor.

»Dafür nicht. Wenn ich irgendetwas für dich tun kann, sag es nur.«

»Mach ich.«

Dunkelheit empfängt mich, während ich benommen die Wohnungstür hinter mir schließe. Eine Weile stehe ich einfach nur da, angelehnt an der Tür und lasse das eben Gehörte Revue passieren. Dabei fühle ich weder Wut noch Trauer. Da ist nur ein großes schwarzes Loch, in dem ich versinke. Es ist das erste Mal seit Tagen, dass ich mir wieder eine Pille wünsche, eine von denen, die mich ruhiger werden lassen. Rasch knipse ich das Licht an. Der warme Schein der Lampe hilft mir, da rauszukommen.

Aus dem Kühlschrank nehme ich mir eine Flasche Wasser, und trinke direkt aus der Flasche. Das habe ich schon lange nicht mehr getan. Ture findet es widerlich und nicht Ladylike. Genau deshalb fühlt es sich richtig an. Ich habe es satt, mich für ihn so zu verbiegen, dass nichts mehr von mir übrigbleibt.

Nachdenklich wandere ich durch die Küche, lausche in die Stille. Jedes kleine Geräusch filtere ich heraus. Das Ticken der Uhr, das Brummen des Kühlschranks, ganz schwach vernehme ich den Wind, der um das Haus weht. Es sind diese kleinen Geräusche, die mich erden, die mich selbst wieder näher bringen. So habe ich mich seit Ewigkeiten nicht mehr gefühlt und dieses Empfinden verleiht mir Kraft, weiter nach Antworten zu suchen. Dass ich auch die Option habe, einfach zu gehen, verdränge ich rasch wieder.

Müde reibe ich meine Augen, sie brennen vom langen Starren auf den Bildschirm des Laptops. Mit einem Seufzer lehne ich mich zurück an die harte Stuhllehne. Schraube den Verschluss der Wasserflasche auf und trinke den Rest. Wie schwer kann es sein, einen Namen herauszubekommen? Schließlich bin ich nicht blöd. Verdammt nochmal.

Tures Instagram Account habe ich mühelos gefunden und bin alle Fotos durchgegangen. Doch da ist weder etwas von Brigitta, noch von Ida und auch nichts von mir. Nur verdammte Selfies von ihm, von Landschaften und natürlich seinen Restaurants. Die Bilder und Postings in seinem Facebook-Account bleiben mir verschlossen, weil wir nicht *befreundet* sind. Klar.

Ruckartig stehe ich auf und hole mir eine neue Flasche aus dem Kühlschrank. Während ich trinke, überlege ich, was ich noch tun kann. Dann patsche ich mir selbst an die Stirn. Warum suche ich eigentlich nicht auf der Web-Präsenz des Familienunternehmens von Tures Vater?

Eilig gebe ich den Namen Elias Wikström ein und bekomme prompt gleich mehrere Seitenlinks angezeigt.

Ich öffne die Startseite, navigiere durch die Angebote, sehe mir Fotos von Immobilien, die zum Verkauf oder zur Miete ausgeschrieben sind, an. Klicke mich durch Galerien von Fotos, und lande auf den privateren Seiten, die unter der Rubrik Familie einsortiert sind.

Dann entdecke ich sie: Fotos von Feiern und mittendrin eine Aufnahme von der Verlobung mit Ida. Es ist die Aufnahme, die ich in Tures Kisten entdeckt habe. Ich überfliege den dazugehörenden Artikel und rücke enttäuscht vom Schreibtisch und Monitor ab, als ich nichts Persönliches über Ida finde.

Keinen Hinweis darauf, was sie beruflich macht, woher sie kommt, nichts! Rein gar nichts. War sie so unbedeutend? Nur eine weitere Episode in Tures Leben?

Okay, nächste Suche: Brigitta.

Mittlerweile weiß ich, wie ich vorgehen muss, und gebe

zuerst die Jahreszahl ein. Diesmal werde ich schneller fündig. Doch auch hier finde ich nichts weiter als nur Vornamen. Aber Brigitta könnte mir ohnehin keine Fragen beantworten. Sie ist tot und begraben.

Ich hasse mich selbst für meine eiskalten Überlegungen.

Das hat sie mit Sicherheit nicht verdient und schon gar nicht ihr ungeborenes Baby.

Und da ist wieder die Frage, die mich umtreibt, warum hat Ture mir nie etwas davon gesagt. Auch Agnes nicht.

Ich will mich nicht runterziehen lassen und überlege stattdessen einen neuen Ansatz, wie ich an Informationen über die Familie Wikström komme.

Sigrid. Die sektliebende Frau in Agnes' Küche. Ich wette darauf, dass sie alles über Tures Frauen weiß. Blöderweise habe ich auch von ihr weder einen Familiennamen noch eine Adresse oder Telefonnummer.

Ich konzentriere mich auf das, was sie sagte, kurz bevor Agnes uns unterbrach: *Mein Mann Hugo war ein Geschäftsfreund von Elias.*

Nach langem Suchen werde ich tatsächlich fündig.

Kapitel Siebenunddreißig

Ein schrilles Geräusch dringt in meinen Traum ein und zerstört jäh dieses wunderbare, leichte Gefühl. Murrend drehe ich mich auf die andere Seite. Das Geräusch schwillt an, wird penetranter. Es hört sich an wie die Türklingel.

Verdammt, das ist kein Traum.

Ich fahre hoch, sehe zum Wecker auf dem Nachttisch. »Mist! Zehn Uhr, ich habe verschlafen.« Ich schwinge mich aus dem Bett, werfe mir eine Strickjacke über und schlurfe noch schlaftrunken zur Haustür.

»Moment!«, rufe ich und das Klingeln erstirbt. Ich spähe durch den Spion. Dann reiße ich die Tür weit auf.

»Malte! Was machst du denn hier? Ist etwas passiert?«

»Das wollte ich dich auch gerade fragen.«

Sein Blick wandert über meine zerzausten Haare bis zu den nackten Füßen, die ich abwechselnd an der Pyjamahose reibe, weil ich vergessen habe, mir Socken anzuziehen.

»Du hast nicht auf meine Nachrichten geantwortet, bist nicht ans Telefon gegangen, und da ich in der Stadt bin, dachte ich, ich schau sicherheitshalber mal vorbei. Du wolltest dich doch melden, zumindest war das die letzte Nachricht von dir. Ich hab mir echt Sorgen gemacht.«

»Komm rein.«

Er folgt mir in die Küche. »Kaffee?«, frage ich über die Schulter und aktiviere die Kaffeemaschine.

Zustimmend nickt er und betrachtet mich eingehend. »Du siehst fertig aus und ich meine nicht verschlafen, sondern einfach fertig. Was ist mit dir?«

»Tut mir leid, dass ich mich nicht gemeldet hab, ich war ein wenig im Stress.«

»Was ist passiert?«

»Es ist kompliziert«, weiche ich aus. Dann zünde ich eine Kerze auf dem Tisch an, stelle eine Dose mit Weihnachtskeksen dazu und fülle zwei Kaffeebecher, wovon ich Malte einen reiche. Mit dem zweiten setze ich mich ihm gegenüber und gähne erst einmal herzhaft. Bei jedem anderen wäre mir das peinlich, aber Malte kennt mich in jeder Situation. Es fühlt sich vertraut an.

»Wo ist Ture?«, fragt er und sieht sich um, als müsse er jeden Moment hereinplatzen.

»Frag lieber nicht. Er ist bei seiner Mutter im Krankenhaus. Sie hatte so etwas wie einen Schwächeanfall und Ture ist die ganze Zeit bei ihr.«

»Was Ernstes?«

»Nicht wirklich, laut ihrem Arzt. Und eigentlich wollte Ture sich melden. Hat er aber mal wieder nicht …« Schlagartig wird mir bewusst, dass er sich nicht wie versprochen gemeldet hat.

Malte legt seine Hand auf meine. »Das tut mir leid. Willst du darüber reden?«

»Nein – oder doch. Ich weiß auch nicht, … es ist problematisch. Ich habe das Gefühl, dass mein Leben gerade den Bach hinunterrinnt.«

Seit einer Stunde sitzen wir am Küchentisch und ich erzähle ihm dann doch die ganze Geschichte. Von der Einladungs-Mail, der Lodge, meinem Überlebenskampf, meiner

Erkenntnis, wie es wirklich damals war, dass ich nicht die Schuld trage an dem Unfall meiner Familie. Bis zu den Problemen mit Agnes' ständiger Anwesenheit.

Es tut gut, mir alles von der Seele zu reden und es ist anders als bei Isak. Malte kennt mich besser als jeder andere Mensch auf der Welt. Bei ihm kann ich mich fallen lassen, brauche weder stark zu erscheinen noch muss ich irgendwas beschönigen.

Als ich mit der Vermutung ende, dass ich mir womöglich die Mail mit der Einladung in die Lodge selbst geschickt habe, um endlich mein Trauma loszuwerden, schüttelt Malte vehement den Kopf.

»Das kann ich mir nicht vorstellen. Dann müsstest du dich doch daran erinnern, wie an alles andere auch.«

»Eben nicht. Ich habe anstelle der verschriebenen Antidepressiva Ritalin geschluckt und eine der Nebenwirkungen ist Gedächtnisverlust.«

Malte pfeift durch die Zähne. »Ritalin! Wie kommst du denn an die?«

»Du kennst die Pillen?«

»Ich hab mal gelesen, dass sich Junkies die Dinger als Drogenersatz besorgen.«

»Und wie kommen die an diese Tabletten?«

»Illegal – Schwarzmarkt oder gefälschte Verschreibungen.«

»Hm. Ich hatte vorher noch nie etwas von diesen Tabletten gehört oder gelesen.«

»Nimmst du sie jetzt noch?«

»Nein, ich nehme auch keine Antidepessiva mehr.«

Seine Erleichterung darüber ist greifbar.

Er legt seine Hand auf meine. »Ich bin so froh für dich, dass du jetzt weißt, was damals wirklich geschehen ist. Nur das zählt im Moment.«

»Ja, ich weiß und bin erleichtert, aber da sind noch so viele Ungereimtheiten.«

»Kann ich mir vorstellen. Aber ich frage mich immer

noch, wie du an diese Ritalinpillen gekommen bist.« Malte lehnt sich nachdenklich zurück. »Vielleicht war das auch so ein Ding mit deinem Unterbewusstsein.«

»Nein. Ich bin mir zu hundertprozent sicher, dass sie mir untergeschoben wurden.«

»Und von wem?«

»Von Ture.«

»Leah, ich bitte dich. Warum sollte er das tun? Und wie? Er wusste doch nicht mal, dass du Antidepressiva nimmst.«

»Doch, das wusste er. Er hat sie zufällig gefunden, dass behauptet er jedenfalls. Und er hat darüber geschwiegen, erst als ich ihm alles erzählte, rückte er damit heraus.«

Fassungslos sieht Malte mich an, bevor ich ihm auch von der geheimen Box mit meinen Erinnerungen erzähle, in der Informationen über die Lodge waren, in der meine Familie nie war, weil sie meinem Vater zu luxuriös war. »Also sag mir, warum sollte ich genau dort hinfahren?«, frage ich. »Wenn ich mich nicht selbst dorthin gelotst habe, wer dann? Wenn nicht er?«

»Warum sollte er dir das antun?«

»Keine Ahnung.«

»Ich hab ein mieses Gefühl bei der ganzen Geschichte. Wieso gehst du nicht einfach? Packst deine Sachen und beendest die Beziehung?«

»Weil ich wissen muss, ob Ture mir diese verdammten Pillen untergeschoben hat. Andernfalls werde ich mich bis zum Rest meines Lebens immer wieder fragen, was er damit bezwecken wollte und warum ich dem nicht nachgegangen bin. Verstehst du?«

»Da ist was dran.« Nachdenklich blickt Malte aus dem Fenster.

Dichter Nebel ist aufgezogen und hüllt uns ein.

»Das alles behagt mir nicht. So wie du es beschrieben hast, steckt da ein gewisses Kalkül dahinter.«

Bei seinen Worten wird mir kalt.

»Leah, wenn du dir absolut sicher bist, dann geh zur Polizei.«

Vehement schüttle ich den Kopf. »Nein, das kann ich nicht tun, nicht ohne Beweise.«

Nachdenklich steht er auf, vergräbt die Hände in die Hosentaschen. Geht ein paar Schritte durch die Küche. Bleibt dann vor mir stehen.

»Denkst du ernsthaft, dass Ture dir was antun will?«

»Ich weiß es nicht, aber ich habe sonst keine Erklärung. Und da ist noch viel mehr, was zumindest verdächtig ist. Er hat mir zum Beispiel nie gesagt, dass seine Verlobte Brigitta schwanger war, als sie den Unfall hatte. So etwas erwähnt man doch, oder?«

»Nicht, wenn es zu sehr schmerzt«, widerspricht Malte und setzt sich wieder. »Und woher weißt du, dass Brigitta schwanger war?«

Mit dem Daumennagel fahre ich die Furchen auf dem Tisch entlang. Ich mag ihn nicht ansehen. »Ich hab in seinen Sachen geschnüffelt und ein Ultraschallfoto gefunden.« Langsam hebe ich meinen Blick. »Sieh mich nicht so an. Du weißt, dass ich so etwas unter normalen Umständen nie tun würde. Aber ich war verzweifelt.«

Malte winkt ab. »Es steht mir nicht zu, darüber zu urteilen. War das alles, ein Ultraschallfoto?«

»Nein, ich fand auch noch ein weiteres Verlobungsfoto mit einer anderen Frau. Aufgenommen nur ein Jahr nach Brigittas Tod. Auch das hat er mir verschwiegen. Nicht ein Wort hat er darüber verloren. Laut meiner Nachbarin ist ihr Name Ida. Doch offensichtlich hat das zwischen den beiden nicht lange gehalten und sie ist nach einem heftigen Streit, der sich um seine Mutter drehte, verschwunden.«

»Um seine Mutter, um Agnes?«

»Ja. Und weißt du was? Ich kann das gut nachvollziehen.« Ich stütze mein Kinn auf die Hand auf und sehe aus dem Fenster. Der Nebel ist dichter geworden. So wie der Nebel in meinem Kopf.

»Und wie soll es jetzt deiner Meinung nach weitergehen? Was hast du vor? Willst du hierblieben? Ihn zur Rede stellen, abwarten, bis dir wirklich was passiert?«, will Malte wissen.

»Nein, ich muss Ida finden.« Ich richte mich auf.

»Und wie willst du das anstellen?«

»Ich muss mit Sigrid sprechen, sie ist eine Freundin der Familie. Sie kann mir vielleicht mehr sagen.«

»Du bist verrückt.«

»Mag sein, ganz bestimmt sogar.« Eindringlich sehe ich ihn an. »Ich brauch deine Hilfe.« Flehend sehe ich ihn an. »Ich würde dich nicht bitten, wenn es nicht wichtig für mich wäre.«

Nachdenklich verzieht er die Mundwinkel von rechts nach links. Eine Eigenart von ihm, wenn er abwägt und mit einer Entscheidung kämpft. »Okay. Was kann ich tun?«, fragt er schließlich.

»Ich hab keinen Wagen und ich brauch jemanden, dem ich vertrauen kann und der … der mich fährt.«

Er lacht. »Du solltest dir wieder ein Auto zulegen. Oder hast du immer noch Angst zu fahren?«

»Ich habe keine Angst, ich habe Prinzipien.« Gleichgültig zucke ich mit den Schultern.

»Aha.« Er stupst mit dem Finger an meine Nasenspitze. »Leah, wen willst du hier verschaukeln?«

Wir lachen. Und dieses gemeinsame Lachen treibt mir Tränen in die Augen.

»Also gut, ich werde deinen Chauffeur spielen.«

Kapitel Achtunddreißig

Keine halbe Stunde später sitze ich in Maltes altem Pick-up, der schon bessere Zeiten gesehen hat. »Kannst du dir nicht mal einen neuen Wagen zulegen?«, frage ich und kämpfe mit dem Sicherheitsgurt.

Malte beugt sich rüber und hilft mir. »Wozu? Ich liebe dieses Gefährt. Es ist zuverlässig und robust. Du erinnerst dich bestimmt, wie wir damit in die Berge gefahren sind und er wie ein Kätzchen schnurrte und uns sicher ans Ziel brachte.«

»Oh ja, obwohl das Kätzchen eher ein launischer Berglöwe mit Schluckauf war. Hoffen wir mal, dass dein Oldtimer uns noch heil nach *Kottla* bringt.«

»Das schafft er schon, sind ja nur knappe zwanzig Minuten.« Er zwinkert mir zu.

Wie habe ich dieses Zwinkern, diese Leichtigkeit vermisst und ich will sie zurück. Nicht mit Malte, der wirklich nur noch ein guter Freund ist. Ich will sie wieder mit Ture spüren. Ich wünsche mir nichts sehnlicher, als aus diesem Albtraum zu erwachen. Ich sollte ihn anrufen oder zumindest eine Nachricht schicken. Angestrengt wühle ich in meiner Jackentasche nach dem Handy. »Elendes Mistding«, fluche ich leise vor mich hin, als ich bemerke, dass es sich im Innenfutter der Tasche verheddert hat. Endlich bekomme ich es frei und tippe hastig eine Textnachricht, in der ich frage, wie es Agnes geht. Ich stecke das Handy wieder in die Jackentasche, stütze meinen Arm an der Türlehne auf und sehe aus dem Fenster.

Verstohlen linst Malte zu mir herüber. »Bist du okay?«

»Könnte nicht besser sein«, erwidere ich, ohne meinen Blick von der vorbeirauschenden Landschaft zu nehmen, die durch den Nebel, etwas Magisches hat, fast wie im Märchen, in der die Prinzessin nur auf ihren Prinzen wartet. Ich hoffe, dass sich alles klären wird, dass dieser Spuk sich auflöst, wie der Nebel, der den Kampf mit der Sonne verliert.

»Der ist ja immer noch da«, grummelt Malte in meine Träumereien hinein.

Ich richte mich auf und sehe zu Malte hin, der angestrengt in den Rückspiegel sieht.

»Wovon redest du?«

»Seit wir Stockholm verlassen haben, klebt dieser schwarze SUV wie eine Klette an uns.«

Ich drehe mich um, sehe einen Polo und dahinter einen SUV. »Ja, da ist ein SUV«, bestätige ich. »Aber weißt du, wie viele schwarze SUV es gibt und stell dir vor, es gibt tatsächlich viel zu viel Autos auf den Straßen und deshalb bevorzuge ich das Fahrrad.«

»Bitte jetzt keine Vorträge über den Klimawandel und so.«

»Keine Sorge, ich halte meinen Mund, schließlich sitze ich hier in diesem alten Pick-up um schnell an mein Ziel zu kommen. Wann sind wir da?«

»Laut Navi in fünf Minuten.« Er sieht zu mir herüber. »Weiß Sigrid, dass du kommst?«

Ich räuspere mich, schüttle den Kopf.

»Oh bitte, Leah.«

Gleichgültig zucke ich mit den Schultern. »Das Überraschungsmoment zählt.«

»Wenn du es sagst.«

Ein paar Minuten später fahren wir über eine langgestreckte Zufahrt auf das herrschaftliche Haus zu. Wieder sieht Malte in den Rückspiegel. »Er ist weg.«

»Wen meinst du?«

»Unseren *Verfolger,* den SUV.«

»Na, Gott sei Dank«, gebe ich theatralisch von mir, richte mich auf und bestaune das Anwesen. Hinter dem Haus kann ich einen See ausmachen.

Als ich aussteige, bemerke ich die Ruhe, die hier herrscht, und sehe mich um. Da ist kein Schnörkel, keine Protzigkeit, weder am Haus noch auf dem Grundstück, ganz anders als bei Agnes. Das Haus vor mir hat gerade klassische Linien und braune Fensterläden, die einen harmonischen Kontrast zu der hellen Fassade bilden. Es hat Charakter und gefällt mir.

»Was ist, fehlt dir doch der Mut einfach so hereinzuplatzen?«

»Nein. Ich bewundere nur die Architektur.« Er hat recht, ich schinde Zeit, bin nervös und vielleicht ist mein Vorhaben doch etwas unüberlegt.

»Möchtest du, dass ich mit reinkomme?«

»Ich weiß nicht, vielleicht ist es besser, wenn du wartest. Ich möchte nicht, dass Sigrid sich überrumpelt fühlt.«

Ein tiefer Gong ertönt, als ich auf den messingbeschlagenen Knopf drücke. Hinter der Tür ist es still. Ich gebe mir noch zehn Sekunden und dann werde ich erneut diesen Knopf drücken. Nur noch einmal. Und wenn Sigrid nicht öffnet, rufe ich sie an. Mache es so, wie es sich gehört, frage sie, ob sie mich sehen will.

Gerade als ich den Finger auf den Knopf lege, wird die massive Holztür aufgezogen.

»Leah!« Perplex sieht mich Sigrid an und ich befürchte, sie wird mir gleich die Tür vor der Nase zuschlagen.

»Was für eine Überraschung«, verkündet sie freudig.

»Komm rein.« Ihre Augen wandern zu dem Pick-up. »Möchte dein Begleiter auch hereinkommen?«

Ich werfe einen raschen Blick zu Malte, der am Wagen lehnt und mir zunickt. »Nein. Er hat mich nur gefahren. Es tut mir leid, dass ich unangemeldet reinschaue.«

»Das ist überhaupt kein Problem. Komm schnell, ich hab Plätzchen im Backofen. Nicht, dass sie noch verbrennen.« Eilig schreitet sie voran. »Ich probiere gerade ein neues Plätzchen-Rezept aus. Das ist immer wieder spannend.«

»Es duftet lecker«, kommentiere ich, während ich ihr in die Küche folge.

»Aber der Duft ist nicht alles, es ist ja nur die Hülle des Ganzen. Der Geschmack, also das wesentliche, was einen Keks ausmacht, ist entscheidend«, erklärt Sigrid mit roten Wangen und holt das Backblech aus dem Ofen.

Ich bin gefangen von der Atmosphäre, die in der Küche herrscht. Es fühlt sich so an, wie ich es als Kind erlebt habe, wenn meine Mutter Plätzchen gebacken hat. Die Fensterscheiben sind beschlagen, das Mehl auf der Arbeitsfläche, die Wärme aus dem Backofen und dann der Duft nach Zimt, Kardamom und Safran.

Sigrid stellt das Backblech auf die Arbeitsplatte unter dem Fenster. Stolz blickt sie mich an. »So und nun verkosten wir. Setz dich. Gott, ich bin so aufgeregt.«

Zwei Minuten später schiebt sie mir einen Teller mit Plätzchen über den Tisch, setzt sich mir gegenüber und beäugt mich abwartend. »Du als Erste. Und nicht schwindeln, ich bin ein großes Mädchen und vertrag Kritik.« Sie zwinkert mir zu. »Na ja, aber nur gerechte Kritik.«

Während ich in den Keks beiße, verziehe ich keine Miene. Ungerührt sehe ich Sigrid an, die gebannt jede Bewegung meines Mundes, meiner Augen, einfach alles in sich aufnimmt. Ich sage nichts. Es macht mir Freude, Sigrid zappeln zu lassen.

»Also, was ist nun – sind die gut oder ungenießbar?«, fragt sie aufgeregt.

»Sigrid, was soll ich sagen?«

»Die Wahrheit natürlich.«

»Die sind köstlich. Ehrlich, ich bin begeistert.«

Ich ergötze mich an ihrer Erleichterung und ihre Freude springt zu mir über. Es ist lange her, dass ich mich so gelöst und aufgehoben gefühlt habe, auch wenn der Moment schnell verfliegt, denn ich bin ja nicht hier, um über Kekse zu reden.

Sigrid stellt mir einen Becher Kaffee hin, setzt sich wieder mir gegenüber und knabbert selbst an einem Keks. »Die sind wirklich gut.« Sie betrachtet eingehend den Keks in ihrer Hand, während sie beiläufig fragt: »Und nun erzähl, warum bist du hier? Du bist wohl kaum zufällig in der Gegend gewesen, habe ich recht?«

Ich lasse mir Zeit. »Stimmt und es ist mir unangenehm, aber ich möchtet dich etwas fragen, es ist wichtig für mich.«

»Dann frag doch einfach.«

Aus meiner Jackentasche ziehe ich das Verlobungsfoto von Ida und Ture, schiebe es über den Tisch zu ihr. »Kennst du diese Frau?«

Eingehend betrachtet sie das Foto. »Ja, das ist Ida Sjögren.« Verlegen leckt sie sich über die Lippen, als sie mich ansieht. »Du wusstest nichts von der Verlobung mit Ida?«

»Nein. Ich wusste nur von Brigitta. Was ist passiert, dass niemand über sie redet?«

Seufzend stemmt Sigrid sich auf dem Tisch ab, ein Knarzen von dem Stuhl ertönt, während sie aufsteht und zur Spüle geht, den Wasserhahn aufdreht und sich ein Glas füllt. In großen Schlucken trinkt sie. Dann wendet sie sich zu mir um.

»Leah, du bringst mich in eine Situation, die mir nicht behagt. Ich bin schon so lange mit den Wikströms befreundet und mische mich ungern in anderer Leute Dinge.«

»Schon gut, das verstehe ich. Tut mir leid.« Wir sehen uns an. Und erst jetzt wird mir bewusst, dass auch ich mich auf dünnem Eis bewege. Was weiß ich schon wirklich über Sigrid? Vielleicht ist sie ja eine Busenfreundin von Agnes und spielt mir nur etwas vor, um herauszubekommen, was ich tue, sage und vorhabe.

»Entschuldige Sigrid, dass ich dich damit belästigt habe. Ich dachte nur, weil wir uns so nett an dem Abend bei Agnes unterhalten hatten, kann ich dir vertrauen.« Ich stehe auf und wende mich zum Gehen, bleibe im Türrahmen stehen und sehe sie an. »Bitte kein Wort zu Agnes oder Ture. Versprich es mir.«

Sigrid brummelt vor sich hin. »Ach verdammt. Setz dich wieder, wenn du schon mal da bist.«

Ich zögere.

»Nun mach schon.«

Sie setzt sich wieder an den Tisch. Und ich folge ihr.

»Also, die beiden haben sich kurz nach Brigittas Tod kennengelernt. Frag mich nicht wie oder wo, ich weiß es nicht. Die Verlobung fand im kleinen Kreis statt und es schien, dass es Ture mit Ida gut geht. Und so hat jeder von uns den Mund gehalten und über die komische Stimmung aller anderen hinweggesehen. Und außerdem, was geht es uns an.« Sie nimmt einen Schluck Kaffee. »Ich weiß nur von meinem Mann, das Tures Vater sich von da an immer mehr zurückzog. Er schien nicht glücklich zu sein über diese Verlobung. Und Agnes … nun ja, sie auch nicht.« Nervös weicht sie meinem Blick aus. »Das ist alles, was ich dir dazu sagen kann.«

»Danke dir.«

Wir schweigen einen Moment. »Weißt du eigentlich, dass Agnes im Krankenhaus liegt, weil sie einen Schwächeanfall hatte«, frage ich, als das Schweigen anhält.

Sie zögert mit ihrer Antwort. »Ja, Ture hat mich informiert. Aber so schlimm scheint es ja nicht zu sein.«

An ihrer Reaktion bemerke ich, dass sie Agnes doch nicht so nahesteht, wie ich dachte. Es erleichtert mich.

»Danke für deine Zeit und die leckeren Kekse. Die sind dir wirklich gelungen.«

Jetzt lächelt Sigrid wieder, steht ebenfalls auf und legt ein paar Kekse in eine Tüte. »Hier, für dich und deinen Fahrer.«

An der Haustür umarmt sie mich unerwartet herzlich, drückt mich fest an ihren mächtigen Busen. »Pass auf dich auf, Leah.«

»Das mach ich.«

Sie hält mich immer noch fest, dann löst sie ihre Umarmung und ringt mit sich, als ob sie noch etwas sagen soll.

»Was ist?«, frage ich.

»Was willst du von Ida?«

»Ich muss mit ihr reden über Ture – und über Agnes.«

Sigrid beißt sich kurz auf die Unterlippe, hält meine Hände fest.

»Ida wohnt in dem kleinen Ort *Stenskär*.« Sie lässt mich abrupt los, dreht sich um, eilt ins Haus und schließt die Tür.

Der Pick-up rumpelt die Landstraße entlang. Beherzt beißt Malte in einen Keks. »Hm … die sind wirklich hervorragend, ich hoffe, du hast dir das Rezept geben lassen.« Verschmitzt sieht er mich an.

»Leider nein, aber dafür hab ich den Nachnamen und den Ort, in dem Ida lebt, herausbekommen.«

»Prima, und was jetzt?«

»Keine Ahnung, ich muss das erst einmal sacken lassen.«

Nachdenklich sehe ich aus dem Seitenfenster. Der Nebel lichtet sich langsam und ich erkenne Häuser, schneebedeckte Wiesen und erahne in der Ferne das Meer. Aus heiterem Himmel verspüre ich Sehnsucht nach dem Sommer, Strand und den Wogen der Wellen, die mich tragen, das Salz auf den Lippen, Wärme auf meiner Haut.

Nur schwer reiße ich mich von meinen Gedanken los und hole mein Handy aus der Jackentasche, diesmal ohne, dass es sich verhakt hat. Ich schalte es ein und da ist eine Nachricht von Ture:

Hej Süße,

danke, dass du nachfragst. Es geht Agnes einigermaßen. Ich habe sie gerade nach Hause gebracht. Bin jetzt auf dem Weg nach Hause.

Ich sehe auf meine Armbanduhr. Er hat die Nachricht vor einer Stunde geschrieben. »Mist.«

»Was ist los?«

»Wir müssen uns beeilen. Ture ist wieder zu Hause.«

Kapitel Neununddreißig

»Lass mich hier an der Ecke raus.«

»Leah, das ist albern.«

»Nein, ist es nicht. Bitte Malte, es ist besser, wenn Ture nicht weiß, dass du bei mir bist und wo wir waren.«

Brummelnd hält Malte in einer Nebenstraße an und lässt mich raus.

»Ich ruf dich an.«

Bevor er etwas erwidern kann, knalle ich die Tür zu und komme mir schäbig vor, dass ich Malte so zurücklasse. Aber ich kann nicht anders.

Mit gesenktem Kopf umrunde ich ein paar Wohnblocks, bis mein Haar vom Nebel feucht ist. Ich fasse es nicht, dass ich das mache. Dass ich zu solchen Dingen überhaupt fähig bin. Aber ich muss eine Ausrede glaubwürdig präsentieren, dass ich spazieren war. Tief atme ich durch, Maltes Ratschlag, dass ich einfach meine Sachen packen und die Beziehung beenden soll, kreist in meinem Kopf. Ich wäge es ab und komme wieder zu dem Schluss, dass es dafür längst zu spät ist. Ich will, ich muss wissen, was hier gespielt wird.

Es sind nur noch wenige Meter bis zu unserem Haus, ich renne los, sperre mit zitternden Händen die Haustür auf, haste die Treppe hoch in den dritten Stock. Mein Atem rast und meine Hände zittern immer noch, als ich den Schlüssel ins Schloss stecke. Ich bin vollgepumpt mit Adrenalin und das ist genau das, was ich jetzt brauche, Adrenalin.

»Puh«, keuche ich demonstrativ laut, beuge mich vor, stütze meine Hände auf die Oberschenkel. Lausche, wo Ture sein könnte. Als ich nichts höre, räuspere mich laut, rufe nach ihm.

»Ich bin in der Küche.«

Ich setze ein Lächeln auf und drücke die Küchentür auf. Ich sehe gerade noch, wie Ture eine Textnachricht schreibt und das Handy auf den Tisch legt. Mir wird schwindelig, als ich die beiden Kaffeebecher sehe.

»Hej«, sage ich und vermeide es, weiter auf die Becher zu starren.

»Wo warst du?«, will er wissen.

»Ein wenig frische Luft schnappen, ich brauchte Bewegung.«

»Und? Geht es dir jetzt besser?«

»Ja – was ist mit Agnes, wie geht es ihr?«

»Soweit gut, sie ist immer noch schwach, aber es besteht keine Gefahr für sie.«

»Sehr gut.«

»Hattest du Besuch?«

Fragend sehe ich ihn an.

Er deutet auf die Becher.

»Oh ja, Astrid war hier, wir haben einen Kaffee zusammen getrunken.«

Rasch nehme ich die Becher vom Tisch und eile zum Geschirrspüler.

»Hm … Astrid also. Das hat sie gar nicht erwähnt, als ich sie nach dir fragte.«

Mir fällt fast einer der Becher aus der Hand. Ich vermeide es, ihn anzusehen. »Das war auch gestern, nicht heute«, gebe ich selbstbewusst von mir und schließe mit einem Ruck den Geschirrspüler.

Lächelnd gehe ich auf ihn zu, lege die Hand auf seine Brust. »Wie geht es dir? Du warst gestern ziemlich fertig.« Nur mühsam unterdrücke ich den Impuls, ihm an den Kopf zu werfen, dass er sich mir gegenüber wie ein Arsch verhalten hat, denn jetzt ist nicht der richtige Zeitpunkt und ich nicht in der Position. Irgendetwas ist anders an ihm.

»Besser«, erwidert er, weicht zurück und vergräbt seine Hände in den Hosentaschen. »Leah, ich werde ein paar Tage bei Agnes bleiben. Sie ist allein und das schafft sie nicht. Nicht in ihrem Zustand. Bitte mach mir jetzt keine Szene, das ist das Letzte, was ich gebrauchen kann.« Eindringlich sieht er mich an. »Mir ist bewusst, dass auch du darunter leidest. Aber sehen wir es doch sportlich. Es ist eine Prüfung, ob wir Krisen meistern können.«

Auch ich schiebe meine Hände in die Hosentaschen und fühle dabei das Foto von Ida und halte seinem Blick stand. »Da stimme ich dir zu, es ist eine Prüfung.«

Ein leises Piepen ertönt von seinem Handy. Rasch greift er danach und liest die Nachricht. »Verdammt nochmal!« Unruhig geht er auf und ab. »Ich habe das Gefühl, dass die ganze Welt sich gegen mich verschworen hat.«

»Was ist passiert?«

»Ein Dilemma in einem meiner Restaurants. Krankes Personal und dann auch noch verstopfte Klos. Mein Gott, wozu habe ich eigentlich Restaurantleiter eingestellt, wenn sie nicht mal fähig sind, einen Klempner anzurufen!«

So außer sich habe ich Ture noch nie erlebt. Er wirkt unbeherrscht und strahlt eine Wut aus, die mich erschreckt. Doch ich sage nichts und weiche auch nicht zurück, als er näherkommt.

»Leah, ich muss dich um einen Gefallen bitten.«

Kapitel Vierzig

»Agnes, soll ich den Kamin anzünden?«, frage ich mit einer zuckersüßen Stimme. Dabei ist mir gar nicht danach. Ture hat mich überredet, bei Agnes zu bleiben, bis er alles geregelt hat und mir versprochen, mich dann wieder nach Hause zu fahren. Agnes war alles andere als begeistert, mich zu sehen. Die Enttäuschung stand ihr ins Gesicht geschrieben.

Ich versuche, die Situation als gegeben hinzunehmen, weiß ich doch, dass Ture bald zurück sein und dann ein paar Tage hier bei seiner Mutter bleiben wird. Indessen kann ich mich auf das konzentrieren, was ich vorhabe. Das ist Motivation genug, Agnes' Gestöhne und ihre jammervolle Stimme zu ertragen.

»Was ist Agnes? Soll ich nun den Kamin anfeuern, oder wollen wir einen kleinen Spaziergang machen?«, wiederhole ich meine Frage und blicke zu ihr. Sie hat sich auf das riesige Sofa unter dem Fenster gebettet und die Augen geschlossen, doch ich weiß, dass sie nicht schläft.

Ich gehe zu ihr, lasse mich vorsichtig auf dem Rand des Sofas nieder und greife nach ihrer Hand. Es kostet mich Überwindung, ihre Hand zu halten. »Komm Agnes, frische Luft wird dir guttun und anschließend machen wir es uns vor dem Kamin bei einer heißen Tasse Kaffee gemütlich.«

Sie blinzelt mich an, atmet schwer ein und aus. »Ja, vielleicht hast du recht«, formuliert sie die Worte mit brüchiger Stimme.

Langsam schlendern wir hinunter zum Meer, eine leichte Brise weht uns ins Gesicht. Agnes hat sich bei mir untergehakt, immer wieder bleibt sie stehen und lässt ihren Blick über das Anwesen und das Meer gleiten.

Unter einer Birke ist eine Bank, auf die wir uns setzen, nachdem ich sie vom Schnee befreit habe. Wir schweigen und genießen die Geräusche, die salzige Luft, die schwachen Sonnenstrahlen auf unseren Gesichtern und die Weite.

»Hier habe ich oft mit meinem Mann gesessen und genau wie wir beide jetzt, haben auch wir geschwiegen und nur auf das Meer geschaut.« Seufzend wischt sie über ihre feuchten Augen.

In diesem winzigen Moment habe ich Mitgefühl für sie und ich strafe meine Gedanken von vorhin.

»Er fehlt dir, nicht wahr?«

Sie wendet sich flüchtig zu mir. »Was für eine Frage. Natürlich vermisse ich ihn.« Sie reckt ihr Kinn. Dann stößt sie einen erneuten Seufzer aus, als wäre die Last, die sie trägt, unermesslich groß. »Entschuldige bitte. Manchmal erdrücken mich die Erinnerungen.«

»Ja, das kann ich verstehen.«

Fragend sieht sie mich an. »Wirklich? Hast du denn schon jemanden, den du geliebt hast, verloren?«

Rasend schnell überlege ich mir die richtige Antwort. Ich will nicht mit Agnes über meine Familie reden. »Haben wir das nicht alle irgendwann, einen geliebten Menschen verloren?«, flüchte ich mich in eine Floskel.

»Warum redest du nie über deine Familie?«

»Weil es nichts gibt, was ich zu sagen hätte.«

Abschätzend studiert sie meine Gesichtszüge. »Ture hat mir alles erzählt. Du brauchst dich nicht mehr zu verstellen.«

Mir bleibt die Luft weg. Ich hätte es mir denken können und doch hatte ich gehofft, dass er es ihr nicht sagt. »Nun, dann weißt du ja alles.«

»Ja und ebenso, dass du meinen Sohn beschuldigt hast, dich in eine Falle gelockt zu haben. Doch wie sich herausgestellt hat, warst du es selbst. Solche Dinge sind tödlich für eine Beziehung. Ich bewundere meinen Sohn, dass er immer noch zu dir steht.«

Ich presse meine Kiefer aufeinander, bis der Schmerz über die gemeinen Worte überhandnimmt und ich nicht ausraste.

»Er liebt mich. Vielleicht ist das ja etwas, was du nicht verstehen kannst.«

Sie schießt mir einen Blick zu, den ich schwer deuten kann. Verachtung? Verwunderung? Es ist mir egal.

»Mag sein.«

Urplötzlich nimmt sie meine Hand, hält sie fest umschlossen. »Ich stehe trotzdem zu dem, was ich im Krankenhaus zu dir sagte. Ich will nur das Beste für euch beide. Und wenn er dich liebt und du ihn, dann soll es so sein. Ich werde euch nicht im Weg stehen und für die Zukunft auch nicht unangekündigt in euer Leben platzen. Die Schlüssel habe ich euch ja schon gegeben.«

Ich weiß nicht, was ich sagen soll. Da ist Freude, aber auch etwas, dass sie dämpft. Denn die Worte kamen nicht von Herzen. Nicht so wie im Krankenhaus, als ich dachte, sie würde sterben.

Ich zucke zusammen, als eine Möwe laut kreischend über unseren Köpfen fliegt und sich Sekunden später in das Meer stürzt, um kurz darauf mit einem Fisch im Schnabel wieder aufzutauchen.

»Faszinierend, nicht wahr? Ich mag es, den Möwen

zuzusehen wenn sie jagen. Sie sind schnell und zielsicher«, kommentiert Agnes die Szene. Mit einem Leuchten in den Augen dreht Agnes sich zu mir um. »Leah, nur zu deiner Information, wenn ich eines verabscheue, dann ist es Unaufrichtigkeit.« Ungerührt blickt sie wieder aufs Meer.

Fassungslos über diese Aussage ringe ich mit mir. Die Frage nach Ida liegt mir auf den Lippen. Ich will sie fragen, wieso sie die Ex-Verlobte verheimlicht, von wegen Unaufrichtigkeit.

Ich verstehe diese Frau immer weniger.

Wie kann man nur so kühl, so distanziert, so herzlos sein?

»Wollen wir reingehen? Mir ist kalt.« Ohne auf ihre Antwort zu warten, erhebe ich mich.

»Kannst du mir bitte helfen, aufzustehen?«

»Aber natürlich«, erwidere ich ohne zu zögern, und schenke ihr ein Lächeln. Für einen Augenblick genieße ich ihre Verwunderung über meine freundliche Reaktion.

Als ich die Tür zum Haus öffne, empfängt uns wohlige Wärme. Agnes sieht mich fragend an. Ich zucke nur ratlos mit den Schultern und gehe voran ins Wohnzimmer, dicht hinter mir Agnes.

Angelehnt an den Kamin, mit dem Rücken zu uns, steht Ture und blickt in die züngelnden Flammen. Als er uns hört, dreht er sich um. Er sieht müde und nachdenklich aus.

»Da seid ihr ja.« Seine Miene erhellt sich, während er seine Mutter auf die Wange küsst und dann mich umarmt. Die Reihenfolge ist mir nicht entgangen, sie ist wie ein Schlag in die Magengrube. Aber was habe ich erwartet, nach alldem, was zwischen uns an Spannungen herrscht.

»Wo wart ihr?«

»Unten am Meer, wir haben den Möwen beim Jagen zugesehen, nicht wahr, Agnes?«

»Sie war sehr erhellend, diese Jagd.« Sie lächelt mich an, während sie sich bei Ture unterhakt. »Ich muss mich setzen, der Spaziergang war etwas zu viel für mich.«

Kommentarlos rückt Ture einen Lehnstuhl vor dem Kamin zurecht, in den sie sich seufzend niederlässt.

Ture blickt zu mir, verneigt sich formvollendet und deutet lächelnd auf den anderen Lehnstuhl. »Lady, nehmen Sie Platz.«

Ich bin so perplex, dass ich, ohne zu zögern, seiner Aufforderung nachkomme.

Zärtlich streicht er über meine Wange, zwinkert mir zu, beugt sich vor und flüstert in mein Ohr: »Ich liebe dich.«

Mit allem habe ich gerechnet, aber nicht damit.

»Ladys, ich gehe jetzt in die Küche und bereite unser Abendessen vor. Es gibt gedünsteten Lachs mit Kräuterkartoffeln. Was sagt ihr?«

»Mein Leibgericht. Ich danke dir, mein Lieber«, säuselt Agnes.

Ich enthalte mich einer Antwort, lächle nur. So viel dazu, dass ich schnell nach Hause komme. Innerlich verschiebe ich mein Vorhaben auf morgen.

Agnes und ich schweigen, während wir im Hintergrund das Klappern von Geschirr, das Öffnen und Zuschlagen von Schranktüren und dem unmelodischen Pfeifen von Ture lauschen.

»Ich geh mal schauen, ob ich helfen kann.« Rasch stehe ich auf und haste aus dem Zimmer, bevor Agnes etwas erwidern kann.

»Hej, wie siehts aus, kann ich dir helfen?« Ich blicke über seine Schulter auf das Lachsfilet, das er gerade mit Zitronenscheiben belegt.

»Nein, bloß nicht. Ich habe meine Routine und wenn die unterbrochen wird, dann wars das mit dem leckeren Lachs.« Er wischt sich die Hände mit einem Handtuch ab. »War alles okay mit Agnes? Ich weiß, sie ist manchmal ein

Biest, und ich wünschte, dass ihr besser miteinander klarkommt.«

Er sieht mich mit diesem liebevollen Blick an, so wie damals, bei unserem ersten Date in diesem schicken Restaurant. Immer wieder hat er mir unbeholfen mein Weinglas nachgefüllt, war nervös und entschuldigte sich ständig für irgendwas. An dem Abend habe ich mich restlos in ihn verliebt.

Das ist nicht fair. Mir wird flau im Magen und in diesem Augenblick stelle ich meine ganze Schnüffelei in Frage.

»Sobald wir gegessen haben, fahre ich dich nach Hause. In Ordnung?«

»Ja.« Mehr bringe ich nicht zustande.

Kapitel Einundvierzig

»Malte, ich kann das nicht!«

»Doch, du schaffst das. Autofahren ist wie Fahrradfahren. Wenn du es mal draufhattest, verlernst du das nicht.«

»Kannst du wirklich nicht mitkommen?«

»Nein, leider nicht. Ich hab heute und morgen Meetings mit neuen Kunden und die kann ich nicht absagen.«

»Schon gut, das verstehe ich ja. Aber solange kann ich nicht warten. Ich habe schon einen Tag verloren, weil ich gestern für Agnes Kindermädchen spielen musste.«

Unsicher beäuge ich den Pick-up.

»Leah, du bist ihn früher doch auch gefahren. Du hast ihn geliebt. «

»Ja, klar, ist nur schon so lange her.«

»Das schaffst du, musst ja nicht wie eine Irre rasen. Alles ganz langsam angehen.«

»Du hast gut reden.«

»Leah, bist du dir wirklich sicher, dass es notwendig ist, diese Ida zu finden?«

»Ja.«

»Gut, dann setz dich hinters Steuer.«

Nervös klettere ich in die Fahrerkabine. Vor Aufregung

schwitzen meine Hände, die ich an meiner Jeans trockenreibe.

»Wie ist die Adresse, damit ich sie für dich ins Navi eingeben kann.«

»Äm … ich hab keine Adresse, nur den Ort, aber der ist nicht riesig. Ich frag mich einfach durch, irgendwer wird schon wissen, wo Ida wohnt.«

»Das glaub ich jetzt nicht. Leah, was ist, wenn sie gar nicht mehr dort wohnt?«

»Dann habe ich einen schönen Trip gemacht. Raus aus der Stadt ans Meer«, scherze ich. »Komm, schau nicht so skeptisch. Malte, ich bin ein großes Mädchen.«

»Mag sein, aber für mich bist du verrückt und unverbesserlich.«

»Vielleicht, vielleicht aber auch nicht.« Ich zwinkere ihm zu. Als er nicht darauf eingeht, sage ich: »Ich muss es versuchen und mein Gefühl sagt mir, das Ida immer noch dort wohnt.«

Resigniert schüttelt er den Kopf und gibt den Ort *Stenskär* in das Navi ein. »Okay, ruf mich an, wenn du da bist und noch was, Leah, sei vorsichtig.«

»Hast du etwa Schiss, dass ich dir deinen Pick-up zu Schrott fahre?«

»Nein, das nicht. Ich möchte wissen, ob es dir gut geht und du diese Ida gefunden hast.«

»Malte, es ist ein Trip von etwa zwei Stunden und entweder treffe ich Ida oder eben nicht.«

»Na gut, melde dich und pass auf dich auf.«

Zustimmend nicke ich und starte den Wagen. Er ruckelt, dann ertönt das satte Motorengeräusch und ich gebe vorsichtig Gas.

Malte hat recht, es ist wie Fahrradfahren, nur etwas schneller. Mit jedem Kilometer werde ich sicherer und entspannter, ich wage es sogar, das Radio anzuschalten. Fädele mich problemlos in den Verkehr ein und schon bald habe ich Stockholm hinter mir gelassen.

Ich lasse das Fenster ein wenig hinuntergleiten und genieße den frischen Fahrtwind. Unvermittelt spüre ich einen Hauch von Freiheit und Abenteuer. Ein Gefühl, welches ich lange vermisst habe.

Unweigerlich muss ich an Ture denken. Früh am Morgen habe ich ihn angerufen und ihm gesagt, dass ich mir einen Leihwagen hole und für ein paar Tage raus ans Meer fahre, um den Kopf frei zubekommen. Er hat gelassen reagiert und beteuert, dass er es versteht und sich jetzt schon freut, wenn ich wieder da bin. Und ich solle nicht vergessen, dass bald Weihnachten ist.

Weihnachten?

Wenn ich daran denke, wird mir jetzt schon flau – Weihnachten mit Agnes. Rasch schiebe ich diesen Gedanken zur Seite und genieße stattdessen die Landschaft. Sanfte Hügel, langgestreckte Wiesen und Felder, Seen die dunkel und tiefgründig sind, Fichten, die mit feinem Schnee bedeckt ist. Es macht mich ganz betrunken und füllt mich mit Energie.

Der Verkehr nimmt ab, je näher ich meinem Ziel komme. Ich blicke in den Rückspiegel und bemerke zwei Wagen. Direkt hinter mir ist ein schwarzer SUV. Sofort erinnere ich mich an die Fahrt zu Sigrid, als Malte so aufgebracht war wegen eines Wagens des gleichen Modells. Damals erschien mir seine Sorge übertrieben. In und um Stockholm fahren viele einen SUV. Aber hier? Ja, warum auch nicht? Jetzt drehe ich auch schon durch.

Ich nehme die Ausfahrt in Richtung Stenskär und natürlich ist mein erster Blick in den Rückspiegel auf der Suche nach dem SUV. Er ist nicht da.

Na also, nur ein Zufall. Dennoch bin ich erleichtert.

Als ich das Ortsschild passiere, drossele ich die Geschwindigkeit und erinnere mich daran, dass ich noch keinen Plan habe, wo ich mit meiner Suche beginnen soll.

Im Schritttempo fahre ich die Hauptstraße entlang. Ich entdecke einen kleinen Krämerladen, eine Tankstelle, einen Kleiderladen und ein Hinweisschild zu einem Diner, dem ich folge. Dort ist die Chance, Information über Ida zu bekommen, größer.

Eine eisige Windböe erfasst mich, als ich aus dem Pick-up springe. Rasch ziehe ich mir meine Daunenjacke über und sehe mich dabei auf dem Parkplatz um. Für die Abgeschiedenheit stehen verhältnismäßig viele Wagen dort. Auch wenn ich es nicht vorhabe, suche ich nach einem schwarzen SUV.

Oh Gott, ich benehme mich wie in einem schlechten Film.

Und genauso atme ich auf, als ich keinen SUV entdecke.

Country Musik, der Duft von gegrillten Spareribs und Kaffee weht mir entgegen, als ich die Tür zum Diner aufziehe. Und wie in einem klischeehaften Hollywood-Streifen drehen alle Gäste ihre Köpfe Richtung Tür. Zu mir.

Ein Indiz dafür, dass ich mich in tiefster Provinz befinde, wo scheinbar jeder jeden kennt und jede Fremde eine Sensation ist. Und genau darauf baue ich bei der Suche nach Ida.

Suchend sehe ich mich nach einem freien Platz um und gleite auf eine Bank am Fenster. Sofort vertiefe ich mich in die Speisekarte, um erst einmal den Schock über dieses Interesse an mir zu verkraften.

»Was darf ich Ihnen bringen?«

Ich blicke hoch in das freundliche Gesicht einer jungen Frau, die genau wie ich kurzes Haar hat und mich anlächelt. »Die Leute hier sind es nicht gewohnt, außerhalb der Saison Fremde zu sehen, machen Sie sich nichts draus.«

Ich nicke zustimmend. »Können Sie mir was empfehlen?«

»Unser Spezial des heutigen Tages sind die Spareribs und ich versichere Ihnen, die sind köstlich.«

»Dann nehme ich sie und dazu eine Cola.«

Immer noch mit diesem freundlichen Lächeln nimmt sie die Bestellung auf und eilt zum Tresen.

Inzwischen haben die Gäste ihr Interesse an mir verloren und ich sehe mich um. Es ist so anders hier als in der Stadt. Bodenständiger. Kein Schnickschnack, kein Modetrend, der vorgeführt wird, alles ist pur und ehrlich. Auch ich habe meine Kindheit und Jugend in so einem Dorf verbracht, also nichts Ungewöhnliches für mich und dennoch fühlt es sich fremd an.

Natürlich ist unter den Gästen nicht die Frau, die ich suche, das wäre ja auch zu einfach.

»So hier sind Ihre Spareribs und die Cola.« Während sie den Teller und das Glas abstellt, sieht sie mich fragend an. »Woher kommen Sie?«

»Stockholm.«

»Das ist ja fast um die Ecke.« Ihr Lächeln wird breiter. »Sind Sie auf Besuch hier?«

Diese Neugier und Direktheit kommt mir gelegen. »Nein, ich suche jemanden«, antworte ich. »Ida Sjögren, vielleicht kennen Sie sie ja.«

Sie überlegt kurz und schüttelt dann den Kopf. »Nein, der Name sagt mir nichts. Aber das heißt nichts, ich kann mich besser an Gesichter erinnern. Vielleicht war sie ja mal hier zum Essen. Haben Sie vielleicht ein Foto von ihr?«

Kurz überlege ich, entscheide mich aber dann, das Foto nicht zu zeigen. Darauf ist die ganze Familie Wikström zu sehen und nicht nur Ida. »Leider nicht«, antworte ich. »War auch nur eine spontane Idee. Ich bin nur auf der Durchreise und als ich das Ortsschild sah, erinnerte ich mich, dass Ida hierhergezogen ist. Sie hat dunkles langes Haar, ist in meinem Alter. Wir haben uns in Stockholm kennengelernt und aus den Augen verloren. Das Letzte, was ich von ihr weiß, ist, dass sie hierhergezogen ist«, schwindle ich mal wieder, wie so oft in den letzten Tagen.

»Hm … bedaure. Aber fragen Sie doch mal in unserer kleinen Boutique nach ihr.«

Sie wünscht mir guten Appetit und verschwindet hinter dem Tresen. Von dort aus blickt sie nochmal zu mir herüber.

Sie hat nicht einmal nachgefragt, was ich von Ida will. Wahrscheinlich hat sie sich das nicht getraut und es beschäftigt sie womöglich.

Die Spareribs sind wirklich köstlich, aber der Kaffee, den ich anschließend bestelle, schmeckt abscheulich. Dennoch antworte ich auf die Frage, ob alles in Ordnung war, mit einem freundlichen Ja.

Dann folge ich dem Rat der Kellnerin und erkundige mich nach Ida in der Boutique. Aber auch hier, Fehlanzeige. Danach folgt die Tankstelle. Ebenfalls nichts.

Mittlerweile dämmert es und heftiger Schneefall hat eingesetzt. Entmutigt klettere ich in den Wagen. Was jetzt? Während ich überlege, schalte ich das Radio an. Ein Song von Madonna wird gespielt *Say goodbye*.

Wie passend.

Vielleicht sollte ich tatsächlich nach Hause fahren. Die Stimme des Radiosprechers lässt mich aufhorchen.

»… Und hier die Wetteraussichten. Dichtes Schneetreiben und Glatteisgefahr in der Region Stenskär. Leute bleibt im Warmen und lauscht dem nächsten Song von ABBA …«

»Scheiße.«

Ich kehre zu der Tankstelle zurück. Heulend weht der Wind um die Ecken, als ich mich nach dem Tankwart umblicke. Draußen ist keine Spur von ihm. Ich steige aus dem Wagen, schließe ihn ab und laufe zum Tankstellenshop, drücke die Tür auf.

»Hallå?«, rufe ich zaghaft und höre, wie jemand im Nebenraum telefoniert. Die männliche Stimme klingt angespannt. Wahrscheinlich hat irgendwer eine Panne oder dergleichen und das bei dem Wetter.

Als der Mann zurückkommt, zuckt er erschrocken zusammen.

»Hallo, da bin ich wieder«, sage ich und setze ein entschuldigendes Lächeln auf.

Er lüftet sein Basecap und fährt sich nervös durchs graue kurzgeschorene Haar. Angespannt sieht er mich an und dann zur Tür. »Haben Sie etwas vergessen? Oder möchten Sie tanken?«

»Nein, der Wetterbericht meinte, es wird ziemlich glatt und … nun ja, ich mag nicht bei so einem Wetter fahren. Haben Sie eine Idee, wo ich übernachten kann, ein Hotel oder etwas ähnliches?«

Er setzt sich das Basecap wieder auf und reibt nachdenklich über sein von Bartstoppeln übersätes Kinn. Wortlos nickt er und geht in sein Büro, blickt flüchtig über die Schulter zu mir und schließt die Tür hinter sich.

Seltsam, warum schließt er die Tür?

Auf Zehenspitzen gehe ich näher an die geschlossene Tür, bemühe mich, etwas zu verstehen. Doch ich bekomme nur Sprachfetzen mit. Es klingt, als müsse er jemanden überreden. Dann ist es ruhig und ich gehe rasch zurück.

Sekunden später öffnet sich die Tür und er reicht mir einen Zettel. »Hier die Adresse eines Gästehauses, es ist nicht weit von hier.«

»Vielen Dank.«

Er nickt mir zu. »Kein Problem«, nuschelt er und wendet sich ab.

Kapitel Zweiundvierzig

Keine zehn Minuten später parke ich vor dem nahe am Meer gelegenen Gästehaus. Hier ist der Wind noch heftiger und treibt mir den dichten Schnee ins Gesicht. Mit gesenktem Kopf stemme ich mich dagegen, während ich auf die Eingangstür zueile. Noch bevor ich klopfen kann, wird sie aufgerissen.

Erschrocken weiche ich zurück und blicke in das rundliche Gesicht einer Frau, die mich breit anlächelt. Ihre wachen blauen Augen mustern mich eingehend. »Sie sind die Frau, die mir Algot von der Tanke geschickt hat, richtig?«

»Ja, entschuldigen Sie, wenn ich Ihnen Umstände bereite, aber das Wetter …«

»Das ist doch selbstverständlich. Kommen Sie schnell rein.« Sie geht zur Seite und wedelt hektisch mit der Hand, als eine heftige Böe uns erfasst. »Rasch, rein mit Ihnen.«

Ich klopfe mir den Schnee von der Jacke und den Boots und folge ihr ins Haus.

»Was haben Sie bloß um diese Jahreszeit hier zu suchen? Ist doch bald Weihnachten, da sollten Sie zu Hause am Kamin sitzen und Geschenke einpacken.« Sie lacht. »Ich bin Nora.« Sie streckt ihre Hand aus.

Ich ergreife sie. »Leah Hansson. Sie haben recht, aber das Wetter hat mich überrascht.«

»Algot meinte, Sie sind aus Stockholm, stimmt das?«

»Ja.« Und ich könnte wetten, Algot hat ihr auch gesagt, dass ich nach Ida suche.

»Sind Sie hungrig?«

»Ein wenig.«

»Dann kommen Sie, ich hab gerade ein Hühnchen im Ofen. Mein Mann kommt wegen des Wetters ebenfalls nicht nach Haus. Er ist in Öregrund, um sich ein neues Boot anzusehen, und ich habe ihn gebeten, dass er bei dem Wetter nicht fahren soll.«

»Ich möchte Ihnen keine Umstände machen.«

»Das Essen ist fertig und ich schaffe das nicht alles allein zu essen und außerdem schmeckt es in Gesellschaft viel besser.«

Nora nimmt mir die Jacke ab und hängt sie an die Garderobe.

Ich folge ihr in die Küche. Es ist angenehm warm, leise Musik spielt aus dem Radio. Eine Kerze am Fenster und daneben eine Schale mit Plätzchen vermitteln mir ein heimeliges Empfinden. Schon bald ist Weihnachten und ich sitze hier an dem Endzipfel von Schweden.

»Setzen Sie sich.«

Ich lasse mich auf einen der Stühle am runden Tisch nieder und beobachte, wie Nora das Hühnchen zerteilt, Gemüse und Kartoffeln in eine Schale füllt.

»Kann ich Ihnen helfen?«

»Nein, ich bin es gewohnt, diese Dinge allein zu machen.« Sie blickt mich freundlich an. »Was machen Sie so, Leah?«

»Ich habe ein Yoga-Studio in Stockholm.«

»Das klingt interessant, würde ich auch gern mal probieren. Nur hier wird das leider nicht angeboten, aber ich hab gehört, es soll ungemein helfen bei Verspannungen und auch entspannen. Stimmt das?«

»Ja, das stimmt.« Ich erzähle ihr ein wenig vom Yoga und sie hört mir interessiert zu, während sie die Speisen auf den Tisch stellt und sich mir gegenübersetzt.

»Greifen Sie zu.«

Erwartungsvoll sieht sie mich an, nachdem ich das Huhn probiert habe. »Schmeckt es Ihnen?«

»Köstlich, vielen Dank für Ihre Gastfreundschaft.«

»Hier in der Abgeschiedenheit helfen wir gern.« Sie legt ihr Besteck an den Rand des Tellers. »Und was treibt sie hierher, es ist keine Saison. Im Sommer sind viele Gäste hier, die die Ruhe suchen. Aber jetzt im Winter kommt kein Mensch freiwillig her.«

Ich bleibe bei meiner Version vom Diner. »Ich bin nur zufällig hier gelandet, war auf dem Weg nach Stockholm und als ich das Ortsschild sah, erinnerte ich mich, dass eine frühere Freundin hergezogen ist und wollte spontan bei ihr vorbeischauen. Aber niemand scheint sie zu kennen. Nun ja, vielleicht habe ich mich ja auch geirrt.« Ich nehme einen Schluck Wasser.

»Wie ist denn der Name Ihrer Freundin?«

»Ida Sjögren.«

Nora reibt nachdenklich über ihre Lippen. »Tut mir leid, unter diesem Namen kenne ich leider niemanden.«

»Vielleicht hat sie geheiratet, sie hat langes dunkles Haar, jedenfalls hatte sie es früher so getragen. Ist etwa so alt wie ich. Ein wenig still.« Mittlerweile glaube ich selbst an meine Geschichte.

»Leider fällt mir da niemand ein, tut mir wirklich leid.«

»Schon gut, war ja auch nur so eine Idee.«

Wir schweigen und genießen das Essen.

»Das war wirklich sehr lecker«, bedanke ich mich noch einmal, als wir fertig sind.

»Freut mich.« Nora steht mit einem nachdenklichen Lächeln auf und räumt den Tisch ab.

Ich helfe ihr dabei. Sie ist ruhiger geworden. Und das

macht mich wiederum nachdenklich. Etwas hat sich verändert, seit ich nach Ida gefragt habe.

»Danke nochmals für das köstliche Essen, ich werde wie ein Stein schlafen und hoffe, dass das Wetter morgen besser ist und ich wieder nach Hause kann.«

An der Tür bleibe ich stehen und sehe einen runden Tisch, auf dem eine Gästeliste liegt. »Soll ich mich eintragen?«

»Nur, wenn Sie möchten.«

Im Bruchteil einer Sekunde entscheide ich mich dafür. Es ist nur so ein Gefühl, dass es richtig ist und Nora es begrüßen wird.

Erschöpft lasse ich mich auf das Bett sinken, starre an die weißgetünchte Decke. Ich bin enttäuscht. So sehr hatte ich mich darauf versteift, Ida und somit auch einen Teil von dem Puzzle zu finden, das mir fehlt, ein komplettes Bild von Ture zu bekommen. Dabei fällt mir ein, dass ich ihn anrufen sollte und auch vergessen habe, mich bei Malte zu melden.

Während ich mein Handy aus der Jackentasche ziehe, überlege ich, ob ich zum Telefonieren nicht besser ins Bad gehe. Immerhin höre ich immer noch Noras Schritte und auch sonst jedes Geräusch von draußen. Umgekehrt dürfte es nicht besser sein.

Ich lege mein Ohr an die Zimmertür, als ich ihre unterdrückte Stimme höre, presse ich es noch fester an die Tür. Doch jetzt ist es wieder still. Wahrscheinlich hat sie nur mit ihrem Mann telefoniert.

Was ist nur mit mir los, dass ich ständig denke, es dreht sich alles um mich und meine Suche?

Mit dem Handy in der Hand gehe ich ins Bad. Den Blick in den Spiegel schenke ich mir, denn ich weiß auch so, dass ich furchtbar aussehe. Ich setze mich auf den Klodeckel, nage an meinem Daumennagel, während ich überlege, was ich Ture sagen soll. Aber dann stelle ich mir vor, wie Agnes wieder im Hintergrund ist und womöglich mithört und sich einmischt.

Rasch tippe ich eine Textnachricht.

Ich bin in einer schnuckeligen Lodge nahe am Meer. Es geht mir gut, nur das Wetter ist furchtbar. Aber das macht nichts, ich bin fast den ganzen Tag im Fitnessraum. Ich melde mich wieder. Ich liebe dich.

Noch einmal lese ich den letzten Satz, die letzten drei Worte. Tue ich das wirklich, liebe ich ihn? Ich kämpfe mit meinen Gefühlen. Bin kurz davor, die Nachricht zu löschen.

Drücke dann doch auf Senden.

Gebannt blicke ich auf das Handy. Keine zehn Sekunden später kommt seine Antwort:

Ich liebe dich auch und vermisse dich jetzt schon. Hab noch viel Spaß.

Ich antworte mit einem Herz-Emoji.

Danach rufe ich Malte an. Es klingelt nur einmal.

»Hast du sie gefunden?«, fragt er ohne Umschweife.

»Nein. Ich hänge hier fest wegen des Wetters. Ich hoffe, dass es Morgen besser ist. Ist das okay?«

»Natürlich. Fahr vorsichtig.«

Wir tauschen noch ein paar Belanglosigkeiten aus, die mir guttun.

Kapitel Dreiundvierzig

Ich folge dem Duft des Kaffees, der mich geradewegs in die Küche führt.

»Nora?« Zaghaft klopfe ich an der Küchentür.

»Kommen Sie rein, Leah«, ruft sie.

»Hej Nora. Das Wetter ist ja immer noch gruselig«, bemerke ich, während ich die Küche betrete.

»Ja, furchtbar. Haben Sie gut geschlafen?«

»Ja, danke, wie ein Baby. Was sagt der Wetterbericht?«

»Weiterhin Schneefall und Frost. Das haben wir hier schon eine Ewigkeit nicht mehr gehabt.«

Sie schenkt mir Kaffee ein. Sieht mich lange an, dann zieht sie einen Umschlag aus ihrer Hosentasche und legt ihn wortlos neben den Kaffeebecher.

»Was ist das?«

»Lesen Sie.« Sie nickt mir aufmunternd zu. »Ich bin gleich wieder da.« Leise zieht sie die Küchentür hinter sich zu.

Hastig reiße ich den Umschlag auf, lese die Nachricht darin und springe auf. »Nora! Nora!« Ich reiße die Küchentür auf und rufe erneut ihren Namen.

»Was ist?«

»Wo ist dieser Bootsanleger?« Aufgeregt halte ich ihr den Zettel hin.

Die Straßen sind vereist, doch das ist mir egal. Wie eine Geisteskranke rase ich den von Nora beschriebenen Weg entlang. Endlich. Endlich komme ich der Wahrheit einen Schritt näher. Ich werde Ida treffen.

Ich sehe in den Rückspiegel, bemerke Scheinwerfer, die durch den dichten Schnee wie milchige Augen auf mich zukommen. Für mein Empfinden viel zu schnell.

Ich tippe die Bremse an, damit mich der Fahrer bemerkt. Es funktioniert, der Wagen fällt zurück und ich atme erleichtert auf. Gehe ebenfalls vom Gas. Was nützt es, wenn ich im Graben lande und nie erfahren werde, was es mit Ida auf sich hat.

Ich folge dem Hinweisschild zum Bootsanleger und biege ab. Aus dem Augenwinkel sehe ich die Scheinwerfer von dem Wagen hinter mir, der weiter geradeaus fährt.

Nach etwa einhundert Metern erreiche ich einen Parkplatz. Suchend geht mein Blick über den leeren Platz.

Bin ich zu spät?

Rasch sehe ich zur Uhr am Armaturenbrett. Nein, es ist Punkt neun Uhr.

Ich parke den Wagen so, dass ich die Auffahrt im Blick habe. Nervös trommle ich mit den Fingern auf das Lenkrad. Immer wieder sehe ich zur Uhr. Zehn Minuten nach neun. Meine Hoffnung sinkt und ich entscheide mich, auszusteigen.

Der Wind und der Schnee lassen mich vor Kälte zittern. Rasch ziehe ich mir meine Mütze über den Kopf, vergrabe die Hände in den Taschen der Jacke. Wieder sehe ich mich um und beschließe, ein wenig herumzugehen. Allmählich macht sich Enttäuschung in mir breit.

Mein Weg führt mich zum Bootsanleger, an dem ein paar Boote dümpeln. Eine Möwe fliegt kreischend über meinen Kopf hinweg und ich muss sofort an Agnes und ihre Worte denken. *›Faszinierend, nicht wahr? Ich mag es, den Möwen zuzusehen, wenn sie jagen. Sie sind schnell und zielsicher.‹*

Ich schüttele den Gedanken an Agnes ab und eile zum Parkplatz zurück.

Enttäuscht bleibe ich mitten auf dem Platz stehen, drehe mich im Kreis. Sie wird nicht kommen.

Niedergeschlagen reiße ich die Wagentür auf. Der Schreck ist so groß, dass ich nicht einmal in der Lage bin zu schreien.

Kapitel Vierundvierzig

Ida sagt kein Wort, als ich mich auf den Fahrersitz setze. Sie nickt mir nur zu. Verstohlen betrachte ich sie von der Seite. Sie sieht anders aus als auf dem Foto. Ernster, älter. Ihr Lächeln ist verschwunden.

»Ist dir jemand gefolgt?«

Ich schüttle den Kopf.

»Wie hast du mich gefunden?«

»Sigrid hat mir gesagt, dass du hier lebst.«

»Sigrid also.« Sie lächelt. Blickt mich forschend an.

»Gut, dann lass uns zu mir fahren«, meint sie schließlich.

Ich folge ihren Anweisungen und nach etwa fünf Minuten erreichen wir ihr Haus. Ein einfaches rotes Holzhaus direkt am Wasser, in einer Bucht. Aus dem Schornstein steigt Rauch auf, vor den Fenstern sind Blumenkästen, die darauf warten, dass sie bepflanzt werden.

Ida springt aus dem Wagen, sieht sich um, ob uns jemand gefolgt ist.

»Keine Sorge, niemand weiß, dass ich hier bin.«

»Ist eine Angewohnheit von mir.«

Ihre Anspannung kann ich förmlich greifen, während sie auf das Haus zugeht und einen erneuten Blick über die Schulter wirft. Fühlt man sich so, wenn man auf der Flucht ist, wenn man Angst hat, entdeckt zu werden? Der Gedanke behagt mir nicht.

Es ist warm im Haus und meine Anspannung löst sich langsam.

Ida legt ein Holzscheit in den Kamin. »Sauwetter. Es ist lange her, dass es derart kalt und feucht war.« Sie wischt sich die Hände an der Jeans ab. Blickt mich lange. »Du hast ja das ganze Dorf in Aufruhr versetzt, um mich zu finden.«

»Tut mir leid. Aber es ist wichtig.«

»Deine Geschichte war gut, dass wir uns aus Stockholm kennen, aber nicht wirklich überzeugend. Dennoch hat meine Tante Nora ein gutes Wort für dich eingelegt. Ich vertraue ihr, sie hat eine gute Menschenkenntnis.« Sie deutet auf einen Sessel neben dem Kamin. »Setz dich und dann erzähl, was es so Wichtiges gibt.«

»Ich weiß nicht, wo ich anfangen soll«, beginne ich und setze mich auf den Sessel.

»Am besten komm gleich auf den Punkt, ich habe nicht ewig Zeit.«

»Also gut, es geht um Ture Wikström.«

»Natürlich geht es um Ture«, erwidert sie bitter. Sie beugt sich vor. »Dann bist du also die nächste.«

Sie winkt ab, als ich herumdruckse. »Schon klar. Brauchst mir nicht zu antworten. Ich wette, du hast auch so deine Probleme mit der sauberen Familie, richtig?«

»Ja«, gebe ich zu.

»Und du denkst, ich kann dir dabei helfen?« Sie lacht schrill auf. »Nein, das kann ich nicht, das musst du schon allein durchziehen. Tut mir leid.« Sie steht auf. Wandert durch das Zimmer.

Ihre Nervosität springt auf mich über.

Ida unterbricht ihre Wanderung, sieht auf mich herunter. »Ich will nichts mehr mit dieser Familie zu tun haben. Ich bin froh, dass ich heil aus der Sache raus bin. Und das rate ich dir ebenfalls. Sieh zu, dass du von Ture wegkommst.«

Ihre Worte sind hart, so als würde sie immer noch den Schmerz spüren, der ihr angetan wurde. Es erschreckt mich.

»Was ist passiert?«, frage ich leise.

»Ich sagte doch, ich will nicht darüber reden.«

Ich sehe zu ihr auf und fürchte, dass sie mich gleich vor die Tür setzt.

Ich weiß nicht, wo ich ansetzen soll, um sie davon zu überzeugen, mir ihre Geschichte zu erzählen.

»Mir ist bewusst, dass du etwas erlebt haben musst, dass dich tief verletzt hat …«

»Tief verletzt?!« Wieder stößt sie dieses höhnische Lachen aus, das mich erschreckt.

»Ich wurde mehr als verletzt! Ich wurde gedemütigt. Und Ture hat sich nicht einen Deut darum geschert.« Flehend hebt sie ihre Hände, als sie mein entsetztes Gesicht bemerkt. »Tut mir leid, aber du reißt gerade alte Wunden auf.«

Ich bemühe mich, einen neuen Ansatz zu finden. »Bis vor ein paar Tagen wusste ich nicht einmal, dass du mit Ture verlobt warst. Alle haben nur von Brigitta geredet, aber keiner verlor ein Wort über dich. Und ich möchte wissen, wieso nicht.«

»Und deshalb bist du hier? Das glaub ich nicht.«

»Natürlich gibt es eine Vorgeschichte, warum ich das wissen *muss*. Erst dann kann ich mir vielleicht ein Bild von dem machen, was mir passiert ist und wie das alles mit Ture zusammenhängt, und dafür muss ich wissen, was er für ein Mensch ist. Denn ich werde nicht aufgeben, bis ich weiß, wie alles zusammenhängt. Ich will die Wahrheit wissen.«

Sie mustert mich eingehend.

»Erzähl mir, was passiert ist.« Sie setzt sich wieder hin und diesmal kann ich Neugierde in ihrem Gesicht erkennen. Und ich zögere nicht lange.

»Also gut.«

Ich fange an, ihr meine Geschichte zu erzählen. Den Verlust meiner Familie und dem Trauma, das ich dadurch erlitten habe. Dass ich Ture nichts davon gesagt habe und mich in der Einsamkeit im Norden wieder zurückgekämpft habe. Auch von den Tabletten berichte ich ihr.

Als ich ende, sieht sie mich mit großen Augen an. »Wahnsinn.« Sie steht auf, geht in die Küche und kommt wenige Minuten später mit Kaffee zurück.

Sie reicht mir einen Becher und setzt sich wieder. »Und du denkst, Ture hat dir die Tabletten untergeschoben?«

»Ich vermute es, aber der Grund ist mir nicht ganz klar.«

»Was waren das für Pillen?«

»Ritalin.«

Ida wird bleich. »Ritalin?«

»Ja, diese Pillen sind irgendeine Ersatzdroge oder vielmehr …«

»Ich weiß, was Ritalin ist.«

Nun bin ich es, die unruhig wird. »Woher weißt du das?«

Sie will gerade antworten, als ein leises Quengeln aus dem Nebenzimmer ertönt. Fragend sehe ich sie an.

»Bin gleich wieder da.«

Ich nehme einen Schluck von dem Kaffee und blicke gedankenverloren in die Flammen. Warum hat Ida so auf die Pillen reagiert?

»Darf ich vorstellen, mein Sonnenschein Joline.«

Fassungslos sehe ich von Ida zu dem Baby auf ihrem Arm.

»Ist sie nicht wunderschön?« Ida küsst den weichen Haarflaum ihrer Tochter. »Sie ist der Grund gewesen, warum ich meine Sachen packte und der Familie Wikström den Rücken kehrte. Ich wollte nicht, dass Joline in einer Familie aufwächst, die nur aus Lügen und Manipulation besteht. Und ich wollte, dass sie lebt.«

Mit dieser Aussage bin ich überfordert. Nein, ich bin erschüttert. Ja, erschüttert und entsetzt.

»Warte, bevor du etwas sagst«, bittet Ida mich. »Ich werde dir alles sagen, was ich weiß und erlebt habe. Aber versprich mir, dass du niemals erwähnst, dass ich ein Kind habe und wo ich wohne. Das ist die Bedingung. Und wenn du sie nicht einhalten kannst, dann ist jetzt der Moment zu gehen. Und ich werde ebenfalls weiterziehen. Irgendwohin, wo meine Tochter in Sicherheit ist.«

»Ich verspreche es dir.«

Kapitel Fünfundvierzig

»Ich danke dir, dass du so offen zu mir warst.« Ich bin versucht, Ida zu umarmen, doch ich lasse es. Irgendwie fühlt es sich dann doch nicht richtig an. Die Wut und der Hass sind immer noch in ihr. Und doch fühle ich mich mit ihr verbunden. Verbunden durch unsere gemeinsame Geschichte.

»Ida, wenn ich irgendetwas für dich tun kann, dann sag mir Bescheid.«

»Das Einzige, was du tun kannst, ist, sie zu Fall bringen. Diese selbstgerechten Menschen.« Sie sieht ihre Tochter an. »Für sie, für Joline. Damit sie ein unbeschwertes Leben führen kann. Das ist alles, was ich mir wünsche.«

Und dann tut sie es. Sie umarmt mich.

»Viel Glück Leah. Das wirst du brauchen.«

Ich bin noch viel zu aufgewühlt, um sofort nach Stockholm zu fahren, und entscheide mich für das Meer. Es interessiert mich nicht, dass sich der Himmel immer noch in einem tristen Grau präsentiert, aus dem dichte Schneeflocken fallen. Ich brauche jetzt den Wind, die Weite und die Luft, damit ich meine Gedanken sortieren und meine heißen Gefühle abkühlen kann.

Schnellen Schrittes gehe ich am Ufer entlang, springe auf glatte Felsen, die aus dem ufernahen Wasser ragen. Und es fühlt sich wie in meiner Kindheit an, als das Leben noch unbeschwert war. Auf einem dieser Felsen bleibe ich stehen, schirme meine Augen vor dem Wind ab und sehe auf das Wasser. Auch wenn ich es nicht will, kommen immer wieder Wortfetzen von Ida in mein Gedächtnis. *Fotos, Drogen, Brigitta, Elias, Familienehre.*

Ich atme tief ein. Jetzt nicht.

Erst wenn ich wieder in Stockholm bin, werde ich mir eine Strategie überlegen und all die Lügen und Intrigen präsentieren. Ich möchte ihre Gesichter dabei sehen. Und ich will Antworten haben. Unwillkürlich muss ich an Ture und seine Liebesbeteuerungen denken und sie lösen sofort einen Groll in mir aus.

Nicht jetzt, verbiete ich mir erneut.

Ich muss ruhig und gelassen sein, wenn ich wieder in Stockholm bin.

Ein paar Minuten nehme ich mir noch. Schließe die Augen, atme tief ein und aus und sauge Energie auf. Denn die werde ich brauchen.

Kurz darauf lenke ich den Pick-up auf die vereiste Straße. Auf Höhe von Idas Haus sehe ich hinüber, hebe meinen Arm, um zu winken.

Doch dann sehe ich dichten Rauch aufsteigen.

Reflexartig reiße ich das Steuer herum, der Pick-up schlingert, stellt sich quer und der Motor erstirbt. Mein Herz hämmert wie verrückt. Mit zitternden Fingern drehe ich den Zündschlüssel und erleichtert höre ich den Motor. Vorsichtig gebe ich Gas und erst als ich auf dem Schotterweg bin, fahre ich schneller.

Noch bevor ich das Haus erreiche, rieche ich schon den Rauch, höre, wie Glas splittert. Während ich aus dem

Wagen springe, wähle ich den Notruf über die Kurzwahl und schreie laut »FEUER!«

Im Eiltempo gebe ich die Adresse durch, stecke das Handy wieder in die Tasche, renne zur Tür.

Sie ist verschlossen.

Hastig umrunde ich das Haus, sehe durch das Küchenfenster, kann Flammen im Wohnzimmer erkennen. Nicht einen Moment zögere ich und werfen einen großen Stein in die Fensterscheiben. Lange mit der Hand hinein und öffne es.

»Ida!«, brülle ich aus Leibeskräften und klettere durch das Fenster ins Innere. Der Qualm raubt mir nicht nur die Sicht, sondern auch den Atem.

Ich wickele meinen Schal um Mund und Nase. Taste mich vor und dann sehe ich Ida. Sie liegt auf dem Boden vor der Haustür. Es knallt und Flammen schlagen hoch, fressen sich weiter in Richtung Flur. »Ida!«

Keine Reaktion.

Entschlossen packe ich ihre Beine, zerre sie von der Tür weg. Drücke auf die Klinke. Verschlossen. Der Schlüssel?

Wo ist der Schlüssel?

Hustend sehe ich mich um. Blinzle gegen die Tränen an.

Dann endlich entdecke ich ein Schlüsselbrett. Immer wieder sehe ich zu Ida, die sich nicht rührt und wo ist Joline? Verflucht.

Meine Finger beben, während ich einen Schlüssel nach dem anderen ausprobiere. Dann endlich habe ich den passenden gefunden. Mir ist heiß und ich bekomme kaum noch Luft. Hastig greife ich unter Idas Schultern, zerre sie aus dem Haus. Atme tief ein, blicke auf Ida, die sich nicht rührt. Mir ist zum Heulen zumute. Ich muss wieder rein, das Baby holen.

Mittlerweile brennt das Wohnzimmer komplett, Glas zersplittert, es ist so heiß.

Warum schreit das Baby nicht?

Mein Gott, bitte.

Vorsichtig öffne ich die Tür zum Kinderzimmer, das nur durch das Bad von dem Wohnzimmer getrennt ist.

Auch hier quillt bereits der Rauch durch die Ritzen.

Hustend versuche ich, etwas zu erkennen. Und dann sehe ich das Kinderbett, in dem Joline bewegungslos liegt.

Bitte nicht. Bitte lass sie leben.

Ein erneuter Hustenanfall beutelt mich, treibt mir Tränen in die Augen. Ich habe nicht mehr viel Zeit. Ich reiße das Baby aus dem Bett, drücke es fest an mich. Renne aus dem Zimmer.

Geschockt bleibe ich stehen. Flammen züngeln an den Wänden, der Holzboden knackt, Rauch steigt auf.

Was jetzt?

Ich höre auf zu denken.

Funktioniere nur noch.

Ich drücke Joline noch fester an mich und renne los.

Atemlos sinke ich im Schnee auf die Knie. Mein Körper bebt, ich ringe um Luft. Es kostet mich Mühe, zu begreifen, was gerade passiert ist. Wiege Joline in meine Armen, traue mich nicht, sie anzusehen.

Sirenen und lautes Rufen. Eine Hand, die sich auf meine Schulter legt und eine Stimme, die mir sanft zuredet. Ich sehe auf und blicke in das Gesicht eines Mannes, der eine Feuerwehruniform trägt, mir zunickt und mir Joline aus den Armen nehmen will. Ich halte sie fest, will sie nicht hergeben.

»Es ist alles gut. Wir kümmern uns um das Baby.«

Erst jetzt bemerke ich das Wimmern von Joline. Eine

Welle der Erleichterung durchströmt mich. »Sie lebt«, hauche ich.

»Ja.«

Keuchend richte ich mich auf, sehe mich um. »Wo ist ihre Mutter? Wo ist Ida?« Panisch sehe ich den Feuerwehrmann an.

»Sie wird gerade in den Krankenwagen gebracht. Kommen Sie mit.«

Stolpernd bewege ich mich auf den Krankenwagen zu. Der Feuerwehrmann übergibt Joline einem Arzt und eilt zurück zum Haus. Ich blicke in den Krankenwagen, im Inneren herrscht eine konzentrierte Ruhe, die mir Angst macht. Als ein Sanitäter mich bemerkt, kommt er auf mich zu. »Wie geht es ihnen?«

»Gut – was ist mit Ida? Kann ich mit ihr reden?«

»Geben Sie ihr und uns noch ein wenig Zeit.«

Ein Hustenanfall beutelt mich, rasch wende ich mich um und wanke zu einem Hackklotz, auf den ich mich setze. Inzwischen ist das Feuer gelöscht, nur noch dunkle Schwaden zeugen von dem Inferno. Doch von dem Haus ist nicht mehr viel übrig.

Jemand reicht mir eine Flasche Wasser. »Hier, Sie müssen was trinken.« Ich blicke auf, es ist der Sanitäter von vorhin. Meine Hand zittert, während ich die Flasche entgegen nehme. Gierig trinke ich. Das Wasser rinnt aus meinem Mundwinkel, es ist mir egal, ich fühle mich, als würde ich verdursten. Dann huste ich. Trinke wieder. Mit den Handrücken wische ich über meinen Mund. »Danke.«

»Wenn Sie möchten, können Sie jetzt zu Ida. Aber nur kurz.«

»Wie geht es dem Baby?«

»Besser als der Mutter. Und auch Sie sollten sich untersuchen lassen.«

»Ja, später, erst muss ich sehen, wie es den beiden geht.«

Er hilft mir beim Einsteigen in den Krankenwagen. »Sie haben eine Minute.«

Ich hocke mich vor Ida und nehme ihre Hand in meine.

»Es tut mir so leid«, murmele ich leise.

Schwach öffnet sie die Augen.

»Wer war das? Erinnerst du dich?«

Sie befeuchtet ihre Lippen und nickt, ich beuge mich vor. Ihr Flüstern ist rau und ich muss mich konzentrieren, um ihre abgehackten Sätze zu verstehen.

Als ich eine Hand auf meiner Schulter spüre, wirbele ich wie eine Furie herum.

»Sie müssen jetzt gehen.«

Ich drücke Idas Hand. »Halte durch. Versprich es mir.«

Kapitel Sechsundvierzig

Die schneebedeckte Landschaft, die an mir vorbei rauscht, lässt mich kalt. Normalerweise würde ich alles in mich aufsaugen. Mich an ihrer Schönheit ergötzen. Doch jetzt sehe ich sie nicht einmal und es ist mir auch egal. Ich will nur noch eines. Nach Hause, mir den Dreck der Lügen um mich herum abwaschen. Und ich will mein Versprechen einhalten, für Ida, Joline und auch für mich.

Die letzte Nacht habe ich bei Nora verbracht. Ich war zu erschöpft, um noch aufzubrechen. Und Nora war dankbar, dass ich blieb. Ich konnte sie davon überzeugen, dass es ratsam ist, wenn die Medien nichts über Ida und ihrer Tochter berichten. Dass es sicherer ist, alle glauben zu lassen, sie sei in den Flammen umgekommen.

Wie wir das bewerkstelligen können, haben wir zusammen ausgetüftelt und Nora hat sofort alles in die Wege geleitet. Danach haben wir geredet, bis mir die Augen zufielen.

Tures Nachrichten habe ich ignoriert. Ich muss erst einmal für mich alles sortieren.

Ich parke den Pick-up eine Querstraße entfernt von unserer Wohnung. *Unserer* Wohnung. Was für eine Farce. Es war niemals unsere Wohnung, sondern die von Agnes.

Erschöpft lehne ich mich zurück, drücke den Kopf an die Kopfstütze, schließe einen Moment die Augen. Immer noch hoffe ich, dass ich gleich aus diesem Albtraum erwachen werde, so wie damals in den Bergen.

Ist es wirklich real, was ich erlebt habe und was Ida mir gesagt hat? Oder befinde ich mich immer noch in diesem schlechten Traum?

Vorsichtig öffne ich die Augen und da ist sie wieder, die Realität. Ich bin hier in Stockholm und muss so tun, als hätte ich ein paar nette Tage irgendwo in einer Wellness Lodge verbracht. Muss noch eine Weile Theater spielen, um den Vorhang von all dem Schrecklichen, was von dieser Familie ausgeht, wegzerren zu können.

Es ist Zeit, dass die Wahrheit ans Licht kommt.

Ich zücke mein Handy und drücke die Kurzwahl.

»Hej Süße – wo bist du?!« Ture klingt aufgeregt.

Bei dem Kosewort *Süße* zucke ich zusammen. »Das wollte ich dich gerade fragen?«, erwidere ich betont fröhlich.

»Ich bin bei Agnes, den Weihnachtsschmuck sortieren.«

»Oh, das ist mit Sicherheit …« Mir fällt verdammt nochmal nicht das richtige Wort ein. »Romantisch.« Ich rolle mit den Augen über meine Wortwahl. »Wie geht es Agnes?«

»Schon besser, aber ich bleibe zur Sicherheit noch bei ihr.«

Puh, wunderbar, tönt es erleichtert in mir.

»Ich habe diverse Male versucht, dich zu erreichen …«

»Ja, stimmt. Ich hatte so viele Anwendungen und war danach ziemlich platt. Tut mir leid.«

Er lacht. »Wann kommst du?«

»Ich werde mich morgen auf den Rückweg machen.«

»Soll ich dich bei der Autovermietung abholen?«

Ich stutze und dann fällt mir ein, dass ich ihm sagte, mir

ein Auto geliehen zu haben. »Nein, ich komme schon klar und melde mich, wenn ich da bin. Grüß mir Agnes.«

»Mach ich, dann bis morgen, Leah. Ich liebe und vermisse dich.«

Beklommen schlucke ich, bekomme Atemnot. »Ich dich auch, also bis morgen.« Rasch drücke ich das Gespräch weg und stoße erleichtert den Atem aus.

Wie eine Einbrecherin schleiche ich durch das Treppenhaus. Lausche an Astrids Tür. Alles still. Ich komme mir idiotisch vor, denn Astrid ist wohl die Letzte, die mich verraten würde.

Dennoch bin ich auf der Hut.

Ich schlüpfe durch die Tür in unsere Wohnung, drücke sie leise hinter mir zu. Mein Herz pocht so laut, dass ich es in den Ohren hören kann. Es ist ruhig, dennoch bewege ich mich auf Zehenspitzen Richtung Küche, in der nur das leise Brummen des Kühlschranks zu hören ist. Danach kontrolliere ich sämtliche Zimmer, um sicherzugehen, dass Ture tatsächlich nicht hier ist.

Natürlich ist er bei Agnes, es gibt keinen Grund, mich anzulügen, sage ich mir. Aber ich traue im Moment nicht mal mir selbst.

Als der Adrenalinschub nachlässt, gehe ich wieder in die Küche, inspiziere den Kühlschrank auf der Suche nach einem gekühlten Wasser. Diesmal ist er nicht prallgefüllt. Warum auch? Ture und Agnes sind ja bei sich zu Hause. Kopfschüttelnd setze ich mich mit der Flasche Wasser an den Tisch. Schließe die Augen und warte darauf, dass ich mich beruhige, doch das passiert nicht. In was für ein mieses Horrorszenario bin ich nur geraten?

Bloß jetzt nicht in eine depressive Stimmung verfallen, ermahne ich mich, richte mich auf und überlege meinen nächsten Schritt. Ich habe nicht viel Zeit.

Die Dusche habe ich so heiß, wie ich es ertrage, aufgedreht, schrubbe meine Haut wie eine Wahnsinnige, um diesen Rauchgestank, der immer noch in meinen Poren steckt, loszuwerden. Wenn ich die Augen schließe, sehe ich die Flammen und den dicken Rauch noch vor mir. Dazwischen erscheinen die Bilder von der bewusstlosen Ida, von ihrem unschuldigen Baby, das beinahe in den Flammen umgekommen wäre.

Kapitel Siebenundvierzig

Wieder sitze ich in diesem alten Pick-up und denke an Malte. Ich sollte ihn anrufen. Verwerfe gleich wieder den Gedanken. Das kann und muss warten. Er wird sich schon melden, wenn er sein Gefährt wieder braucht. Trotzdem schulde ich ihm ein kleines Update. Aber er wird ausrasten. Also nein. Noch nicht.

Mittlerweile fühlt es sich ganz vertraut an, den Pick-up zu fahren. Fast wie früher, als ich mit Malte immer neue Gegenden erkundet habe. Aber das ist lange vorbei.

Ich verdränge die Gedanken daran ebenso, wie die Bilder von Idas brennendem Haus. Ich will gar nicht daran denken, was geschehen wäre, wenn ich nicht zum Meer gefahren wäre, sondern direkt nach Hause.

Mein Blick wandert zum Rückspiegel und ich erinnere mich an Idas Worte, die sie mir im Krankenwagen zugeflüstert hat.

›Ich dachte, du wärst zurückgekommen, hättest etwas vergessen. Also habe ich die Tür aufgemacht. Doch dann stand da dieser Mann. Er drückte mir einen Lappen auf den Mund und die Nase. Vorher hab ich nur gesehen, dass da ein schwarzer SUV stand. Bevor ich bewusstlos wurde, habe ich gesehen, wie er zur Hintertür raus ist. Mehr kann ich dir nicht sagen.‹

Ich richte mich auf. Was ist mit dem schwarzen SUV, warum verfolgt er mich nicht? Wer verbirgt sich dahinter und warum erledigt er nicht jetzt seinen Job?

Hektisch drehe ich mich um, als ich vor Sigrids Haus angekommen bin. Doch die Straße ist wie leergefegt. Nicht ein einziges Auto. Ist das gut oder bedeutet es, dass er mir auflauert und mich erwischt, wenn ich mich sicher fühle, so wie Ida es tat?

Eine Weile bleibe ich noch im Wagen sitzen und betrachte Sigrids Haus im winterlichen Dämmerlicht und lege mir zurecht, was ich sie fragen will und überlege, was ich ihr sagen kann. Noch weiß ich nicht, auf wessen Seite sie steht. Ida meinte zwar, dass ich ihr vertrauen kann. Aber Menschen ändern sich, ändern ihre Meinung und ihre Loyalität. Ich wünsche mir so sehr, dass Sigrid nicht zu diesen Menschen gehört.

Ich brauche ihre Hilfe.

Der tiefe Gong ertönt und keine zwei Sekunden fliegt die Tür auf. »Komm rein.« Sigrid sieht über meine Schulter. »Bist du allein?«

»Ja.«

Sie schließt die Tür. »Was für eine Scheiß-Sauerei!«

Erstaunt sehe ich sie an, diese Ausdrucksweise passt überhaupt nicht zu ihr.

»Komm, mein Mann ist nicht da und ich hatte gehofft, dass du zu mir kommst.« Sie eilt voran in das Wohnzimmer.

Das Feuer im Kamin knistert, der Weihnachtsbaum ist geschmückt. Weihnachten. Zeit der Liebe und Vergebung.

»Was ist mit Ida? War das ihr Haus, das in Stenskär ausgebrannt ist?«, überfällt mich Sigrid sofort.

»Woher weißt du davon?«

»Aus den Nachrichten.« Erwartungsvoll und auch irgendwie ängstlich sieht sie mich an.

»Ja, das war es.«

Sie schließt die Augen, schüttelt den Kopf. »Oh mein

Gott. Stimmt es, dass niemand aus den Flammen gerettet werden konnte? Sind Ida und ihre Tochter verbrannt? Bitte, das darf nicht sein.« Flehend sieht sie mich an.

»Nein, sie sind am Leben.«

Erleichtert lässt Sigrid ihren Atem entweichen.

»Wie geht es ihr und ihrer Tochter?«

»Woher weißt du, dass sie eine Tochter hat?«, frage ich erstaunt.

»Sie hat es mir gesagt, nachdem das Kind geboren wurde.«

»Ihr hattet also Kontakt?«

»Nein, nicht wirklich – setz dich, möchtest du etwas trinken? Ich brauch jetzt was Starkes.«

Ich setze mich auf das weiche Sofa. Beobachte Sigrid, wie sie die Schranktür öffnet, hinter der sich ein Bar befindet. »Möchtest du auch einen Whiskey?«, fragt sie über die Schulter hinweg.

»Nein, ein Wasser bitte. Ich muss einen klaren Kopf behalten und außerdem noch fahren.«

»Natürlich, wie dumm von mir.«

Sie reicht mir das Wasser und setzt sich mir gegenüber. Nippt an dem Whiskey und schüttet ihn dann hinunter. Nachdenklich dreht sie das leere Glas in den Händen, ihre Stimme ist leise. »Nach der Geburt ihrer Tochter habe ich zum letzten Mal mit Ida telefoniert. Sie hat mich gebeten, es niemanden zu sagen. Mir hat sie auch nur davon erzählt, weil sie sich wahrscheinlich verpflichtet fühlte, nachdem ich ihr Unterschlupf gewährt hatte, als sie sich von Ture getrennt hatte. Die Arme wusste ja nicht, wohin sie so rasch verschwinden konnte.« Sie hebt den Blick. »Du hast sie also getroffen. Dann konntet ihr miteinander reden?«

»Ja, das konnten wir.«

»Das ist gut … Warst du dabei, als das Haus in Flammen aufging?«

»Nein, ich war am Meer, habe den Rauch gesehen und bin daraufhin zurück zu ihrem Haus gefahren.«

»Dann hast du sie also gerettet?«

Ich nehme einen Schluck Wasser, die Erinnerung ist wieder präsent. Ich kann nichts sagen, nur zustimmend nicken.

»Oh mein Gott. Wie ist das passiert?«

Ich gehe nicht auf ihre Frage ein. »Erzähl mir von Ida. An was erinnerst du dich, wie kam es zu dem Zerwürfnis mit Ture.«

Nervös zupft Sigrid am Kragen ihrer weißen Bluse.

»Sie war am Boden zerstört über das, was Ture und Agnes ihr vorwarfen. Und ich wollte, dass sie weit weg von den Wikströms ihr Kind bekommt und unbesorgt mit ihm leben kann.«

Ich entspanne mich, offensichtlich ist Sigrid noch immer auf Idas Seite. Alles, was sie mir gerade erzählt hat, stimmt mit dem überein, was ich von Ida erfahren habe, bevor dieser Irre das Feuer gelegt hat.

»Was hat man ihr vorgeworfen?«

»Dass sie Drogen nimmt. Das hat sie wohl als Jugendliche tatsächlich getan – na ja, wer hat in jungen Jahren nicht mal über die Stränge geschlagen?« Sigrids Lächeln wirkt verkrampft. »Aber das hatte sie schon lange hinter sich, als diese komischen Tabletten in der Wohnung gefunden wurden. Es hieß, es wäre so eine Art Ersatzdroge. Ich komme nicht auf den Namen.«

»Ritalin?«

»Ja, genau. Ida war außer sich. Weder Ture noch seine Mutter glaubten ihr.«

Ich schnappe nach Luft.

Als Ida andeutete, dass Drogen im Spiel waren, wollte ich es noch nicht wahrhaben. Doch jetzt fühlt es sich so an, als würde Sigrid mir meine eigene Geschichte erzählen.

Scheiße, Ture, Tabletten scheinen deine Waffe zu sein.

»Und dann ist sie zu dir gekommen?«, frage ich nach.

»Nicht gleich. Ich habe mitbekommen, wie schlecht es ihr ging und sie dazu aufgefordert … nein, ich hab sie regelrecht gedrängt dazu, weil ich nicht wollte, dass ihr etwas zustößt.«

»Wie meinst du das?«

Sigrid erhebt sich und geht hinüber zu der Bar, füllt ihr Glas.

Sie hat mir halb den Rücken zugekehrt, aber ich kann sehen, wie ihre Hand leicht zittert.

»Leah, ich will nicht in Schwierigkeiten kommen.« Sie dreht sich um. »Die Wikströms sind kalt wie ein Fisch.«

»Aber ihr seid befreundet, das verstehe ich nicht.«

Sie lacht hohl, dann wird sie ernst. »Mein Mann hatte Geschäfte mit Elias am Laufen. Und in dieser Welt des Geldes sind Kontakte untereinander wie eine Bank. Sie sind zwingend notwendig, also pflegt man diese. Das bedeutet aber noch lange nicht, dass man sich mag und schätzt. Es bedeutet jedoch, dass man über so manche Angelegenheit hinwegsieht und schweigt.«

Wieder kippt sie den Whiskey in einem Zug hinunter und ihre Augen wandern von ihrem leeren Glas zum Schrank, als bräuchte sie einen weiteren Drink. Doch dann stellt sie das Glas entschlossen ab. »Bei Ida konnte ich aber nicht einfach tatenlos zusehen. Nicht schon …«

»Nicht schon wieder?«, vollende ich ihren abgebrochenen Satz. »So wie Brigitta? Als sie den Unfall hatte?«

Sigrid weicht meinem Blick aus. Schweigt.

Ich verstehe sie auch so. Denn ich kenne die Antwort. Ida hat sie mir gegeben.

»Nur noch eine Sache, was ist mit Tures Vater?«

»Nun ja, er ist an einem Infarkt gestorben.«

»So die offizielle Version, die ich schon kenne. Doch Ida hat da eine andere Sichtweise, sie …«

»Sigrid?« Eine tiefe Männerstimme unterbricht mich.

Sigrid wirft mir einen Blick zu. »Das ist mein Mann, Hugo. Bitte, kein Wort zu ihm«, flüstert sie ängstlich.

»Ich bin hier im Wohnzimmer!« Rasch geht sie ihrem

Mann entgegen. »Ich habe lieben Besuch von Leah, der Lebensgefährtin von Ture.«

Lächelnd erhebe ich mich vom Sofa und gehe mit ausgestreckter Hand auf Hugo zu. Ein Mann von stattlicher Figur mit einem festen Händedruck und einer sonoren Stimme.

»Leah, schön Sie kennenzulernen. Meine Frau hat neulich erst erwähnt, dass Sie eine reizende Person sind, die ihr neustes Keksrezept gelobt hat. Nun denn.« Er sieht von mir zu Sigrid.

»Die waren wirklich sehr lecker, fanden Sie nicht?«

»Doch doch … alles, was meine Frau serviert, ist ein Gaumenschmaus.« Er umfasst Sigrids Taille und küsst ihre Wange.

Unvermittelt wirkt er weich.

Übertrieben sehe ich auf meine Armbanduhr. »Ach du meine Güte, schon so spät. Danke für den netten Plausch. Ich wünsche euch ein frohes Weihnachtsfest.«

»Warte, ich bring dich noch zur Tür.« Sofort ist Sigrid neben mir. Eilt voraus und öffnet mir die schwere Haustür. Dann blickt sie über ihre Schulter in den Flur, umfasst meinen Unterarm und führt mich raus. Kühle Luft empfängt uns und kleine Atemwolken bilden sich, als Sigrid leise aber eindringlich sagt: »Leah, auch dir gebe ich den guten Rat, verlasse Ture. Geh deinen eigenen Weg.« Fest umarmt sie mich. »Bitte höre auf eine alte Frau.« Sie blickt mich ernst an und dann schüttelt sie den Kopf. »Ich kann sehen, dass du etwas vorhast. Es wird dir schaden. Tue es nicht. Geh einfach!«

»Ich muss. Ich habe es nicht nur Ida versprochen, sondern auch mir selbst.« Ich greife in die Innentasche meiner Jacke. »Das hier hat mir Ida gegeben, bevor das Haus in Flammen stand. Ich sollte es dir geben, wenn ich mir sicher bin, dass du immer noch auf ihrer Seite stehst.« Ich reiche ihr ein Foto.

Tränen füllen ihre Augen als sie es betrachtet. »Wie heißt sie?«

»Joline.«

»Was für ein schöner Name.«

Es hat aufgehört zu schneien. Ich blicke in den Himmel. »Sieh nur, die Sterne, wie sie funkeln.« Zuversichtlich lächle ich Sigrid an. »Das ist ein gutes Zeichen.«

Sie erwidert mein Lächeln, nickt mir zu und drückt das Foto fest an ihre Brust. »Pass gut auf dich auf, Leah.«

Ich steige in den Wagen, erwidere ihr Winken und behalte mein Lächeln bei, bis sie mich nicht mehr sehen kann. Rasch starte ich den Wagen. So euphorisch und voller Tatendrang, wie ich mich gerade Sigrid gegenüber gegeben habe. Ich habe Angst, aber auch die nötige Wut in mir, um dieses Kapitel meines Lebens abzuschließen.

Kapitel Achtundvierzig

Schwungvoll reiße ich die Tür zu meinem absoluten Lieblingsrestaurant *Cliff Barnes* auf. Wie immer empfängt mich leise Barmusik und der Schein der Kerzen auf den Tischen erinnert mich an unbeschwerte Zeiten.

»Hej Leah – ich fasse es nicht, wie schön, dich nach so kurzer Zeit wieder hier begrüßen zu dürfen.« Herzlich umarmt mich Jan, blickt mich kritisch an und streicht dabei über seinen rotbraunen Vollbart. »Wie geht es dir?«

»Gut«, erwidere ich rasch. Ich habe keine Lust darauf, dass er Fragen stellt, denn sein Blick sagt mir, dass ich grauenvoll aussehe. »Ist Malte schon da?«

Er deutet auf unseren Stammplatz. »Seit fünf Minuten.« Grinsend nimmt er meine Jacke entgegen.

Maltes Lächeln hingegen erstirbt, als er mich sieht. »Mein Gott, was ist dir denn passiert?«

Ich hebe die Hand. »Bitte jetzt keine Bemerkungen über meine Augenschatten und den Rest.«

»Nein, das würde ich niemals tun, aber du siehst echt fertig aus.«

»Das bin ich auch«, erwidere ich, während ich mich setze.

»Lebt mein Pick-up noch?«

»Natürlich! Wir sind wieder gute Freunde geworden.«

Seine Erleichterung erheitert mich so sehr, dass ich dann doch lachen muss und gar nicht mehr aufhören kann. Mir ist selbst bewusst, wie albern und hysterisch das rüberkommen muss. Aber das Lachen pumpt Adrenalin und Glückshormone in meinen Körper. Genau das, was ich jetzt brauche.

»Alles in Ordnung mit dir?«, fragt Malte misstrauisch und blickt sich verstohlen im Lokal um. »Jedenfalls wissen jetzt alle, dass du da bist. Und jetzt erzähl schon. Hast du mit Ida geredet?«

Tief atme ich durch und wische mir die Lachtränen von den Wangen. »Anscheinend hast du die Nachrichten nicht gesehen.«

»Nein, ich war in Meetings und na ja, das Übliche, Essen mit den Auftraggebern. Erzähl, was ist passiert?«

Nachdem ich Malte alles berichtet habe, lässt er sich an die Stuhllehne fallen. »Was für ein Mist. Ich hatte mit allem gerechnet, aber das topt es. So ein Scheißkerl … Was für ein verlogenes Pack.« Er lehnt sich vor, senkt seine Stimme. »Leah, du musst da weg.«

»Nein, noch nicht.«

»Ich bitte dich, sei nicht dumm. Du hast ja gehört, was Ture mit Ida gemacht hat.«

»Das ist mir bewusst und deshalb brauche ich deine Hilfe. Ich muss die ganze Geschichte herausfinden. Ich habe es Ida versprochen. Und bin es mir und all den Frauen, die sich mit Ture eingelassen haben, schuldig. Damit muss Schluss sein.«

Lange und durchdringend sieht Malte mich an. »Lass uns was bestellen und dann verrate mir, was du vorhast.«

Erleichtert lege ich meine Hand auf seine. »Danke.«

»Danke mir nicht zu früh, noch habe ich mich nicht entschieden.«

Kapitel Neunundvierzig

»Leah?«

Beim Zuschlagen der Wohnungstür zucke ich zusammen, meine Aufregung steigt. Wie werde ich reagieren, wenn ich Ture sehe? Da ist dieses Gefühl der Vertrautheit, Sehnsucht nach Geborgenheit und zugleich die dunklen Gefühle, die sich in mir regen und die Oberhand gewinnen. Abscheu. Missbilligung. Vergeltung.

»Ich bin in der Küche«, rufe ich und räuspere mich, als ich bemerke, wie zaghaft und rau meine Stimme klingt.

Mit ausgestreckten Armen kommt Ture auf mich zu, wirbelt mich herum, bedeckt mein Gesicht mit Küssen. »Mein Gott, wie habe ich dich vermisst.« Er hält mich von sich, seine Augen suchen mein Gesicht ab. Suchen vermutlich nach Bestätigung, dass auch ich so empfinde.

»Ja«, seufze ich und hoffe, dass ich die passende Tonlage treffe. »Ich habe dich auch vermisst.«

Aufmerksam ruht sein Blick auf mir. »Du siehst blass aus. Bist du krank?«

»Nein, vielleicht bekomme ich eine Erkältung, aber ich fühle mich gut.« Ich bemerke seinen besorgten Blick. »Sehr gut sogar«, setze ich nach und bin erleichtert, als sich seine Züge entspannen.

»Gott sei Dank, denn das ist ja unser erstes gemeinsames Weihnachtsfest und es bedeutet mir sehr viel.«

»Warum?«

»Lass dich überraschen.« Seine Augen strahlen, und er hat dieses verschmitzte Lächeln, dass mir sofort bei ihm aufgefallen ist, als wir uns kennenlernten. Damals. Es fühlt sich an, als wären hundert Jahre vergangen, dabei sind es nur ein paar Monate.

»Komm schon, was planst du, sag es mir«, bohre ich nach und es interessiert mich wirklich. Alles, was ich jetzt herausbekomme, kann für mich wichtig sein.

»Nichts da, gedulde dich«, wehrt er schmunzelnd ab, nimmt sich einen Becher aus dem Schrank, füllt ihn mit Kaffee und setzt sich an den Tisch. »Und jetzt möchte ich wissen, wo du warst.«

Darauf war ich vorbereitet. Ich erzähle ihm, wie toll es in dem Wellness Hotel war, wie sehr ich die Massagen und die Sauna genossen habe. Ich schwärme von dem Essen, dem freundlichen Service. »Aber am schönsten waren die langen Spaziergänge am Meer«, schließe ich. »Weißt du, dass das Meer die Seele öffnet?«

Ratlos blickt er mich an.

»Es macht den Kopf frei, die Gedanken können besser fließen und plötzlich sieht man die Dinge klarer.«

»Ach, das meinst du. Und welcher Knoten hat sich bei dir gelöst?«

»So einige.«

Er nimmt meine Hand. »Pack deine Sachen, wir fahren zu Agnes.«

»Was? Jetzt schon?« Darauf war ich wiederum nicht vorbereitet.

»Es ist Tradition, dass die Familie sich einen Tag vor Heiligabend trifft und gemeinsam das Essen für die Weihnachtstage vorbereitet.«

»Wer kommt noch?«

»Niemand weiter, es gibt nur noch uns. Aber das ist egal, Hauptsache wir drei haben Spaß.«

Schwingt da ein wenig Wehmut in seinen Worten mit?

Seine Miene verrät mir nichts. »Ist Agnes denn schon wieder fit genug?«, frage ich.

»Das ist sie und sie freut sich auf dich.« Er senkt den Blick. »Ich bitte dich, sei nachsichtig mit ihr und begrabe das Kriegsbeil.«

»An mir soll es nicht liegen.« Grinsend neige ich den Kopf. »Entspann dich. Ich bin es jetzt auch, wie gesagt, ich war am Meer und sehe die Dinge jetzt klarer.«

Seine Erleichterung rührt mich, auch wenn ich ihm am liebsten eine Ohrfeige geben und ihn schütteln würde, bis diese Erleichterung aus seinem Gesicht verschwindet und er begreift.

Kapitel Fünfzig

In einer Hand hält Ture die Reisetasche, die andere umfasst meine. Er ist sichtlich gelöst und hat gute Laune. Wäre die Situation eine andere, würde ich jubeln vor Freude während wir durch die Halle in dem riesigen Haus schreiten.

»Agnes! Wir sind da, wo steckst du?« Ture lässt die Tasche auf den Boden fallen und zieht mich in Richtung Wohnzimmer. »Komm, ich muss dir unbedingt den Weihnachtbaum zeigen, den wir gestern geschmückt haben.«

Er wirkt auf mich wie ein kleiner Junge und seine Freude ist ansteckend. Es erschreckt mich, dass er immer noch diese magische Anziehungskraft auf mich hat.

Agnes kommt mit ausgestreckten Armen auf uns zu, sie wirkt lebhaft und aufgeregt. »Da seid ihr ja endlich. Leah, du siehst toll aus, erholt und frisch wie der Frühling.«

Ihre Umarmung ist anders, herzlicher. Ich bin irritiert, das habe ich nicht erwartet. Was ist los? Keine Sticheleien, kein Gejammer?

»Leah, du musst dir den Baum ansehen. Ture hat sich dieses Jahr selbst übertroffen.« Sie nimmt meine Hand und zieht mich ins Wohnzimmer.

Ich muss kurz blinzeln, bin geblendet von der Pracht. Der Baum ragt bis unter die hohe Decke. Engelshaar, glitzernde Kugeln und ein Meer von Kerzen zieren die grünen Äste der Tanne.

»Ist er nicht traumhaft?« Stolz klingt in Agnes' Stimme mit.

»Das ist er in der Tat«, erwidere ich ehrlich beeindruckt und spüre einen Stich in meiner Brust. Weihnachten war in meiner Familie ein fröhliches Fest. Wir haben immer viel gelacht, Lieder unter dem Baum gesungen und Anekdoten ausgetauscht.

Aus einem Reflex heraus, geschuldet der momentanen Stimmung in mir, küsse ich Ture auf die Wange. »Der Baum ist wunderschön«, hauche ich. Doch als ich seine Hand spüre, die sich um meine Taille legt, ist der ganze Zauber verflogen.

Tures Griff fühlt sich besitzergreifend an und ich kann mich nicht einfach aus seiner Umarmung herausschälen, ohne dass er verwundert sein wird, denn das ist das Letzte, was ich für mein Vorhaben gebrauchen kann. Also lasse ich es und schmiege mich an ihn, spiele die liebende Frau an seiner Seite. Ich lehne den Kopf an seine Schulter und sehe, wie Agnes' Gesichtszüge entgleiten.

Uns so einträchtig zu sehen, scheint ihr nicht zu gefallen.

Da ist sie wieder, die Agnes, die ich kenne.

Nervös räuspert sie sich. »Ich habe jetzt Lust auf Zimtgebäck und einen heißen Kaffee. Wie ist es mit dir, Leah?«

»Sehr gern, soll ich dir helfen?«

»Nein, du bist mein Gast und ich möchte dich verwöhnen. Ture wird mir zur Hand gehen, nicht wahr, mein Lieber?«

»Natürlich.«

Bevor er seiner Mutter in die Küche folgt, beugt er sich vor, um mich zu küssen. Geschickt wende ich mich ab, um Agnes nachzusehen, und der Kuss landet auf meiner Schläfe.

Der Kamin knistert, leise Weihnachtsmusik und der Duft nach Tannengrün hängen in der Luft. Es könnte so schön sein, wäre da nicht die Vergangenheit der Familie Wikström. Daran muss ich mich immer wieder erinnern, bevor mich diese heimelige Atmosphäre einlullt.

Einträchtig sitzen wir später vor dem Kamin. Ich lausche dem Gespräch zwischen Ture und Agnes nur mit halbem Ohr. Ab und zu nicke ich oder werfe an passender Stelle einen Kommentar in die Unterhaltung. Agnes ist charmant und über alle Maßen bemüht um meine Gunst. Ständig berührt sie meinen Arm oder die Hand. Es macht mich nervös. Ich will nicht, dass sie mich berührt.

»Es ist so schön, hier mit euch zu sitzen, es bedeutet mir sehr viel. Liebe Leah, ich möchte mich bei dir für manch dumme Bemerkung und Äußerung entschuldigen. Es war in der letzten Zeit so ein Durcheinander und es ist so viel passiert. Dieser Stress wegen der Immobilie für Tures neues Restaurant, dann dein Verschwinden, die Angst um dich, die wir ausgestanden haben. Und dann auch noch mein Zusammenbruch.« Schwermütig schüttelt sie den Kopf. »Alles, was ich dir im Krankenhaus gesagt habe, war ehrlich gemeint. Ich bin froh, dass Ture so eine patente und kluge Frau gefunden hat. Mein Mann Elias hätte dich ebenfalls sehr gemocht.«

Sie schluckt, kämpft mit den Tränen. Eine davon rollt ihre Wange hinab, verstohlen wischt sie sie mit den Fingern weg.

»Tut mir leid, dass ich sentimental werde. Es ist Weihnachten und ich muss so oft an meinen Mann denken. Er hat dieses Fest geliebt.« Sie wendet sich Ture zu. »Erinnerst du dich an unser letztes gemeinsames Weihnachtsfest? Wie glücklich Elias war, als du ihm die limitierte Auflage von *Let it Bleed* von seiner Lieblingsband, den Rolling Stones, geschenkt hast? Wie er sofort die Schallplatte auflegte und herumtanzte, wie ein junger Mann.«

Ihre Augen schwimmen mittlerweile in Tränen.

Für eine winzige Sekunde habe ich Mitleid mit ihr und

berühre ihre feingliedrige Hand, um ihr Trost zu spenden. Sie dankt es mir, indem sie mich anlächelt und tief seufzt.

»Und dann im darauffolgenden Jahr im November ist er von uns gegangen«, fährt sie fort und holt tief Luft. »So schrecklich … im Jahr zuvor Brigitta und dann Elias.«

Und zum zweiten Mal bereue ich meine gefühlsbetonten Reaktionen.

Unvermittelt erhebt sie sich aus dem Sessel, hebt ihr Haupt. »Schluss mit der Vergangenheit, so traurig sie auch ist.« Sie blickt Ture an, der nachdenklich im Sessel versunken zu sein scheint.

Ist es im peinlich oder berührt ihn die Geschichte, die Agnes uns aufgetischt hat?

»Kommt ihr beiden, wir sollten uns jetzt an die Vorbereitungen machen.«

Agnes ist ganz in ihrem Element, während sie in ihrer viel zu großen Küche herumwirbelt. Geschäftig öffnet sie den Kühlschrank. Holt die rote Beete, den *Julskinka*, diesen zarten Weihnachtschinken, und dann das Hack heraus. Sie gibt uns Anweisungen wie eine Küchenchefin. Sagt uns, wie wir ihr zur Hand gehen sollen, wie alles nach ihrer Tradition gewürzt, geschält und zerkleinert werden soll.

Ich kenne das Prozedere. Allerdings waren diese Vorbereitungen in meiner Familie mit Lachen und Scherzen verbunden und jeder durfte, wie es ihm beliebte, würzen, schneiden und garnieren.

»Leah, bitte pass mit der roten Beete auf, sieh doch nur die Flecken«, mahnt Agnes und wischt akribisch die roten Spritzer auf der Arbeitsplatte weg.

Ergeben hebe ich die Hände. »Tut mir leid. Meine Hände sehen nicht besser aus.«

»Zieh dir diese Handschuhe an.« Sie reicht mir eine Packung Haushaltshandschuhe.

Ich bin kurz davor laut zu lachen. Stattdessen bedanke ich mich artig.

Zufrieden wendet sie sich Ture zu. »Wasch dir bitte gründlich die Hände, bevor du den Schinken anschneidest.«

»Agnes, entspann dich.« Ture nimmt sie in die Arme, wirbelt sie herum, bis sie juchzt und darum bettelt, dass er sie wieder loslässt.

Ich kann die beiden nur anstarren. Das Ganze wirkt auf mich mehr als befremdlich. Ich ringe mir ein Lachen ab und ernte prompt einen strafenden Blick von Agnes.

Ture bemerkte es und hebt verlegen die Schultern. Ich nicke ihm zu, lächle und hoffe, dass es nicht so künstlich wirkt, wie es sich anfühlt.

»Meine Damen«, verkündet er fröhlich, während er kurz darauf eine Flasche Champagner aus dem Kühlschrank holt. »Man reiche mir die Gläser.« Der Korken knallt gegen die Decke. Ich johle unbeabsichtigt auf. Agnes' säuerlicher Gesichtsausdruck ist unbezahlbar.

Rasch reiche ich ihm die Gläser.

»Auf ein friedvolles Weihnachtsfest.«

»Das ist doch erst morgen«, erwidert Agnes entnervt. Als sie Tures strengen Blick auffängt, rudert sie zurück. »Recht hast du, was solls.« Kokett knufft sie Ture in die Seite.

Ich kann mir gerade noch ein Augenrollen verkneifen und spüre, wie ich mich innerlich immer mehr verkrampfe. Lange halte ich diese Charade nicht mehr aus.

Wir erheben die Gläser, prosten uns zu und lachen über das Prickeln des Champagners in der Nase.

Dennoch liegt Anspannung in der Luft. Oder ich bilde mir das nur ein, weil ich hochgradig angespannt bin, trotz der erheiterten Einlage von Ture. Ich will es endlich hinter mich bringen.

Als Ture mich an sich drückt und mir tief in die Augen sieht, wird mir schlagartig bewusst, dass ich das Bett mit ihm teilen werde, und mir wird mulmig. Wie soll ich seine

Nähe ertragen, wenn alles in mir rebelliert. Wie konnte ich nur diesen Part außer acht lassen?

Ich trinke mein Glas aus, halte es ihm gleich wieder hin. »Der ist super lecker«, lobe ich, grinse breit und reibe mich an ihm.

Es funktioniert. Bereitwillig füllt er mein Glas erneut. Als niemand hinsieht, kippe ich den Champagner in die Spüle und fordere Ture erneut auf, das Glas zu füllen.

Skeptisch sieht er mich an.

»Ture, es ist Weihnachten und ich bin froh, hier bei euch zu sein. Ihr seid jetzt meine Familie.« Mir wird schlecht bei meinen Worten, sie fühlen sich an wie ein Verrat an meiner Familie. Doch solange ich keine Bestätigung für all das habe, was mir Ida an Information gegeben hat, muss ich dieses miese Spiel weitertreiben.

Lächelnd blicke ich Agnes an, die mich inzwischen etwas zu misstrauisch beäugt. »Ach, Agnes, komm und stoß mit mir an. Ich bin glücklich, hier zu sein.« Mein Magen dreht sich um. Tief atme ich ein und aus.

»Das bin ich auch.« Sie erwidert mein Lächeln und erhebt ihr Glas. »Auf die Zukunft.«

»Auf die Zukunft«, wiederhole ich. Diesmal mit Freuden.

Und dann mache ich weiter, gaukele Feierlaune und Beschwipstsein vor, bis ich nur noch lalle.

»Ich bin müde.« Seufzend lehne ich mich an Tures Schulter. »Bring mich ins Bett.« Schläfrig sehe ich ihn an. »Bitte.«

Er hebt mich hoch und ich schlinge meine Arme um seinen Hals.

Ture trägt mich die Treppe hoch in sein Zimmer. »Ich habe zu viel getrunken, tut mir leid«, nuschle ich an seinem Hals.

»Ja, das hast du. Und morgen wirst du einen gewaltigen Kater haben.«

Ich kann ein Grinsen auf seinem Gesicht ausmachen. Gut so. Ich bin erleichtert, dass er nicht genervt reagiert.

Vorsichtig legt er mich auf das Bett und fängt an, mich auszuziehen. Sachte, mit viel Gefühl.

Ich bete zu Gott, dass er sich meine momentane wehrlose Situation nicht zunutze macht. Er streicht über meine Wange und küsst meine Stirn, seine Hand gleitet weiter zu meinem Busen …

»Ich habe einen Tee für dich, meine Liebe. Ist gut für das Unwohlsein und gegen einen Kater.« Agnes steht unvermittelt bei uns im Zimmer und ich kann mir ein erleichtertes Seufzen über ihre indiskrete Unterbrechung gerade noch verkneifen.

Agnes stellt die Tasse auf den Nachtisch und ich könnte sie küssen. Das war perfektes Timing.

Dankend nehme ich die Tasse und trinke den Tee.

Sie lächelt mich an und zieht Ture hinter sich aus dem Zimmer. »Lass sie schlafen.«

Kapitel Einundfünfzig

Ich lausche Tures tiefen, gleichmäßigen Atemzügen, spüre seine Wärme in meinem Nacken. Vorsichtig hebe ich seinen Arm an, der auf meinem Oberkörper liegt. Halte inne, als er sich murrend umdreht. Mit angehaltenem Atem lausche ich, warte, bis ich sicher bin, dass er tief und fest weiterschläft. Erst dann hebe ich sachte die Decke an und rolle mich aus dem Bett.

An der Tür bleibe ich stehen, sehe zu ihm. Doch er liegt völlig entspannt und eingerollt unter der Decke. Sein Brustkorb hebt und senkt sich gleichmäßig.

Auf Zehenspitzen schleiche ich mich aus dem Zimmer und ziehe langsam die Tür hinter mir zu. Lausche. Alles ruhig. Das Einzige, was ich höre, ist mein Blut, das vor Aufregung durch meinen Körper rauscht.

Behutsam drücke ich die Klinke zum Herrenzimmer herunter. Ein leises Quietschen ertönt, als ich die Tür öffne. Ich halte meinen Atem an, sehe zu der Treppe hinauf, wo die Schlafzimmer liegen. Alles ruhig. Rasch schlüpfe ich durch die Tür und drücke sie langsam hinter mir zu. Sie klemmt auf den letzten Zentimetern, also lasse ich sie einen Spalt geöffnet.

Wie schon vor ein paar Wochen, steigt mir alter Zigarrenmief in die Nase, und abermals verspüre ich den Drang, ein Fenster zu öffnen.

Es ist stockdunkel in dem Zimmer, unruhig taste ich nach dem Lichtschalter, finde ihn nicht, es nervt mich und ich spüre, wie ein altbekanntes Gefühl in mir aufsteigt. Aggression. Tief atme ich ein und aus, bis dieses Gefühl verschwindet. Dann ziehe ich mein Handy aus der Tasche meiner Pyjamahose, schalte die Taschenlampe ein und schleiche auf Zehenspitzen zum Schreibtisch und knipse dort die Tischlampe an. Erleichtert setze ich mich auf den ledernen Schreibtischsessel. Mein Herz pocht wie wild. Wieder ermahne ich mich, ruhig und gleichmäßig zu atmen.

Als sich mich Herzschlag beruhigt, schließe ich die Augen, versuche Elias zu spüren, wie er hier saß, diesen Brief schrieb und wo er ihn anschließend versteckt haben könnte.

Natürlich ist das Unsinn, denn ich kannte ihn ja nicht. Ich weiß gar nichts über ihn. Nur das wenige, das mir Ida über ihn erzählt hat. Fieberhaft überlege ich, wo sich diese Aufzeichnung befinden könnte. Ich muss sie finden, und zwar schnell.

Akribisch durchforste ich die Schubladen seines Schreibtischs.

Nichts.

Dann nehme ich mir das Bücherregal vor.

Vergebens.

Ich luge hinter die Gemälde, hebe dafür jeden einzelnen Bilderrahmen an – und finde nicht mal einen Safe.

Hat Ida mich angelogen, als sie erwähnte, dass Elias alles niedergeschrieben hat? Nein, das glaube ich einfach nicht.

Ich muss nur gründlicher suchen. Mitten im Raum bleibe ich stehen, schließe die Augen und versuche, mich zu erinnern, welche Worte sie genau benutzt hat.

Aber da ist nicht viel. Nur eins lässt mich stutzen. Sie hat in einem Nebensatz erwähnt, Elias habe sie gemocht und sogar gewarnt …

Nachdenklich neige ich den Kopf. Wenn er sie mochte, dann …

Aufgeregt eile ich zu der Konsole mit den Fotos. Meine Aufregung verstärkt sich, während ich das Verlobungsfoto von Ture und Ida in die Hand nehme. Eingehend betrachte ich es. Alles Quatsch, rede ich mir ein, während ich die Rückseite des Rahmens löse. Doch ich mache weiter.

Als ich ein Blatt Papier dahinter entdecke, kann ich kaum atmen vor Spannung. Mit angehaltenem Atem entfalte ich es. Überfliege die Zeilen … *Oh mein Gott!*

Ich streiche das Blatt glatt und mache ein Foto, danach tippe ich eine Nachricht an Malte und hänge das Foto an die Nachricht … Entsetzen packt mich, als das Display schwarz wird, bevor ich auf Senden gedrückt habe. Der Akku ist leer. Mist verfluchter. Am liebsten würde ich laut fluchen. Ruhig, ganz ruhig, alles ist gut, ich muss nur das Handy aufladen, rede ich mir gleich darauf ein.

Ich verstaue den Brief und Handy in der Schlafanzughose, taste mich im Dunkeln zu der Tür, öffne sie weiter und lausche. War da ein Geräusch?

Leise zwänge ich mich durch die Tür und schließe sie. Aus der Küche scheint Licht auf den Flur und ich höre, wie jemand den Kühlschrank öffnet.

Auf Zehenspitzen schleiche ich mich zur Treppe.

»Ture? Ture, bist du das?«

Ich wirbele herum. »Nein. Ich bin es.«

Im Türrahmen zur Küche steht Agnes, in ihrer Hand hält sie ein Glas Wasser. »Kannst du auch nicht schlafen?«

»Nein, ich habe Durst, so wie du.«

»Dann komm.«

Als ich die Küche betrete, holt sie eine angebrochene Flasche Wasser aus dem Kühlschrank, füllt ihr Glas erneut und dann meines. »Nein, warte, ich bevorzuge Leitungswasser«, sage ich und nehme ihr das Glas aus der Hand.

»Kein Problem.« Lächelnd geht sie zur Seite, nimmt ein Kännchen, das neben einer ausgequetschten Zitrone steht, und gießt den Saft in ihr Glas. »Du solltest ebenfalls einen Spritzer Zitrone hineingegeben. Das hilft gegen den Kater«, sagt sie und blickt mich verschwörerisch an. »Das hat mir meine Mutter immer gegeben, wenn ich einen über den Durst getrunken hatte.« Lachend schüttelt sie den Kopf. »Sieh mich nicht so an, auch ich war mal jung.«

Kurz überlege ich, ob ich ihrem Rat folgen soll, als ich sehe, wie sie das Glas an ihren Lippen führt, sich umwendet und sich auf einen Stuhl setzt, schütte ich den Rest des Safts in mein Glas. »Wie war deine Jugend?«, frage ich und nehme einen Schluck.

»Aufregend. Ich stamme aus einer einfachen Familie und musste kämpfen, damit meine Eltern mich auf die Universität gehen ließen. Ich war klug und wollte mein Leben nicht in einem kleinen abgelegen Ort verbringen.«

»Was hast du studiert?«

»Medizin.«

»Wow! Hast du als Ärztin gearbeitet?«

»Nein, ich lernte meinen Mann Elias kennen und er … er bot mir ein gutes Leben. Dann kam Ture zur Welt.« Sie lächelt in sich hinein, räuspert sich, erhebt sich von dem Stuhl und stellt ihr Glas in den Geschirrspüler.

»Ich denke, ich kann jetzt weiterschlafen. Gute Nacht, Leah.«

»Gute Nacht.« Ich sehe ihr nach, leere mein Glas und stelle es ebenfalls in den Geschirrspüler, ich weiß, dass sie das von mir erwartet.

Kapitel Zweiundfünfzig

»Guten Morgen, Süße«, verkündet Ture fröhlich.

Ich blinzle ihn an, als er sich mit einem Kaffeebecher auf die Bettkante setzt.

»Magst du Kaffee? Agnes hat ihn frisch aufgebrüht.« Er hält mir den Becher hin, den ich beim Versuch, mich aufzurichten, fast umstoße.

Mir brummt der Schädel, ich fühle mich energielos und möchte einfach nur weiterschlafen.

»Was ist mit dir? War es doch zu viel Champagner?«

Brummelnd blicke ich mich um und Stück für Stück kommt die Erinnerung daran zurück, wo ich mich befinde und was ich gestern Nacht entdeckt habe.

Der Brief!

Wo ist er?

Mein Blick hetzt zu meinem Handy, das auf dem Nachttisch liegt, aber ohne Ladekabel. Meine Hand fühlt die Taschen meiner Pyjamahose ab, doch da ist er nicht. Es dauert, bis mir einfällt, dass ich ihn in meine Reisetasche, die neben der Tür auf einem Stuhl liegt, versteckt habe.

»Was ist los? Du siehst nervös aus. Geht es dir so schlecht?«, fragt Ture. »Musst du dich übergeben?«

»Nein, es geht schon wieder«, beteuer ich hastig. »Aber

vielleicht bekomme ich doch eine Erkältung.« Schwach lächle ich ihn an.

»Bitte warte damit, bis die Feiertage vorüber sind«, scherzt er.

»Ich versuchs«, erwidere ich und nehme ihm endlich den Becher ab. »Danke für den Kaffee. Wie spät ist es?«

»Gleich zehn Uhr.« Er grinst, steht auf und zieht die Vorhänge zurück. »Es ist ein wunderbarer Tag, die Sonne scheint und die Welt da draußen ist schneebedeckt. So liebe ich Weihnachten, du nicht auch?« Er wendet sich zu mir um.

Die Sonne scheint direkt in meine Augen. »Ja, ich auch«, murmele ich lahm und drehe mein Gesicht zur Seite.

Ture lacht herzerfrischend. »Leah, komm schon, du schaffst das. Raus aus den Federn.« Er beugt sich vor und küsst meine Stirn. »Du konntest ja nicht genug von dem Champagner kriegen. Das ist jetzt die Strafe«, meint er immer noch lachend. »Wir sehen uns unten zu einem kleinen Spaziergang. Die frische Luft wird dir guttun.«

Zustimmend nicke ich und bin erleichtert, als er das Zimmer verlässt.

Ich warte, bis ich seine Schritte auf der Treppe höre, dann schlage ich die Bettdecke zurück. Mir wird schwindelig, als ich aufstehe. Natürlich habe ich keinen Kater, ich habe ja nichts getrunken. Aber warum fühle ich mich dann so? Ich öffne das Fenster. Die kühle Luft, die hereinweht, tut mir gut. Langsam verschwindet dieses flaue Gefühl in meinem Magen und ich haste zu meiner Reisetasche.

Ungeduldig zerre ich am Reißverschluss. Verflucht, er klemmt. Ein Stück Stoff hat sich verhakt. Ich kann mich nicht erinnern, ob ich gestern Nacht damit Probleme hatte. Endlich kann ich ihn freibekommen. Diese kleine Aktion hat mir Schweißperlen auf die Stirn getrieben.

Erleichtert atme ich aus und meine Aufregung steigt. Ich muss diesen Brief sehen, muss mich vergewissern, dass er real ist.

Hastig durchsuche ich die Reisetasche, ich erinnere mich, dass ich ihn in die Seitentasche zwischen den Slips platziert habe. Und ich kann mich auch noch an meine Gedanken erinnern, als ich ihn dort platzierte; wie schlüpfrig. Und musste ein Lachen unterdrücken. Und jetzt ist mir nicht mehr zum Lachen zumute.

Der Brief ist verschwunden. Weg. Einfach nicht da.

Ich wühle die Tasche erneut durch, kippe den Inhalt auf den Boden.

Ruhig, ermahne ich mich selbst. Denk nach.

Ich schnappe mir das Handy vom Nachttisch, doch auch so weiß ich, dass es nicht wie durch ein Wunder aufgeladen wurde. Frustriert lasse ich mich auf die Bettkante sinken. Greife zu dem Kaffeebecher und betrachte die braune Flüssigkeit. Vorsichtig, als wäre darin ein explosiver Stoff enthalten, stelle ich ihn wieder zurück.

Und dann erinnere ich mich an die Begegnung in der Küche. An Agnes, die so nett war, mir riet ein Glas Wasser mit Zitrone zu trinken. *Zitrone,* denke ich bitter und mit Wut im Bauch. Wie konnte ich nur so einfältig sein.

Scheiße. So ein mieses Dreckstück.

Entschlossen stehe ich auf. Ich kriege dich.

»Leah! Wie weit bist du? Wir wollen raus ans Meer«, tönt Agnes' Stimme zu mir.

»Gib mir noch fünf Minuten«, antworte ich heiser.

Auf Make-up habe ich verzichtet, damit die Version, dass ich gestern Abend betrunken war, glaubwürdig ist und meine bleiche Haut daher rührt. Auch benehme ich mich still. Höre Agnes und Ture zu, wie sie wieder Weihnachtsanekdoten austauschen, während wir Richtung Meer gehen. An passenden Stellen lache ich, schmiege mich an Ture, beobachte dabei Agnes' Reaktionen, doch im Moment scheint sie es zu ignorieren.

Innerlich bin ich angespannt und nervös, frage mich, ob mein Vorhaben funktioniert. Ob ich es wirklich schaffen werde. Ob ich nicht doch einen anderen Weg einschlagen sollte. Nein. Ich ziehe es durch, auch wenn meine Chancen, nachdem ich diesen Brief nicht mehr habe und mein Handy platt ist, nicht groß sind. Ich werde dafür sorgen, dass Agnes und Ture dieses Weihnachtsfest nie vergessen werden.

Ich sehe zum Meer, lausche den Wellen nach, die ans Ufer schlagen, spüre den Wind in meinem Gesicht. Doch vor allem spüre ich eine eisige Kälte in meinem Inneren, die mich erschreckt.

Ich blicke Ture neben mir an, er sieht zufrieden aus.

Ich blicke zu Agnes, sie hat ein Lächeln auf den Lippen.

Kapitel Dreiundfünfzig

Hand in Hand schreiten Ture und ich die Treppe hinunter. Immer wieder sieht er mich verstohlen von der Seite an.

»Was ist los? Habe ich einen Fleck auf meiner Bluse?«

»Nein. Du siehst wunderschön aus. Festlich.«

»Ist doch nichts Besonderes, nur ein dunkelblauer Hosenanzug und eine weiße Bluse.«

»Nein, das meine ich nicht. Da ist etwas, das ich vorher noch nie an dir bemerkt habe. Es ist deine Ausstrahlung. Du wirkst stark. Selbstbewusst.«

Eigentlich sollte ich mich über sein Kompliment freuen, aber das tue ich nicht. Mit seinen Worten hat er mir einen Schrecken eingejagt, mir Gewissensbisse gemacht. Ich werde ihn verraten, ihm wehtun.

Entspann dich. Du überstehst das, rede ich mir ein. *Nur noch diesen einen Abend und dann gehört das Leben wieder dir.*

»Kommt, ihr Lieben. Ich sterbe vor Hunger. Die Meeresluft löst immer diesen Effekt bei mir aus.« Lachend winkt uns Agnes zu sich.

Im Esszimmer, das an das Wohnzimmer grenzt, ist der ausladende Esstisch festlich mit allen traditionellen Köstlichkeiten gedeckt, dem zarten Weihnachtsschinken Julskinka, den üblichen Fleischbällchen, dem eingelegten

Hering und dem Graved Lachs. Agnes hat Kerzen angezündet, das knisternde Kaminfeuer und der würzige Duft des Tannenbaumes sollten eigentlich eine festliche Atmosphäre verbreiten.

Doch all das prallt an mir ab. Ich will es nur noch hinter mich bringen und dem allem entkommen. Doch noch muss ich mich in Geduld fassen.

Formvollendet rückt Ture den schweren Eichenholzstuhl für seine Mutter zurecht. So eine Prozedur und sein Getue sind mir fremd. Aber ich muss es aushalten.

Ture wendet sich mir zu und rückt mir ebenfalls den Stuhl zurecht, verneigt sich mit einem Lächeln, streicht sanft über meine Wange und setzt sich neben mich.

Während des Essens muss ich wieder Anekdoten über vergangene Weihnachtsfeste über mich ergehen lassen. Und wieder lächle oder kommentiere ich. Lobe das Essen, erwidere gute Wünsche und bemerke, dass etwas fehlt: Niemand außer mir lächelt. Alles fühlt sich gestellt an, wie in einem schlechten Theaterstück.

Endlich fordert Agnes uns auf, am Kamin Platz zu nehmen. Ture greift meine Hand. Sie fühlt sich feucht an und er wirkt nervös. Ahnt er etwas?

»Setz dich und rühr dich nicht vom Fleck.« Er droht mir spielerisch mit dem Zeigefinger und stürmt aus dem Wohnzimmer. Fragend sehe ich Agnes an, die nur mit den Schultern zuckt.

Nach einer Minute ist er wieder da, in seinen Händen drei Gläser und eine Flasche Champagner, die er auf den Beistelltisch stellt.

Ich habe mich nicht geirrt, Ture ist sichtlich nervös. So wie ich.

Er sieht Agnes und dann mich an, räuspert sich, strafft seine Schultern. »Ich bin der glücklichste Mann der Welt, denn ich habe zwei Frauen, die ich liebe und verehre.« Er wendet sich Agnes zu. »Du, Agnes, hast mich geboren und großgezogen und ich habe dir viel zu verdanken. Dank deiner Unterstützung und deinem unschlagbaren Knowhow in geschäftlichen Anliegen konnte ich meinen Traum verwirklichen.« Er beugt sich vor und küsst ihre Wange.

Sichtlich gerührt über seine Worte hält sie seine Hand fest. »Ich danke dir, mein Sohn. Du bist das größte Geschenk in meinem Leben. Ich würde alles für dich tun.«

Sie mag seine Hand nicht loslassen.

Erst als er ihren Handrücken küsst, löst sie ihren Griff. Ihre Wangen sind gerötet und ihre Augen schimmern ergriffen.

Mir wird speiübel bei diesem Anblick. Und am liebsten würde ich schreien.

Stattdessen lächle ich Ture an, der sich angespannt durchs Haar fährt.

»Und du, Leah, du bist die Frau, mit der ich mein Leben verbringen möchte. In der letzten Zeit haben wir viele Tiefs durchschritten. Aber wir haben sie gemeistert. Das gibt mir die Gewissheit, dass wir alles in unserem Leben schaffen werden.«

Der Schock könnte nicht größer sein. Unruhig richte ich mich auf.

Aus seiner Hosentasche zieht er ein kleines mit schwarzem Samt bezogenes Kästchen. »Ich weiß, es ist Weihnachten und ich bin nicht der erste Mann, der seiner Liebe des Lebens einen Antrag macht.« Er öffnet das kleine Kästchen und hält es in seinen bebenden Fingern. »Sieh mich an, wie nervös ich bin.« Aufgewühlt sucht er meinen Blick. »Leah, möchtest du meine Frau werden?«

Mit allem hatte ich gerechnet, nur nicht damit.

Mein Blick hetzt zu Agnes, deren Miene plötzlich nicht mehr entspannt und überlegen wirkt. Ihre Miene ist wie in Stein gemeißelt. Selbst der Mund, den sie zu einem Lächeln verzogen hat, wirkt erstarrt.

Ihr Anblick gibt mir Kraft.

Ich räuspere mich, stehe auf, lächle Ture an, obwohl mir

nicht danach zumute ist. Oder doch? Denn irgendwie fühlt es sich gerade gut an. Dieses Gefühl von Überlegenheit. Ich genieße seine Nervosität, die Anspannung, die von ihm ausgeht. Immer noch lächelnd wende ich mich Agnes zu, die gebannt auf meine Antwort wartet. Auch ihr schenke ich ein Lächeln. Lasse sie noch ein wenig zappeln. Bewundere den glitzernden Stein in dem Kästchen.

»Der ist wunderschön. Ture, du bringst mich in Verlegenheit.«

Ich begegne seinem hoffnungsvollen Blick. Und ich bemerke aus den Augenwinkeln, wie Agnes ihre Hände zu Fäusten ballt.

Seufzend atme ich durch, genieße die Spannung. »Das ist so romantisch.« Sehe in seine Augen. Wieder seufze ich theatralisch. »Ach Ture, das hast du so wundervoll inszeniert. Aber ich möchte nicht eine von deinen Frauen sein, die eine Verlobung mit dir nicht überlebt. Ich kann deinen Antrag nicht annehmen. Tut mir leid.«

Die Bombe ist gezündet, doch der Knall lässt noch auf sich warten.

Fassungslos starrt mich Ture an. »Was redest du da?«

Ich gehe nicht auf ihn ein, sondern wende mich Agnes zu. »Agnes, möchtest du deinem Sohn erklären, was ich damit meine?«

Verbittert betrachtet sie mich und schweigt.

»Was ist hier los?« Ture sieht von mir zu seiner Mutter.

»Agnes, sag doch was.«

»Ich habe keine Ahnung, wovon Leah spricht.«

»Ich dachte mir schon, dass du so reagieren würdest. Also gut. Bitte, Ture, setz dich neben deine Mutter.«

Er rührt sich nicht.

»Bitte setz dich neben Agnes!«, wiederhole ich. »Glaub mir, es ist besser, wenn du sitzt und ich möchte mich nicht noch einmal wiederholen.«

Ich bemerke ein irritiertes Flackern in seinen Augen, als er widerwillig meiner Anweisung folgt.

Ich warte, bis er sich gesetzt hat, um beide im Blick zu haben, und die Tür nach draußen in meinem Rücken. So fühle ich mich sicherer.

»Danke. Ich werde mich nur auf das Wesentliche konzentrieren. Das ist sicher auch in eurem Sinne«, beginne ich.

Ich sehe Ture an. »Ich habe einen Brief von deinem Vater gefunden, versteckt hinter dem Verlobungsfoto mit Ida. Du erinnerst dich doch an Ida, oder?«

»Ich versteh nicht …«

Ich hebe die Hand. »Warte bis ich fertig bin.« Ich richte mich auf. »Ida, deine Verlobte, die du mir vorenthalten hast, nun ja, das ist auch nicht mehr wichtig.«

Ture sucht den Blick seiner Mutter. Doch sie reagiert nicht, starrt nur in meine Richtung.

»In bewusstem Brief schrieb dein Vater, dass er deine Mutter verdächtigt, sie habe etwas mit Brigittas Unfall zu tun. Ferner schrieb er, dass er Ida eindringlich riet, sich von dir, Ture, zu trennen, damit sie nicht das gleiche Schicksal ereilt. Denn auch Ida war schwanger, so wie Brigitta …«

Niemand sagt etwas, Tures Blick ist verwirrt, fassungslos und wider Erwarten bedaure ich ihn. Aber ich fahre fort.

»Dein Vater war offensichtlich ein kluger Mann, der seine Frau durchschaute und dennoch konnte er nichts unternehmen, denn auch er fiel ihr zum Opfer. Nicht wahr, Agnes?«

Mit versteinerter Miene fixiert sie mich.

Ich halte ihrem Blick stand. »Er wusste, dass du alles, was du getan hast, geschickt vertuschen würdest, um deinen abgöttisch geliebten Sohn für dich zu behalten. Ist es nicht so?«

»Mach das du verschwindest. Raus aus meinem Haus!« Agnes' Stimme ist eisig. Ihr Blick hasserfüllt.

»Entspann dich. Es ist Weihnachten. Die Zeit der Liebe, der Wahrheit und der Vergebung.« Ich mache einen Schritt auf sie zu. »Nur, dass ich dir nicht vergeben werde.« Ich bohre meinen Finger auf ihre hagere Brust. »Dein Mann liebte dich und hat lange die Augen vor deiner manischen Seite verschlossen. Er gab in seinem Brief zu, dass er zu feige gewesen sei, dir die Stirn zu bieten. Still hoffte er, dass Ture irgendwann begreifen würde, was für ein perfides Spiel du abziehst.« Ich warte kurz ab, doch nur ihr verkrampfter Kiefer zeigt eine Reaktion. »Du hast seine Herztabletten ausgetauscht. Du hast ihn umgebracht.« Letzteres kann ich nur vermuten, aber ich bin sicher, dass eine Obduktion ergeben würde, dass ich richtig liege.

Schreiend springt sie von ihrem Sessel auf. »Du Miststück! Du schamloses Miststück, wie kannst du es wagen. Nichts davon ist wahr!«

»Doch! Alles und noch viel mehr ist die hässliche Wahrheit. Denn du hast auch meine Tabletten ausgetauscht. Die Antidepressiva gegen Ritalin. Auf die Weise wolltest du mich beseitigen, wie all die anderen Frauen vor mir. Du wusstest von meiner Vergangenheit, weil du in meinen Sachen herumgeschnüffelt hast. Du hast das Messer, das mir mein Vater geschenkt hat, die Schokolade und den Apfel in meinen neuen Rucksack getan. Utensilien, die ich immer bei einer Wanderung mitnahm. Niemand wusste davon, außer mir. Aber ich hatte es aufgeschrieben, zusammen mit unserem damaligen Reiseziel im hohen Norden. Alles sollte so aussehen, als hätte ich es tatsächlich selbst getan. Dass ich mir sogar diese Mail selbst geschickt hatte … Doch das warst du! Du hast mir die Mail geschickt. Sie war perfekt formuliert. *Süß und eindringlich.* Fast wäre dein Plan aufgegangen. Ich wäre fast umgekommen.«

»Das ist nicht wahr!« Hilfesuchend sieht Agnes zu Ture. »Sag doch etwas.«

Doch Ture schweigt, überfordert von allem.

»Du fantasierst und bist immer noch auf irgendwelchen Pillen«, schleudert Agnes mir entgegen.

Ich schüttele gelassen den Kopf. »Nein, schon lange nicht mehr.«

»Wo ist dann dieser Brief meines Mannes? Zeig ihn! Ich will ihn sehen!«, kreischt Agnes.

»Leider habe ich diesen Brief nicht mehr, weil du ihn gestern Nacht aus meiner Reisetasche gestohlen hast. Und ich vermute, dass du ihn vernichtet hast.«

»Siehst du, Ture, siehst du, wie sie lügt?« Triumphierend wendet sie sich ihm zu. »Ich habe immer gewusst, dass diese Person sich an deinen Erfolg hängen will. Sie ist eine von den Frauen, die selbst nichts auf die Reihe kriegen. Dieses Yoga-Studio – was für eine lächerliche Beschäftigung. Ihr kann man doch kein Wort glauben. Und dann diese Räuberpistole, die sie sich aus den Fingern saugt, wirf sie raus aus meinem Haus, ehe ich mich vergesse.«

»Nein, das werde ich nicht. Lass sie ausreden. Ich will die ganze Geschichte hören.« Seine Stimme ist fest, sein Blick ist konstant auf mich gerichtet und ich kann nicht einschätzen, was er denkt oder fühlt.

Schlagartig wird mir bewusst, dass ich ein Terrain betreten habe, das bar meiner Vorstellung ist: die unangefochtene Liebe zu den Eltern, insbesondere der Mutter.

Auch ich würde für meine Eltern kämpfen. Würde alles infrage stellen, wenn jemand etwas behauptet, das er nicht beweisen kann.

Was jetzt? Alles hängt an Ture.

Unmerklich nickt er mir zu.

Über diese winzige Geste bin ich erleichtert.

Ich erwidere sein Nicken, wende mich wieder an Agnes, die mich aus schmalen Augen anstarrt.

»Agnes, du hast dich gestern Nacht verraten, als du sagtest, dass du Medizin studiert hast.« Selbstbewusst recke ich mein Kinn, als ich sehe, wie ihr Blick flackert. »Du hast mir ein Schlafmittel ins Wasser gegeben, hast dich in das Schlafzimmer geschlichen, meine Sachen durchwühlt wie früher schon. Dabei hast du den Brief gefunden und entwendet.«

»Das ist eine infame Behauptung!« Wieder sieht sie Ture an. »Siehst du? Alles Lüge.«

Er reagiert nicht. Hält seinen Blick auf mich gerichtet.

In meinem tiefsten Inneren spüre ich, das er schwankt.

Und auch Agnes scheint es zu fühlen. Selbstbewusst richtet sie sich auf.

»Woher sollte ich denn wissen, dass du im Büro meines Mannes warst?«

»Richtig, genau da habe ich den Brief gefunden. Und nur wenn du mich dabei ertappt hast, oder den Brief gefunden und entwendet hast, konntest du das wissen. Wahrscheinlich hast du den Lichtstrahl gesehen, denn die Tür klemmt etwas, ließ sich nicht lautlos schließen. Und für alles andere hast du deinen Schergen auf mich angesetzt.«

Ihr Lachen ist schrill. »Ich verstehe überhaupt nicht, wovon du sprichst.«

»Von dem Mann, der diesen schwarzen SUV fährt. Der Mann, der auch das Haus von Ida angezündet hat.«

Ich bebe vor Zorn. Ein Gefühl, das ich verabscheue. Doch jetzt kommt es mir gerade recht.

»Ach ja, da ist eine Frage, die ich noch nicht für mich klären konnte. Ich frage mich die ganze Zeit schon, warum dein Scherge Idas Haus nicht angezündet hat, als ich bei ihr war. Wolltest du ein besonderes Szenario für meinen eigenen vorgetäuschten Unfall vorbereiten? Eines, das deinen Sohn schockiert? Welches hättest du gewählt? Tablettenüberdosis? Wieder ein Unfall? Warum hast du nicht den einfachen Weg gewählt, als dein Scherge Idas Haus in Brand setzte?«

»Ich weiß nicht, wovon du redest.«

»Oh Gott, Agnes, ich bitte dich. Du weißt doch genau, wie es ablief. Er hat das Haus angezündet, nachdem ich weggefahren war, nachdem sie mir alles gesagt hatte, was du getan hast … Warum hast du zu genau diesem Zeitpunkt Ida und ihr Kind abfackeln lassen?« Ich lege eine kunstvolle Pause ein. Gehe auf sie zu, beuge mich über sie. »Beide sind in den Flammen umgekommen. Nicht nur Ida, sondern auch deine Enkelin – Tures Kind.«

Ich spüre ihre Wut, die mich weiter anfeuert, während sie mich nur hasserfüllt ansieht.

»Sag mir, wie fühlst du dich bei dem Gedanken, einen Teil deiner Familie getötet zu haben?«

Agnes sprüht vor Hass. Ich kann spüren, dass sie etwas sagen will. Doch erstaunlicherweise hat sie sich unter Kontrolle, nur ihre Augen verströmen Blitze.

»Ist das wahr? Agnes, ist das wahr?« Ture ist aus seiner Starre erwacht, mit zwei Schritten ist er bei ihr. »Sag mir die Wahrheit. Stimmt das, was Leah sagt?«

»Natürlich nicht.« Agnes windet sich, fühlt sich sichtlich bedrängt. Sie springt auf, will aus dem Wohnzimmer fliehen.

Doch Ture lässt sie nicht, packt sie bei den Schultern. »Sag die Wahrheit! Hast du mein Kind getötet?«

Ihre Augen funkeln vor Empörung. Doch sie schweigt.

»Ich frage dich noch einmal, hast du mein Kind getötet? Hast du es mit seiner Mutter verbrennen lassen? Sag es mir, oder …«

»Oder was?«, unterbricht sie ihn im schneidenden Ton.

»Wem glaubst du mehr? Mir, deiner Mutter, oder dieser Frau, die ihre Eltern und ihre Schwester in den Tod geführt und dir das alles verschwiegen hat?«, faucht sie ihn an. »Sieh sie dir doch an. Nach allem, was sie auf dem Kerbholz hat, treibt sie jetzt einen Keil zwischen uns. Merkst du das denn nicht? Sie ist diejenige, die du verurteilen solltest und nicht mich. Ich bin deine Mutter.« Flehend streckt sie eine ihrer hageren Hände nach ihm aus. »Ich liebe dich wie mein Leben. Ich könnte dir niemals Schaden zufügen.«

Ture weicht zurück, ungerührt über ihre Worte fährt er fort. »Hast du damals die Bremsen an Brigittas Wagen manipuliert?«

»Was soll das jetzt? Stehe ich vor Gericht? Natürlich habe ich das nicht getan und bevor du in diesem Ton weiter machst: Ich habe niemandem etwas angetan. Auch deinem Vater nicht. Ich habe ihn geliebt, so wie dich, mein Sohn. Und ich werde es nicht zulassen, dass dich irgendein Miststück mir wegnimmt. Niemand nimmt mir meinen Sohn weg… und schon gar nicht so eine drogenabhängige Frau, die nur unser Geld will. Sieh sie dir doch an. Sie ist ein Junkie, steht immer noch unter Drogen. Wie eine Wahnsinnige. Sieh dir nur ihre Augen an. Sie ist …«

»Halt den Mund«, befiehlt Ture im leisen Ton.

Fasziniert habe ich ihm zugehört. Sehe zu, wie Ture endlich aufwacht. Endlich hat Agnes den Vorhang fallen lassen, ihr wahres Gesicht und ihre Absicht gezeigt.

Ture wendet sich zu mir. Sein Gesicht ist bleich, in seinen Augen ist eine abgrundtiefe Leere.

Auch ich spüre diese Leere in mir, aber auch noch etwas anderes: Genugtuung und grenzenlose Erleichterung, gepaart mit unbändiger Lust auf das Leben.

»Leah – ich weiß nicht, was ich dir sagen soll.«

»Nichts. Sag einfach nichts, jedes Wort wäre eines zu viel.«

»Aber ich muss. Es tut mir so leid, ich hatte keine Ahnung …«

»Weil du deine Augen verschlossen und deinen Verstand verloren hast. Du hättest den Frauen, die dich liebten, die dir vertrauten, zuhören sollen.« Ich blicke zu Agnes, die versteinert zu uns sieht.

»Einen guten Rat habe ich aber noch für dich. Bring sie in eine Klinik.«

»Das kann ich nicht … sie ist doch meine Mutter.«

»Dann mach weiter so, bis die nächste Frau, die dich liebt, ihr zum Opfer fällt.«

»Aber …«

»Sei einfach still«, unterbreche ich ihn harsch.

Scheinwerferlicht scheint durch die Fenster. Dann höre ich das Zuschlagen einer Autotür.

»Wer ist das?« Hektisch springt Agnes vom Sessel hoch. »Ture, lass niemanden rein! Hörst du! Wir müssen das unter uns regeln. Bitte, Ture. Glaub dieser Person kein Wort.«

Kopfschüttelnd werfe ich Ture einen Blick zu. Während ich in die Halle gehe, mir meinen Mantel von der Garderobe überwerfe und die Haustür öffne.

»Hej Malte. Pünktlich wie immer.« Erleichtert nicke ich ihm zu.

»Alles in Ordnung?«

»Ja, lass uns fahren. Oh warte, ich hol noch meine Reisetasche.«

Ich stürme nach oben, greife mir die Tasche, sehe mich im Zimmer um. Da ist immer noch die Kaffeetasse auf dem Nachttisch. Fast hätte Agnes es wieder geschafft, mich unter Drogen zu setzen. So ein verdammtes Miststück.

Ohne Ture anzusehen oder noch einen Blick auf Agnes zu werfen, nicke ich Malte zu. »Lass uns fahren.«

Draußen atme ich die kühle, klare Winterluft ein. Noch nie habe ich sie so genossen wie in diesen Moment.

»Wohin möchtest du fahren?«

»Weg von hier. Weit weg.«

Kapitel Vierundfünfzig

Maltes Haus ist so, wie ich es mir vorgestellt habe. Praktisch und urgemütlich eingerichtet. Ich bin froh, dass ich hier bin, nach diesem aufwühlenden Weihnachtsabend. Es war eine gute Idee von Malte, dass wir hergefahren sind und ich nicht in irgendeinem Hotelzimmer in Stockholm gelandet bin.

Das Kaminfeuer knistert und spendet wohlige Wärme. Ich sehe Malte dabei zu, wie er mit der Sektflasche kämpft.

»Mach schnell, gleich ist Mitternacht und das neue Jahr wartet schon.« Ich amüsiere mich über seinen angespannten Gesichtsausdruck. »Soll ich dir helfen?«

»Nein, ich schaffe das allein.« Schon fliegt der Korken an die Decke und der Sekt sprudelt aus der Flasche.

Ich kann nicht anders, als schallend lachen. Es dauert keine zwei Sekunden und auch Malte stimmt in das Lachen ein.

»Mein Gott, mir tut der Bauch weh. Wann habe ich das letzte Mal so gelacht?«

»Ich weiß nicht«, sagt Malte und reicht mir ein Glas. »Auf ein gutes neues Jahr.«

»Ja, darauf trinke ich gern.«

»Wollen wir raus gehen und den Sternenhimmel anschauen? So wie wir es früher getan haben?«, fragt er und wirft sich schon seine Jacke über.

Ich nicke nur, tue es ihm gleich, wickle mich in meine Daunenjacke und stülpe mir eine Strickmütze über, bevor wir ins Freie treten.

Draußen ist es bitterkalt und keine Menschenseele ist weit und breit zu sehen. Der Nachthimmel über uns ist klar, erstrahlt mit unendlich vielen Sternen.

Es ist perfekt.

Ein perfekter Neuanfang.

»Das ist fantastisch«, murmele ich ehrfürchtig.

»Das ist der Vorteil, wenn man auf dem Land lebt.«

»Du hast es wirklich schön hier. Es ist ruhig und wild romantisch. Ich kann verstehen, dass du dich hier wohlfühlst und Kraft für deine Arbeit schöpfen kannst.«

»Ja, ich hab mir meinen Traum verwirklicht.« Er nippt an seinem Glas. »Wie ist es mit dir, was ist dein Traum für die Zukunft?«

»Ich weiß es noch nicht. Es ist noch zu früh, um eine Entscheidung zu treffen.« Ich hebe wieder meinen Blick zum Himmel. »Oh, sieh nur, eine Sternschnuppe!« Ich schließe die Augen und lächle. »Bevor du etwas sagst – nein, ich nehme das nicht als ein Zeichen.«

»Das war mir klar«, meint er amüsiert. Dann wird er ernst. »Geh zur Polizei und zeige Agnes an.«

»Ich habe keine Beweise. Außerdem hab ich Ida versprochen, niemandem zu sagen, wo sie ist. Und ich halte mein Versprechen. Brigitta ist tot, so wie auch Elias.«

»Aber du hast ein Foto von dem Brief gemacht, den Elias schrieb.«

»Das ist richtig, aber der wird von einem guten Anwalt, und den werden sie engagieren, zerpflückt und als nicht zulässig eingestuft werden.«

»Versuch es doch.«

Ich sehe erneut zum Himmel, lasse mir Maltes Worte durch den Kopf gehen. »Ich werde darüber nachdenken. Versprochen. Doch jetzt lass uns nicht mehr darüber reden, nicht heute Nacht. Bitte.«

Kapitel Fünfundfünfzig

Ich rolle mich auf den Rücken und starre an die Holzdecke, ziehe die Bettdecke bis zum Kinn. Ich friere und habe schlecht geschlafen. Die halbe Nacht habe ich über Maltes Worte nachgedacht. Vielleicht hat er ja recht und ich sollte Agnes vor Gericht ziehen. Aber was dann?

Nur mal angenommen, ich würde gewinnen, was nützt es mir? Nichts. Aber vielleicht bekommt Ida dann eine Entschädigung.

Aber was weiß ich schon, wie die Gerichte arbeiten?

Nicht ich, Ture muss etwas tun. Vielleicht hat er ja meinen Rat befolgt und Agnes einweisen lassen.

Aber um das herauszufinden, müsste ich mit ihm reden und dafür ist es noch zu früh. Ich schaffe das noch nicht.

Tief seufzend schwinge ich meine Beine aus dem Bett, spüre den kalten Holzboden unter meinen Füßen. Rasch streife ich meine Socken über, husche zum Fenster und ziehe die Vorhänge zurück. Von hier aus kann ich bis zum See blicken. Über Nacht hat es nochmal kräftig geschneit. Doch jetzt scheint die Sonne und alles glitzert und funkelt in ihrem Licht. Es ist traumhaft hier.

»Du bist schon wach?« Erstaunt sehe ich Malte zu, wie er Spiegeleier brät.

»Klar, ich war schon unterwegs, hab meine übliche Runde gedreht. Ist ein toller Morgen, so wie ich ihn liebe. Dieses Licht und die Luft, das ist es, was mich inspiriert und in meine Arbeit einfließt.« Breit lächelnd schlägt er das nächste Ei in die Pfanne. »Magst du immer noch Spiegeleier mit Speck?«

»Ja, immer noch«, antworte ich und fühle mich wohl. Ich hatte total vergessen, wie es ist, unkompliziert den Tag zu beginnen.

Wir lachen und wir schweigen, während wir frühstücken. Es ist wie in alten Zeiten, nur dass wir kein Paar mehr sind und vielleicht deshalb noch unkomplizierter miteinander umgehen können.

Malte schaltet den Fernseher ein. »Eines muss ich immer noch: Mir in der Früh die Nachrichten ansehen und mir den Tag entweder versüßen oder vermiesen lassen.«

»Ich finde es gut, gewisse Gewohnheiten beizubehalten.« Entspannt lehne ich mich zurück, umschließe mit beiden Händen den Kaffeebecher und sehe zum Fernseher.

Eine junge Moderatorin hält in ihren behandschuhten Händen ein Mikrofon, ihre Nase ist gerötet von der Kälte. Sie steht vor einem niedergebrannten Haus. Ich beuge mich vor, halte den Atem an, während sie berichtet:

»Die Löscharbeiten sind erfolgreich abgeschlossen. Die Villa der Familie Wikström ist bis auf die Grundmauern abgebrannt. Noch gibt es keine Hinweise darauf, ob es ein Unfall oder Brandstiftung war und ob die Bewohner sich noch im Haus befanden …«

Malte nimmt mir den Becher aus der Hand. »Leah, alles okay?«

Ich nicke stumm.

Er hockt sich vor mich hin. »Sieh mich an.«

Ich tue, was er sagt. »Das wollte ich nicht.«

»Leah, das warst doch nicht du.«

»Aber ich habe mir gewünscht, dass sie in der Hölle schmoren.«

Er atmet tief durch. »Vielleicht waren sie ja nicht im Haus. Du hast doch gehört, was die Moderatorin gesagt hat. Noch wissen sie nicht, ob sich jemand im Haus befand.«

Wieder nicke ich. Starre auf den Bildschirm.

Die Moderatorin fasst sich ans Ohr. Ihr Gesichtsausdruck ist konzentriert. Sie nickt bestätigend.

»Wie ich gerade erfahre, hat sich Ture Wikström gemeldet. Er war offensichtlich in Stockholm in einem seiner Restaurants in …«

Erleichtert atme ich auf. »Gott sei Dank.«

Malte legt die Hand auf meine Schulter. »Sieh mich an, Leah. Alles ist gut.«

»Ja, dennoch fühle ich mich schuldig.«

»Mach dir keinen Kopf.«

»Ich versuche es.« Ruckartig stehe ich auf. »Ich brauche dringend Bewegung und frische Luft. Ich werde runter zum See gehen.«

»Soll ich mitkommen?«

»Nein, ich möchte allein sein.«

Dick eingemummelt stapfe ich durch den Schnee zum See. Blicke in den blassblauen Himmel, an dem sich dunkle Wolken bilden. Wind streicht über mein Gesicht und lässt mich frösteln. Ich schließe die Augen, will nicht weinen und doch ich tue es.

Auch wenn ich Agnes den Tod gewünscht habe, dann

ganz sicher nicht auf diese grausame Weise. Ich fühle mich schuldig.

Mit gesenktem Kopf setzte ich meinen Weg fort. Gehe immer schneller, nehme nichts mehr um mich herum wahr. Im Geiste spule ich das *Sa-ta-na-ma*-Mantra ab. Aber diesmal funktioniert es nicht. Ich sehe immer nur das niedergebrannte Haus vor meinen Augen. Ich sehe Agnes, die mich boshaft anstarrt, Ture, der nicht weiß, was er tun soll, ich höre wieder die Nachrichtensprecherin.

Er war offensichtlich in Stockholm in einem seiner Restaurants.

Abrupt bleibe ich stehen, denke darüber nach. Mir wird bewusst, Ture hat zum ersten Mal nicht mit Agnes Silvester gefeiert. Er hat sich meine Worte zu Herzen genommen. Er hat sich gegen seine Mutter gewandt. Mir schießen erneut die Tränen in die Augen.

Ich bin schuld an dieser Tragödie.

Ich kann es nur vermuten, aber so wie ich Agnes einschätze, war das ein Akt ihrer Verzweiflung. Um Ture zu bestrafen, hat sie den Tod gewählt. Auf eine bestialische Weise, die ihn zerbrechen und über ihren Tod hinaus an ihn binden wird.

Über meinen düsteren Gedanken habe ich nicht bemerkt, dass mein Weg mich auf die Straße geführt hat. Keuchend atme ich tief ein und aus. Lege den Kopf in den Nacken.

Ich muss Ture anrufen.

Mit ihm darüber reden.

Hektisch taste ich meine Jacke ab auf der Suche nach dem Handy.

Bitte nicht. Ich habe es auf dem Küchentisch liegen lassen.

Abwägend blicke ich die Straße entlang, dann den Weg

am See, den ich gekommen bin und entscheide mich, den leichteren Weg zu nehmen. Über die Straße. Eine eisige Windböe weht mir entgegen und keine Minute später fällt dichter Schnee vom Himmel.

Es war eine gute Entscheidung, auf der Straße zu gehen. Hier komme ich zügiger voran.

Das Schneetreiben wird heftiger und auch der Wind nimmt zu. Mit gesenktem Kopf kämpfe ich mich voran. Für einen Augenblick erinnert es mich an meine Odyssee oben im Norden. Es fühlt sich ähnlich an – doch diesmal kämpfe ich auch gegen mich selbst und mein schlechtes Gewissen.

Nach etwa einem Kilometer höre ich ein Auto hinter mir. Ich gehe zur Seite. Schirme meine Augen gegen den Schnee ab. Ich hoffe, es ist Malte, der mich sucht. Der Wagen hält und ich bin erleichtert. Doch nur für eine Sekunde.

Das hintere Seitenfenster gleitet herunter.

»Steig ein.«

Mir bleibt die Luft weg. »Agnes! Was … was um alles in der Welt machst du hier?« Ich gehe rückwärts, mein Blick hetzt die Straße entlang. Ich verstehe überhaupt nichts. Ich bin froh, dass sie lebt und doch ist da sofort Panik.

»Ich sagte, steig ein.«

Ich schüttle den Kopf und fange an zu rennen, doch ich komme nicht weit. Kräftige Hände packen mich am Arm, zerren mich zum SUV. Ich winde mich. Sehe in das ausdrucksleere Gesicht eines Mannes. »Lass mich los!«, brülle ich und trete nach ihm. Doch selbst als ich sein Schienbein treffe, zuckt er nicht mit der Wimper.

Mit dem Kopf voran, schubst er mich auf den Rücksitz.

»Kämpferisch. So wie immer«, zischt Agnes, richtet sich gerade auf und lässt ihren Blick über mich schweifen.

»Eigentlich sind wir uns in manchen Dingen ähnlich«, meint sie und streicht liebevoll über ihren Pelzkragen.

Ich gehe davon aus, dass es Nerz ist, den sie zärtlich berührt. Und es widert mich an.

»Das glaube ich nicht. Denn du bist das personifizierte Böse.«

»Danke, ich nehme das als Kompliment.« Sie beugt sich vor und tippt ihrem Schergen auf die Schulter. »Fahr.«

»Was willst du von mir? Warum hast du dein Haus in Brand gesteckt?«

»Das war nicht ich, das war mein treuer Freund Viklund. Nicht wahr, Viklund?«

Geflissentlich nickt der Mann.

»Ja klar, er hat ja auch Idas Haus angezündet.« In meinem Magen breitet sich ein dumpfes Gefühl aus. Noch bin ich mutig, doch ich kann sie schon spüren, die Furcht, die sich immer mehr in mir ausbreitet.

Ich beschließe, nichts mehr zu sagen. Auch wenn Fragen und Flüche in mir sich die Hand geben. Doch ich halte es für ratsamer zu schweigen.

Agnes wischt mit dem Zeigefinger über eine Augenbraue, seufzt aus tiefstem Herzen und sieht mich an. »Du möchtest wissen, warum? Nun, ich wiederhole mich zwar ungern, aber unter diesen Umständen mache ich eine Ausnahme. Wie ich schon an Heiligabend sagte: Niemand stellt sich zwischen mich und meinem Sohn. Er ist alles, wofür ich lebe.«

Sie blickt mich an, wartet auf eine Reaktion, doch die gebe ich ihr nicht.

»Du bist wirklich eine starke Frau und Ture mag starke Frauen. So, wie ich es bin. Und ich merkte, wie Ture sich immer mehr von mir entfernte. Ich brauchte also einen guten Plan und da kam mir deine unrühmliche Vergangenheit gelegen. Wie du richtig herausgefunden hast, kenne ich mich mit Psychopharmaka aus und Viklund wiederum kennt sich im Darknet aus. Ist das nicht fantastisch, wie man sich ergänzen kann? Allerdings habe ich dich unterschätzt. Dass du lebend aus dem Norden entkommst, war nicht geplant. Und ich hatte nicht damit gerechnet, dass mein Sohn zu einer offensichtlich Drogensüchtigen hält.«

Sie kneift ihre schmalen Lippen zusammen und sieht mich geringschätzig von der Seite an. »Doch diesmal werde ich keinen Fehler machen. Mein Sohn ist am Boden zerstört, da er glaubt, ich sei in den Flammen umgekommen.«

Ich blicke sie nur an, warte, bis sie nach einem höhnischen Grinsen fortfährt.

»Aber ich war natürlich nicht dort. Ich war in unserer Hütte in Kungsberga. Kein Handy, kein Fernseher, alles ganz spartanisch. Nur ein Nachbar und ich habe dafür gesorgt, dass er mich sieht. Dass er glaubt, dass ich immer noch dort bin. In der Hütte läuft Musik, das Licht brennt. Besagter Nachbar ist kein neugieriger Mensch, der einfach so vor der Tür steht, um nach Zucker zu betteln, oder nachzusehen, ob ich wirklich da bin.«

»Was hast du vor?«

»Das erfährst du früh genug. Hast du sonst noch Fragen?«

»Nein.« Mit Genugtuung erkenne ich einen Hauch von Enttäuschung in ihren Augen.

Viklund biegt von der Straße auf einen von Fichten gesäumten Weg ab. Der SUV prescht mit hoher Geschwindigkeit durch den hohen Schnee, der den Wagen schlingern lässt.

»Viklund, bitte, so eilig haben wir es nicht«, meint Agnes und krallt sich am Sitz fest.

Noch einmal bricht der Wagen aus. Agnes stößt einen spitzen Schrei aus und wird gegen mich geschleudert. Es ist nur eine kleine Sekunde und ich ergreife die Gelegenheit. Stürze mich auf Agnes. Meine Nägel graben sich tief in ihre Wangen. Sie kreischt hysterisch. Doch ich kann nicht aufhören und dann umschlingen meine Hände ihren schlanken Hals und ich drücke zu. Blind vor Wut und Hass.

Unvermittelt werde ich zurückgerissen und lande unsanft im Schnee. Benommen mühe ich mich ab, um mich aufzurichten. Schnaufend steht Viklund über mir. Packt mich bei den Schultern und zieht mich hoch, als wäre ich eine Feder. Hält mich mit eisernem Griff fest.

»Du kleine dreckige Schlampe«, brüllt Agnes und schlägt mir mit der flachen Hand ins Gesicht.

»Du hast die kleine Bewunderung, die ich für dich empfand, gerade verspielt.«

Sie nickt Viklund zu, während sie mit einem blütenweißen Taschentuch über die Schrammen in ihrem Gesicht wischt.

Viklund drängt mich an den Wagen, schlägt mit der Faust in meine Magengrube. Ich krümme mich vor Schmerz, kriege keine Luft. Viklund richtet mich auf, hält mir Mund und Nase zu. Wild strampele ich mit den Beinen, in dem Versuch, seinen Unterleib zu treffen. Panik erfüllt mich, ich kann nicht atmen.

Er löst seine Hand von meinem Mund. Röchelnd sauge ich die Luft ein und dann geht alles schnell. Er stopft mir Pillen in den Mund und drückt mit eisernem Griff meinen Unterkiefer nach oben.

»So und nun schön schlucken.« Agnes' Stimme klingt aufgeregt. »Mach schon: Schluck!« Ihr manischer Blick trifft meinen.

»Schluck, verdammt nochmal. Es sind deine Lieblingspillen. Ritalin. Sie werden dich in das Land der Träume schicken. Du wirst nichts mehr spüren. Das ist doch ein guter Deal. Also, schluck.«

Wild winde ich mich. Will diese Pillen ausspucken. Doch es ist zwecklos. Viklund presst seine Hand unter meinen Kiefer. Massiert mit dem kleinen Finger meine Kehle. Der Schluckreiz, den es hervorruft, ist enorm. Ich habe keine Chance.

Ich rechne mir aus, wann die Pillen wirken. Wahrscheinlich nach fünf oder zehn Minuten, denn mein Körper ist clean.

Ruhig.

Ganz ruhig, rede ich mir zu. *Du schaffst das.*

Zustimmend nicke ich.

»So ist es gut, braves Mädchen.« Aufgeregt leckt sich Agnes über die Lippen. »Viklund, kontrollier ihren Mund.«

Er hebt den Daumen, nachdem er meine Mundhöhle untersucht hat.

»Geh voran«, befiehlt Agnes.

Ich tue, was sie sagt. »Wohin gehen wir?«

»Du machst eine kleine Bootstour.«

Kaum hat sie die Worte ausgesprochen, da sehe ich auch schon den See, an dessen Ufer ein Ruderboot liegt. Ich schlucke. Okay, ich werde in das Boot steigen und mir dann den Finger in den Hals stecken und diesen Mist auskotzen. Ja, das müsste funktionieren.

Umständlich klettere ich in das Boot. Ich möchte weinen, schreien und aus diesem verfluchten Traum aufwachen. Nur nicht durchdrehen, nicht jetzt. Das Boot wankt, als ich es besteige. Mir rinnt die Zeit davon. Ich muss diesen Mist erbrechen. Ich spüre, wie die Panik in mir anschwillt.

»Warte«, befiehlt Agnes und sieht auf ihre Uhr.

»Worauf soll ich warten?«

»Bis die Pillen wirken.« Sie neigt den Kopf und grinst mich an. »Ich habe ein Medizinstudium, schon vergessen?«

»Dein Plan wird nicht aufgehen. Ture wird niemals wieder zu dir zurückkommen. Ich habe seinen Hass auf dich gesehen. Du hast ihn längst verloren.«

»Nein nein, er wird mir glauben. Schließlich bist du ein Junkie. Wer sonst rudert schon bei so einem Mistwetter auf einen See? Er wird erkennen, dass ich mit allem, was dich betrifft, recht hatte, und dann kehrt er wieder zu mir zurück.«

»Das wird er nicht. Er hat sich schon lange von dir abgewendet. Immer wieder hat er sich bei mir beklagt, was für ein Klotz am Bein du für ihn bist«, lüge ich sie schamlos an.

Agnes öffnet und schließt ihren Mund wie ein Fisch an Land. Ich genieße ihre kurzweilige Irritation.

»Das ist nicht wahr!«, kreischt sie und lacht gleich darauf sarkastisch. »Netter Versuch.«

»Agnes, ich weiß wie schwer es für dich ist, zu akzeptieren, dass du deinen Sohn verloren hast. Nicht mal am Silvesterabend war er bei dir. Er konnte es nicht ertragen, mit dir allein auf das neue Jahr zu blicken.«

»Nein, das stimmt nicht, denn ich wollte es nicht.« Triumphierend sieht sie mich an. »Er steht zu mir.«

»Wenn du es sagst, glaub es ruhig. Ich weiß es besser.« Ich genieße diesen winzigen Moment ihrer Unsicherheit, und ohne sie aus den Augen zu lassen, greife ich nach dem Paddel. Mir rinnt die Zeit davon. Rasch sehe ich mich um, orientiere mich, welche Richtung ich einschlagen muss, um unbemerkt gleich wieder zurück ans Ufer zu kommen.

Als Viklund einen Satz auf mich zumacht, schwinge ich das Paddel über meinen Kopf. »Ruf deinen Schergen zurück!«, befehle ich.

Agnes hält ihn am Arm fest. »Lass sie, es wird nicht lange dauern.«

Während ich auf den See rudere, lasse ich die beiden nicht aus den Augen. Viklund reicht Agnes ein Fernglas. Mein Blick trübt sich. Nach ein paar Metern bemerke ich die Müdigkeit und dennoch rast mein Herz. Ich drehe das Boot so, dass Agnes nur meinen Rücken sieht, paddle wie von Sinnen. Doch ich habe das Gefühl, dass ich nicht vorankomme. Bemerke Wasser auf dem Bootsboden.

Ich bin so müde.

Verdammt, konzentrier dich!

Steck dir den Finger in den Hals. Jetzt!

Es dauert, bis ich würgen muss.

Erschöpft lasse ich mich auf die Bootsplanken sinken. Blicke in den grauen Himmel. Schnee fällt auf mein Gesicht, hüllt mich ein. Zufrieden schließe ich die Augen und habe nur noch einen Wunsch: schlafen. Es ist so wie in den Bergen. Da sind meine Eltern und meine Schwester. Doch sie lächeln nicht.

Sie sehen mich angstvoll an.

»Leah!«

Ich bemühe mich, zu antworten.

Doch es gelingt mir nicht. Mir ist kalt und es ist nass. Viel zu nass.

»Leah!«

Kapitel Sechsundfünfzig

Zaghaft öffne ich die Augen. Verschwommen erscheint das Gesicht eines Mannes, der mir fremd ist. Wild schlage ich um mich.

Er greift nach meinen Händen, hält sie eisern fest.

Hektisch sehe ich mich um, bemerke die Nadel, die in meiner Vene steckt, mein Blick wandert zu dem Tropf, der mich mit irgendetwas versorgt. Hilflos sehe ich den Mann an, der jetzt lächelt. »Alles gut, Sie sind in Sicherheit.«

Sicherheit. Was für ein schönes Wort.

»Sicherheit«, wiederhole ich leise.

»Ja, Sie sind in Sicherheit.«

»Was ist passiert?«, lalle ich.

»Das wüsten wir auch gern – wie geht es Ihnen?«

»Ich bin müde, aber okay.«

»Das wird schon wieder.« Er erhebt sich, sieht zum hinteren Teil des Wagens durch die geöffnete Tür. »Sie ist stabil. Sie können jetzt zu ihr.«

Erst jetzt bemerke ich, dass ich in einem Rettungswagen bin. Ich bin nicht tot und doch fühlt es sich so an.

»Leah?«

Ich brauche eine Weile, bis ich erkenne, wer meine Hand hält und mich anlächelt. »Hej Malte.«

»Leah, was machst du nur für Sachen?«

Ich kann die Erleichterung auf seinem Gesicht sehen.

Er hat eine Decke um seinen nassen Körper gewickelt, die er jetzt noch fester umklammert.

»Was ist mit dir?«, will ich wissen.

»Das fragst du? Mir ist saukalt.« Er lacht. »Ich habe dich aus dem See gezogen. Erinnerst du dich nicht?«

»Nein, ich … ja, an einen Teil erinnere ich mich. Aber der Rest ist noch verschwommen. Da war dieses Boot und … Oh Gott, ich habe diese Pillen nicht rechtzeitig herausgewürgt.«

»Schon gut. Ist ja vorbei.«

Wir schweigen.

Eine ganze Weile. Und ich habe Schwierigkeiten, mich an alles zu erinnern.

»Woher wusstest du, wo ich bin?«

»Als du weg warst, rief Ture auf deinem Handy an, das du vergessen hast. Ich bin rangegangen. Tut mir leid, du weißt, dass ich das normalerweise nicht mache, aber du warst schon zu lange weg, ich hab mir Sorgen gemacht. Und es war gut, dass ich es getan habe, sonst würdest du jetzt auf dem Grund des Sees liegen.« Er seufzt tief. »Ture war völlig aufgeregt, meinte, dass seine Mutter etwas vorhat. Er ließ sich auf keine Diskussion ein, als ich von der Nachrichtemeldung und dem vermeintlichen Tod seiner Mutter anfing. Er gab mir Anweisung, sofort nach dir zu suchen. Das habe ich natürlich getan. Zum Glück hat es nicht weiter geschneit und somit konnte ich erst deinen Fußspuren und dann den noch frischen Reifenspuren folgen.«

Er atmet schwer aus. Streicht über mein nasses Haar. Warm lächelt er mich an, wendet sich zu der hinteren Tür um. »Ture ist auch hier, du solltest mit ihm reden.«

Ohne auf meine Antwort zu warten, geht er hinaus.

Ich bin mir nicht sicher, ob ich Ture wirklich sehen will. Denn wenn ich an ihn denke, dann sehe ich immer auch

Agnes vor mir. Unwillkürlich balle ich meine Hände zu Fäusten und blicke ihm entgegen.

»Leah, wie geht es dir?«, fragt Ture leise, während er in den Rettungswagen steigt.

Ich drehe meinen Kopf von ihm weg, ich kann ihn nicht mal ansehen.

»Leah, es tut mir so leid, ich …«

Abwehrend hebe ich meine Hand. »Nicht. Bitte nicht.«

»Verstehe«, murmelt er und sein Tonfall bricht mir fast das Herz.

Jetzt drehe ich mich doch zu ihm um, sehe Schatten unter seinen Augen, die vorher nicht da waren, und die tiefe Sorge, die in sein Gesicht geschrieben ist.

»Es geht mir gut«, beteuer ich. »Und ich danke dir, dass du Malte informiert hast. Denn wenn nicht, würde ich nicht mehr leben.« Ich zögere, bevor ich die Frage stelle, die mir auf der Seele brennt. »Woher wusstest du, dass sie etwas vorhat?«

»Nachdem du weg warst, hatten wir einen fürchterlichen Streit. Ich habe meine eigene Mutter nicht wiedererkannt. Sie war so … so verbittert. Ich bin nach Hause gefahren und hab mich geweigert, sie zu sehen oder mit ihr zu reden. Sie meinte, ich würde es noch bereuen, dass ich sie so behandele. Als ich dann erfuhr, dass das Haus abgebrannt ist, habe ich sofort an dich gedacht und mich an Agnes' Worte erinnert. Erst da kapierte ich, wie sie mich am meisten treffen könnte. Indem sie dir etwas antut. Das war es, was sie damit gemeint hatte, dass ich es noch bereuen würde.«

Sichtlich nervös reibt er über seine Augen. »Ich bin dir dankbar, dass du mir die Augen über meine Mutter geöffnet hast. Ich war so blind … ich weiß nicht, wie ich es wieder gutmachen soll, oder kann. Das ist es, was ich dir noch sagen wollte.«

Er wendet sich zum Gehen.

»Warte. Was ist mit Agnes?«

»Sie ist in Gewahrsam.«

»Sorge dafür, dass sie ihre gerechte Strafe bekommt.«

»Das werde ich. Versprochen.«

Ich sehe ihm nach, wie er mit gesenktem Kopf auf seinen Wagen zugeht.

Dann wird die Tür geschlossen und der Krankenwagen setzt sich in Bewegung.

Epilog

Meine Hände streichen über den grauen Samtbezug des Sessels. Es fühlt sich vertraut an und auch der Blick zu der Birke vor dem Fenster mit den roten Vorhängen vermittelt mir Sicherheit. Ich frage mich, ob ich meine monatlichen Sitzungen bei meinem Psychotherapeuten Isak vermissen werde, jetzt, da alles geklärt ist.

Inzwischen habe ich Isak erzählt, was Agnes mir und den anderen Frauen ihres Sohnes angetan hat und dass ich abermals dem Tod ein Schippchen geschlagen habe.

»An was denken Sie gerade, Leah?«

»Dass der Frühling naht. Haben Sie bemerkt, dass die Birke vor dem Fenster winzige grüne Blatttriebe hat?«

Isak wendet sich zum Fenster. »Sie haben ein gutes Auge, nein, das ist mir noch nicht aufgefallen.« Er legt den Block und den Stift, den er immer bei unseren Sitzungen benutzt, auf den Tisch neben die Obstschale, lehnt sich zurück und lächelt mich an.

»Isak, ich danke Ihnen, dass Sie mir zugehört haben.«

»Natürlich, denn es ist der Abschluss ihrer Odyssee gewesen. Wie fühlen Sie sich jetzt?«

»Befreit und hungrig auf das Leben.«

Er lacht. Es ist das erste Mal, dass ich ihn so sehe.

»Es gefällt mir, dass Sie so denken, ich bin sehr erfreut darüber, Leah.«

»Ich auch.« Ich senke den Blick. »Da gibt es noch eine Frage, auf die ich keine Antwort weiß. Warum hat Agnes das getan?«

Er nickt, schlägt die Beine übereinander. »Nun, so wie sie mir die Geschichte geschildert haben, vermute ich eine krankhafte Eifersucht bei Agnes. Wissen Sie, Leah, so ungewöhnlich ist es nicht, dass Mütter ihren Schwiegertöchtern mit Feindseligkeit und Eifersucht begegnen. Da sind die unterschiedlichen Vorstellungen vom Leben, die sich begegnen, die natürlich zu Konflikten führen. Und wenn dann der Partner nicht voll hinter einem steht, weil er sich entscheiden muss, zwischen der Mutter und der Frau an seiner Seite, kommt es zu Spannungen. In Agnes' Fall vermute ich aber, dass weit mehr dahinter steckt. Ich denke, dass sie tiefere psychische Probleme hat, aber das werden die Kollegen in der Psychiatrie herausfinden.«

»Das hoffe ich und ich hoffe, dass sie nie wieder aus der Anstalt kommt. Sie ist gut im Manipulieren.«

»Selbst wenn sie aus der Psychiatrie entlassen wird, kommt sie nicht mehr frei. Sie hat einige Leben auf dem Gewissen. Dafür wird man sie bestrafen. Machen Sie sich keine Sorgen, Leah.«

»Nein, mache ich nicht, Sie haben recht, sie wird nie wieder die Luft der Freiheit atmen können.«

Zustimmend nickt er. »Was ist Ihr Plan für die Zukunft?«

»Mein Plan?« Ich überlege einen Moment. »Erinnern Sie sich noch, was ich Ihnen über das Obst in der Schale sagte, als ich im Herbst hier war?«

Er überlegt kurz. »Ja, ich erinnere mich, dass Sie gerne einen dieser Äpfel essen würden, um seinen Geschmack auf der Zunge zu spüren, dennoch trauten Sie sich nicht, weil Sie ihn zerstören würden.«

»Genau das habe ich gesagt.« Ich greife mir einen Apfel

aus der Obstschale. »Ich werde jetzt herausfinden, wie dieser Apfel schmeckt, seinen vermutlich süßen sauren Geschmack auf meiner Zunge spüren. Ich traue mich jetzt.«

Herzhaft beiße ich in den Apfel. Sehe Isak dabei an und er ist zufrieden, so wie ich.

Es ist Juni. Sonne. Wärme. Ich liebe es. Genauso wie meine neue kleine süße Wohnung in der Nähe meines Yoga-Studios. Das Leben kann so schön sein und ich genieße es in vollen Zügen.

Ida lebt zufrieden und glücklich mit ihrer Tochter bei ihrer Tante Nora. Sie hat mir einen Brief geschrieben. Wie glücklich sie war, als sie erfuhr, dass Agnes ihr keinen Schaden mehr zufügen kann. Sie schmiedet Pläne, da sie jetzt nicht mehr ein Leben in Angst führen muss.

Manchmal treffe ich Astrid auf einen Kaffee im Starbucks und neulich berichtete sie mir, dass Ture ausgezogen ist und an seiner Stelle ein Pärchen dort wohnt, mit dem sie sich angefreundet hat.

Zufällig habe ich Sigrid beim Einkaufen getroffen, sie war so herzlich und den Tränen nahe. Sie hatte sich wohl heftige Vorwürfe gemacht, dass sie mir nicht von Anfang an ihre Bedenken gegenüber Agnes geäußert hat. Ich habe ihr vergeben und zum Dank hat sie mich an ihren mächtigen Busen gedrückt. Und ich sagte ihr, dass ich Weihnachtsplätzchen als Entschuldigung verlange.

Malte schaut ab und an bei mir vorbei, wenn er in Stockholm ist. Wir reden nicht mehr über das, was war, sondern über das, was werden wird.

Tja und Ture – Ture hat alles verloren. Seine Geschäfte laufen nicht, denn der Name Wikström hat einen Beigeschmack bekommen. Doch ich denke, irgendwann wird man die Geschichte um Agnes Wikström vergessen.

Aber ich werde Agnes niemals vergessen. Auch wenn sie den Rest ihres Lebens in einer geschlossenen Psychiatrie verbringen wird.

Nachwort

Liebe Leser, vielen Dank, dass Sie sich für dieses Buch entschieden haben.

Diese Geschichte zu schreiben, war nicht leicht. Obwohl sie mir auch Spaß gemacht hat, allein schon wegen Agnes. Die Frau, die krank vor Eifersucht ist und Leben zerstört, um mit ihrem Sohn zusammen zu sein. Wie Isak schon sagte: So ungewöhnlich ist es nicht, dass Mütter ihren Schwiegertöchtern mit Feindseligkeit und Eifersucht begegnen. Da sind die unterschiedlichen Vorstellungen vom Leben, die sich begegnen, die natürlich zu Konflikten führen. Natürlich morden diese Mütter nicht, das war nur der Dramaturgie geschuldet, die ich für die Geschichte brauchte. Und Leah? Nun, die mochte ich sehr, und ich habe mit ihr gelitten und gehofft, dass sie ihr Trauma überwindet, um herauszubekommen, wer ihr die Pillen untergeschoben hat und zu welchem Zweck. Ich denke, es ist mir gelungen.

Ich hoffe für Ture, dass er sich ebenfalls in Psychiatrische Hände begibt. Denn auch für ihn war es hart zu erkennen, was seine Mutter getan hat nur um ihn zu behalten. Aber ich denke, er wird es schaffen. Jedenfalls hatte ich grausiges Vergnügen beim Schreiben dieser Geschichte.

Ich hoffe, dass Sie beim Lesen ebenso viel Spaß und Spannung verspürten, wie ich beim Schreiben.

Und wenn wir schon einmal beim Leben sind, dann möchte ich natürlich meinem kleinen Kosmos danken:

Meinem Lebensgefährten, der mich und meine Zickigkeit mit Gelassenheit nahm, wenn ich mal wieder nicht weiterwusste, oder sich nach einer langen Schreibnacht mein wirres Zeug anhören musste. Danke fürs Zuhören.

Mein Hund und mein Kater, die trotz allem ihre Aufmerksamkeit einforderten und mich stets ins Hier und Jetzt zurückholten.

Ich freue mich von Ihnen, liebe Leser, zu hören.

Schreiben Sie mir Ihr Feedback, besuchen Sie mich bei Facebook auf meiner Autorenseite und selbstverständlich freue ich mich über jede Rezension.

Herzliche Grüße, Ihre Marion Krafzik

E-Mail: info@marionkrafzik.de

www.facebook.com/autorinmarionkrafzik

Printed in Poland
by Amazon Fulfillment
Poland Sp. z o.o., Wrocław

26113062R00181